「やっぱりあんたか」
VEIR ZEHN
鋼殻のレギオス
CHROME SHELLED REGIOS
14 スカーレット・オラトリオ

「地獄へようこそ

天剣授受者の放つ
剄の波動だけで
都市が鳴動する。

「来ます」
――これが始まりなのだ

鋼殻のレギオス14

スカーレット・オラトリオ

雨木シュウスケ

ファンタジア文庫

1581

口絵・本文イラスト　深遊

目次

登場人物紹介

●レイフォン・アルセイフ　16　♂
主人公。第十七小隊のルーキー。グレンダンの元天剣授受者。戦い以外優柔不断。
●リーリン・マーフェス　16　♀
レイフォンの幼なじみ。自らの意志でグレンダンへと戻る。
●ニーナ・アントーク　18　♀
第十七小隊の小隊長。強くありたいと望み、自分にも他人にも厳しく接する。
●フェリ・ロス　17　♀
第十七小隊の念威繰者。生徒会長カリアンの妹。自身の才能を毛嫌いしている。
●シャーニッド・エリプトン　19　♂
第十七小隊の隊員。飄々とした軽い性格ながら自分の仕事はきっちりとこなす。
●アルシェイラ・アルモニス　??　♀
グレンダンの女王。その力は天剣授受者を凌駕する。
●サヴァリス・クォルラフィン・ルッケンス　25　♂
グレンダンの名門ルッケンス家が輩出した二人目の天剣授受者。
●リンテンス・サーヴォレイド・ハーデン　37　♂
グレンダンの天剣授受者でレイフォンの鋼糸の師匠。口、目つき、機嫌が悪い。
●デルボネ・キュアンティス・ミューラ　??　♀
老婆だが凄まじい力を有する天剣授受者唯一の念威繰者。蝶に似た念威端子を操る。
●カナリス・エアリフォス・リヴィン　23　♀
天剣授受者だがアルシェイラの影武者として政務を行う。勤勉で真面目。
●ティグリス・ノイエラン・ロンスマイア　60　♂
弓使いの天剣授受者。女王アルシェイラの祖父。
●カルヴァーン・ゲオルディウス・ミッドノット　55　♂
有力武門の出でミッドノット流派の創始者。やや苦労人。
●リヴァース・イージナス・エルメン　30　♂
騎士のような鎧に身を包み守護に徹底した“臆病な勇者”。カウンティアとは恋仲。
●カウンティア・ヴァルモン・ファーネス　25　♀
愛刀、青龍偃月刀で攻めに特化し戦う。都市外戦では10回までしか攻撃を行えない。
●バーメリン・スワッティス・ノルネ　25　♀
ダサ、ウザ、が口癖。天剣の中で唯一、銃器を使用する。潔癖性。
●ルイメイ・ガーラント・メックリング　??　♂
鉄球で戦う巨漢の天剣授受者。技術より力を前面に押し出した戦いを好む。
●トロイアット・ギャバネスト・フィランディン　30　♂
化錬剄による派手な技を好んで使う、口達者で陽気な天剣授受者。女好き。
●ディクセリオ・マスケイン　??　♂
強欲都市ヴェルゼンハイム出身。復讐のためにニルフィリアと行動を共にする。
●サヤ　??　♀
すべての電子精霊のオリジナルといえる存在。アイレインの目覚めを待ち続ける。

プロローグ

唇の感触を忘れてはいない。

都市の足音。放浪バスの出発時間が迫る。足もとに置かれたトランクケースはリーリンが選んだものだ。彼の着ているコートから、その下のシャツ、ズボン、靴に至るまで、全てがリーリンの選んだものだ。

あの日の空は憎いほどに澄んでいて、まるで彼の旅を祝福しているようだった。汚染獣が多い理由には、きっと汚染物質の濃度も関わっているはずなのに、その日に限って空が澄んでいる。それは汚染獣が現れにくいということで、放浪バスが出発するにはこの上ない日ということでもある。

この日が来るまで、一日、また一日と出発の予定がずれていった。ずっとその日が来なければいいのにと思っていた。それは別れを意味するから。

きっと、永遠の別れを意味するから。

そう思っていた。そしてそれはおそらく、間違いではなかったのだ。

あの日、養父にあの箱を渡されるまでは。

サイハーデン流の刀。皆伝の証というよりも、養父の許しの証。謝罪の証。和解の証。

グレンダンという都市そのものがいまだにレイフォンを受け入れることができなかったとしても、養父はまだレイフォンと繋がり続けることを望んでいる。

リーリン以外にも、それを望んでいる者がいる。

それは、もう戻らない日々に引きずられ続けたリーリンにとって、行動を起こす契機となった。諦めと執着が起こす火花を見つめながら、いつか諦めが勝利する時が来ると、客観的な諦念に見守られた衝突だったというのに、突然、執着が優勢となった。

昼の感触を思い出す。

あの時、都市の足音に包まれ、いなくなる瞬間に背中を押されて行ったことにどんな意味があったのだろう。

彼の記憶に、少しでも長く自分が残るように。

リーリン・マーフェスという存在が、少しでも長く刻まれるように。

そう願ってした行為だ。

そのはずだ。

だが、その行為そのもの……彼の記憶に長く残りたいという欲求は、なににに根ざしていたのだろうか？

恋する相手を失いたくないという切実な願いだったのだろうか？

それとも……

唇の感触を思い出す。

ツェルニへの長い旅を終え、傷だらけの彼を見た時、リーリンは胸に迫る想いに逆らえなかった。

どうして彼はこんなになっているのか？

どうして彼がこんな姿になっているのに、自分はすぐ側にいないのか？

いられないのか？

切なくて、情けなくて、胸が痛かった。

涙が止まらなかった。

悔しかったのだ。想像力のない自分に。考えの至らなかった自分の愚かさをあれほど憎悪したことはない。

グレンダンではないという現実。そして、グレンダンという都市があれほどに恵まれ、そしてあれほどに異常だということを、都市の外に出るまで気付かなかった。

自分はただ、自分の知る彼……武芸者である彼がいなくならなかったことだけを喜び、そこにある現実を考えなかったのだ。

厳しい現実に思い至らなかったのだ。

苦しい戦いの中に飛び込まなければならないという現実に想像が追いつかなかったのだ。

それは、なんて愚かなことなのだろう。

あの時の、唇の感触。

迷い続け、三ヶ月も過ぎていた。彼が武芸者でいることは良いことなのか、それとも悪いことなのか。観察という名の言い逃れを続けながら、戦争期の放浪バスの減少という言い訳に飛びついて、ずっとその時を引き延ばしてきた。

あの時、リーリン・マーフェスはなにを考えていたのだろう？

渡すことへの覚悟を決め、そして受け取ってもらった時、リーリン・マーフェスはなにに喜びを感じていたのだろう？

ツェルニで生きる彼の姿になんの違和感もないという事実を思い知って、その上で渡したあの箱。受け取ってもらえたサイハーデンの刀。

彼は許しを得た。

では、リーリンが得たものはなんだったのか？

繋(つな)がりが消えていないという事実？

彼がグレンダンを、それに含(ふく)まれたリーリン・マーフェスを消し去っていなかったという事実？

それとも……リーリン・マーフェスとレイフォン・アルセイフの間に特別な関係があるという事実？

しかし、それさえも表層的なもので、その深奥(しんおう)に、もっと別な理由があるのだとしたら？

もっと個人的で、もっとわがままな理由があるのだとしたら？

そしてそれに気付いてしまったのだとしたら？

その時は、どうすればいいのだろう？

こんな状況(じょうきょう)で、どうすればいいのだろう？

閉じられた右目。覆(おお)う眼帯(がんたい)。だけど見えてしまうこの魔眼(まがん)。

リーリン・ユートノールという現実。

グレンダン三王家の血に繋がり、そして発現したこの力。

自(みずか)らの証明。

父と母を明確にするこの証明。
そして、魔眼の前に広がる現実。
動乱するグレンダン。
そんな中で、どうすればいいのだろう？
「リーリン‼」
叫ぶ彼の声。
それがあまりにも胸に痛くて、リーリンは……

01　君はまだ、なにも定めていない

疾走（はし）る。

風の唸（うな）りを耳に受け止め、レイフォンは走る。跳（と）ぶ。

その右手には鋼糸（こうし）の展開した青石錬金鋼（サファイアダイト）を握（にぎ）り、その左手にはフェリがいる。小柄（こがら）な彼女を抱（だ）き、走り、そして跳ぶ。

グレンダンの大地を突（つ）き進む。

「レイフォン・アルセイフ！」

敵意（てきい）ある声が飛ぶ。レイフォンに向けて、四方八方から矢のごとく放たれる。クラリーベルとの間で起こった衝突（しょうとつ）は予想外の爆発（ばくはつ）を呼（よ）び、そしてそれはいまもなお連鎖（れんさ）的に規模（きぼ）を広げ、レイフォンの周（まわ）りからなくなることはない。

グレンダンの空気に込（こ）められていた緊迫（きんぱく）感に火を点（つ）けた。生まれた炎（ほのお）がどこまで成長するのか、レイフォンには予想さえもできない。

いまはただ、走るしかない。

「一二〇〇。新たに三名」

耳元でフェリが呟く。彼女の腕はレイフォンの首に巻かれ、その息づかいは耳のすぐ近くにある。端子越しでは感じられない緊張が、吐息とともに伝わってくる。

鋼糸が動く。いや、さきほどから動き続けている。迫り来る武芸者たちの衝剄を弾き、近づこうとする者たちの足を止め、気絶させていく。背後のシャーニッドに走ることだけに集中させるため、そしてフェリにも安全地帯を探してもらうため、レイフォンは戦闘に集中していた。

前方を塞ぐ形に回り込んだ新しい三名には、衝剄を放つ暇も与えずに気絶してもらう。

「百メル進んだら、一四〇〇へ二百メル向かってください」

フェリの指示に従い、進む。

だが、厳しい。

ただ倒すだけ……相手を殺すつもりで動けばいまよりもずっと楽にはなるだろう。だが、レイフォンはそれを選択しなかった。相手を気絶させるだけにとどめようとしている。殺戮の道を選ぶのならば、クラリーベルも二の太刀で首を断っていただろう。

なぜ、そうしなかったのか？

なぜ、殺さないのか？

自分自身に対してもうまい言葉が思いつかなかった。

だが、なぜかそうできない。咄嗟の判断でそう決めてしまった。そしていまから方針を変更するには、心のどこかで勢いが足りない。

だが……

「……っ！」

鋼糸越しに伝わる衝撃。迫る武芸者たちの衝剄を受け止めた衝撃が腕に伝わってくる。リンテンスのように糸による陣を張れば衝撃をもっと減殺することもできるだろうが、それをする暇も惜しい。

あの人のように、一瞬でそれを為すことはできない。

対多戦では非常に有効な鋼糸だが、まだまだリンテンスの足元にも及ばない。

一人で、攻めに徹すればこんなことにもならないのだが……

「おい」

その時、背後からシャーニッドの声がした。

「このまま逃げるにしても、念威繰者に張り付かれたら逃げ切れねぇんじゃないか？」

さすがのシャーニッドもこんな状況では、いつもの余裕のあるしゃべり方ではない。

シャーニッドの言葉に、レイフォンは内心で頷き、しかしそれ以上のことはなにもできなかった。レイフォン自身、それどころではない。

彼の言うとおりだ。

武芸者に混じって念威繰者の操る端子もこちらを捕捉しようと近づいている。鋼糸の有効距離に近づいてくるものは軒並み潰しているが、強い念威を持つ者は遠隔からそれを行おうとする。普段ならばもっと鋼糸の有効距離を広げられ、それらを潰すこともできるのだが、逃走しながら無数の敵と戦うというこの状況ではそれもできない。集中できる範囲と精密な動きを可能とする範囲の折り合いが、いまの円だ。

頭の中は鋼糸を動かすことに集中している。移動のルートはフェリにまかせっぱなしだ。そして、そうでなければすでに隙が生まれて攻撃の一つや二つは漏れている。

グレンダンの武芸者は、決して甘くはない。

どの都市よりも多くの実戦を経験し、どの都市よりも数多くの集団戦をこなしている。いかなる状況からでも、まったくの見知らぬ相手とでも当たり前に連係行動を可能とする。そうでなければ生き残れないのがグレンダンの武芸者だ。

このまま、シャーニッドとフェリを守りながらの行動では天剣授受者を引きずり出すよりもはやく、ニーナやリーリンに辿りつくよりもはやく武芸者たちの連係攻撃の前に潰される。

「考えはあります」

滲み出た焦りを塗りつぶして、フェリの言葉が耳朶を打つ。

「ですので、目標の地点に移動してください。できればそこで、一瞬でも良いので相手の目からこちらを消して欲しいのですが」

「どうだ？」

フェリの言葉を受けて、シャーニッドが問いかけてくる。

「……鋼糸の陣を織る暇があれば」

レイフォンはそれだけを答える。リンテンスから学んだ鋼糸独自の技、繰弦曲を使うにはどうしても時間が必要になる。それはレイフォンの技術がリンテンスに及ばないからだ。

そして、数が増えれば増えるほどにその制御の難易度が増す。だが同時に繰弦曲の織りなす技の威力や規模も増す。

類型からすれば、ディン・ディーの使っていたワイヤーも鋼糸の類だ。それを考えれば、この武器の難易度がいかに高く、そして極めれば極めるほどにその威力が恐ろしくなるか、よくわかるというものだ。

リンテンスのように一瞬で陣を織る……繰弦曲を行えない以上、そこには隙ができる。そしてこの状況では、その隙は致命的だ。

「よし、まかせろ」

だというのに、シャーニッドはあまりにもあっさりとそれを請け負った。

「……え？」

「その代わり、十秒だ。頼むぜ、序盤で無茶はやりたくねぇ」

「え？　でも……」

紡ぎかけた言葉を言い切れなかった。遠慮だろうか。だが、いつもならその事実を遠慮も恐れもなく言えるはずだ。レイフォンが例外というわけではない。実戦の中のグレンダン武芸者とはそういうものだ。そして常に実戦の気持ちを忘れないサイハーデン流は常にそうであるということだ。

だから、この瞬間に言うべき言葉は決まっている。

「先輩では無理です」

と。

それを言えなかった。

なぜか？

しかし、改めてそれを言う暇も心に問う暇もない。

「わかりました」

代わりに、フェリが頷いた。

「フェリセ……」

「いまは議論をしている暇はありません。態勢の立て直しを」

いま必要なのはたしかにそれだ。

しかし……

「よし。ポイント到着三秒前から始める。どんなのか知らんがおれまで巻き込んでくれるなよ」

「…………」

返事をしている暇はなかった。すでに目的のポイントまであと少しだ。

追いかけてくる武芸者は三十人ほど、包囲しようとする端子は五十ほど。念威繰者は二人か三人というところか。激しく感じたが、思ったほどの人数が出てきているわけでもない。レイフォンとクラリーベルの衝突が、グレンダンに充満していたなにかに火を点けた。それは確かだ。爆発に伴う延焼はこれからも広がり続けるに違いない。

しかしいまはこの数。シャーニッドを危険な目に遭わせるぐらいなら、感じている躊躇を踏み越えて……

「……ぼ」

僕がやります。そう言おうとした。この程度の数、殺す気でやればどうということもない。

　だが、言わせてもらえなかった。

「……フォンフォン、大人（おとな）しくしていてください」

「え？」

「延焼を防ぐには、火元が消えなければ。一秒前……開始」

「おうよ！」

　背後（はいご）に付いていたシャーニッドが雄叫（おたけ）びを上げて方向を転じた。

　前方に立ちふさがった者は優先的に片付けていた。だから、迫（せま）るのは背後からだけだ。

　その背後には、三十名の武芸者。ツェルニにいる学生武芸者とは質が違う。ツェルニの武芸者の中ではトップレベルにあるだろうシャーニッドだが、それでも無謀（むぼう）であることと、その数秒先に起こるだろう未来はなにも変わりはない。

　止めるべきだ。止めるべきだった。だがもう間に合わない。約束の十秒。握（にぎ）る錬金鋼（ダイト）、鋼糸の向ける先を変えるべきか？

　しかし、なぜだろう？

　信じられないことが起こるような気がするのだ。

　ただ黙（だま）って、陣を織ることに集中すればいいような気がするのだ。

頭の中では、すでに使うべき陣の構成が思い出され、それが映像化されている。体験として思い出される。どう鍊金鋼を振るか、どう勁を走らせるか、どう勁の脈動を調節するかが、鮮明に脳内に再現される。

後はただ、それを肉体レベルでの再現に向けて追走するだけだ。

そして繰弦曲は、一度追走に入ればもう再現するまで止まれない。リンテンスの技とは、それだけ奥が深く、複雑なのだ。

技の全てが複雑怪奇。武器の習熟に恐ろしいほどの時間がかかる。鋼糸使いが化錬勁使い以上に少ない理由はここにあるに違いない。

ルッケンスの秘奥も難しかった。だが、肉体運動とは別の場所……勁の流れ、その波紋さえも鋼糸の運動に利用するこの技術は、そういう意味では全てが秘奥レベルだ。

集中する。邪念が混じればそれだけで必要な一手をし損じる。

もう、始まってしまってるのだ。

一秒。

「行くぜぇ！」

雄叫びを上げて、シャーニッドが武芸者たちに向かっていく。

「レストレーション！」

その両手に二丁の拳銃が復元される。銃衝術……拳銃を使った近接格闘術を使うために、直接打撃に対応したその拳銃を構え、シャーニッドは三十人の武芸者に向かっていく。

衝剄の一斉射がシャーニッドを迎え撃った。


二秒。

轟音を伴い、それは大気を攪拌させ、打ち砕き、巨大な波濤となってシャーニッドを飲み込もうとする。猛進する幼生体の群を迎撃するために編み出された集団戦術だ。ただ一人の、しかも未熟な武芸者に使うには、あまりにも大人げない技と言えた。

シャーニッドの視界は衝剄によって生まれた光と、大気に混入していた微量な粉塵が破裂しかき回されて生じる白い線の群に埋め尽くされる。


三秒。

背後でより巨大な剄の波と圧力を感じた。三十人の武芸者による衝剄を簡単に凌駕する威圧感。それは、どう考えてもレイフォンのものとしか思えない。そうでなければ、もっと怖い者がシャーニッドたちの背後を突いたということになる。

（そんなことはねぇよな？）

シャーニッドは信じる。彼もまた、退けない場所にいた。自分のやる行為によって物事がうまくいく方向に向かうと信じるしかない場所にいた。

「たまには、先輩の威厳ってやつを見せてやるぜ！」

叫ぶ。

そして、起こる。

四秒。

グレンダンの武芸者たちは、自分たちが生み出した衝剄の結果を冷静に予測していた。レイフォンの鋼糸に守られて、いままでなにもしなかった武芸者の末路になんの心の痛みも感じていなかった。その逃げ方、走る速度、跳躍の高さ、その姿勢から、大方の実力は把握できていた。無謀の極みでしかない行為と判断した。そしてその判断になんの斟酌も加えないまま、技を放つ。戦いの最中だ。そんな時に危険な場所に立ち、しかも敵対する行動を取った。ならばどうするか？　それは考える必要もない常識だ。たとえその愚か者が学生武芸者であったとしても、彼らは彼の教師ではない。少年の愚かさを指摘してやる理由はない。

衝撃波は彼を粉みじんに砕き、まるでミキサーに放り込まれたような状態になるだろうと予測していた。

だが、そうはならなかった。

無数の銃声が、衝撃波の轟音を突き抜けて響き渡ったのだ。

次の瞬間、予測は裏切られた。

無数の光弾が衝撃波を貫いて襲いかかってきた。しかもその光弾は衝撃波を、三十人の武芸者からなる衝剄の大波を食い破って襲いかかってきた。

今度は彼らが、剄弾による大雨を目の当たりにすることになる。

五秒。

これは、学園都市の小隊対抗戦でも、学園都市同士の武芸大会でもない。武器の安全装置は解除されている。それはつまり、麻痺弾という、おもちゃの弾丸が装填されていないということでもある。

そしてこの銃は、実弾と剄弾の両方を選択できるようになっている。安全装置がかかっている状態では決して選択できない剄弾を扱うことができる。威力はあっても弾数の制限を受ける実弾だけでなく、己の剄をそのまま圧縮して放つ剄弾を使うことができる。銃の特性上その威力の上限は限られているが、己の剄が保つ限り無限に撃てる剄弾が放てる。

それを撃った。

「うおおおおおおおおお!!」

雄叫びを上げて撃ちまくる。ただ撃つだけではない。突き進みながらその内部で流動し、決して形の定まらない衝撃波に対して、『ここを撃てば確実に霧散させられる』という点を目がけて剄弾を撃ち込んだ。

信じられないことだが、この瞬間、シャーニッドの剄量は異常なまでに膨れあがっていた。それがここまでの銃の乱射を可能とし、そして衝撃波を無効化した上で、武芸者たちに襲いかからせることができた。

「はっはぁー!」

快哉をあげる。この事態は彼らにとっては想定外……立派な奇襲となっただろう。事実、降り注ぐ剄弾を退避しきれなかった武芸者が幾人もいた。


六秒。

三十人が二十人ぐらいにまでは減った。しかし安心はできない。遠くから駆けつけてくる武芸者の気配をシャーニッドは肌で感じていた。

「だが、間に合わねぇよ」

散開し、こちらを囲うように動き始めた武芸者たちに、シャーニッドはあえてその包囲網に飛び込む真似をする。

それぞれが握る武器が直接シャーニッドに襲いかかる。

もはや彼らは、シャーニッドをただの学生武芸者とは思っていなかった。


七秒。

ここでも、シャーニッドは信じられない結果を生んだ。急造とはいえ、無数の戦場で培った彼らの連係を見抜いた。囮には手を出さず、的確に本命に到弾を放つ。初撃のような乱射はなかったものの、これでさらに三名の武芸者が倒れることになる。

八、そして九秒。
迂闊な攻撃は痛手を被ると、彼らの動きが鈍る。

短い、にらみ合いとなる。


そして、十秒が経った。

「頼むぜ」

呟くと、シャーニッドは剄弾を乱射して膠着状態を破りレイフォンたちへの進路を開き、合流へとひた走る。背中を警戒していない全力疾走に武芸者たちは一瞬唖然とし、罠の可能性を考え、追撃すべきか悩んだ。

その、一秒にも満たない刹那の間が運命を決した。

繰弦曲、針化粧。

結果は瞬速を超えて生まれた。武芸者たちがいた場所、その周囲、戦いを観察し情報を収集していた端子たちが、等しく同じ状態となった。

すなわち、串刺しとなった。

極細の鋼糸は武芸者がシャーニッドとの戦いに気を取られている間に地を這い、その場に敷き詰められ、そして一斉に天を突いたのだ。鋼糸の先端に込められた剄は鋼の鋭さを増幅させ、彼らは抵抗する隙もなくその肉体を鋼糸に貫かれた。端子たちもその餌食となり、次々と割れていく。シャーニッドと戦っていた者たちだけでなく、周辺から集まろうとしていた武芸者、念威端子ともに、同じ運命となった。

痛みと衝撃に、貫かれた武芸者たちは声もなく気絶していく。レイフォンの鋼糸は、肉体の重要な部分を全て避けて突き刺さっていた。

「そこから地下へ」

シャーニッドが駆けつけたところでフェリが指さしたのは、地下下水道へと通じる、重い鉄の蓋だった。

†

暗かった。

「いや、それは別に良いんだけどよ」

苦い顔で、シャーニッドが先を進む。真ん中にフェリを置き、後方をレイフォンが守る。

レイフォンたちが進んでいるのは、下水道にある側道だ。

シャーニッドの表情の理由は、レイフォンだけでなくフェリもまた承知していた。

下水道には大量の水が流れ、それがレイフォンたちの話し声をかき消す。だが、大きな声は出せない。

「くせぇ」

シャーニッドが鼻をつまむ。

レイフォンたちの入り込んだ下水道は、汚水の流れ込むものだった。

「わかりきったことを言わないでください」

フェリもこの臭いには辟易しているようだ。

レイフォンだってそれは同じだ。内力系活剄は嗅覚以外に回るようにしているのだが、それでもこの臭いは鼻孔と気分を浸蝕する。喉の奥に不快感が溜まってくる。

「ここ以外に人目を避ける道があるというのであれば、ぜひとも教えて欲しいのですが」

「悪かったって。別にフェリちゃんを責めてるわけじゃねぇよ」

「当然です」

「おれたちの使った入り口は壊しちまったし、これで向こうの目もくらませられるだろ。念威繰者の方は、なんとかなってんだろ？」

「ええ。もともと、地面は念威の透過率が悪いですし、近づいてくる端子にはこちらから働きかけて知覚誤認を行います」

「向こうの念威に勘違いをさせるってか？　すげぇな。そんなの使えるんならどうしていままで使わなかったんだぁって、ニーナに怒られるぜ」

「……使わなかったのではなくて、いままで使えなかったんです。方法を考えたのは最近ですから。相手の端子を奪った時に色々と……」

「フェリちゃんも考えてってな」

「…………」

「嫌よ嫌よも好きのうちか？　いいねぇ、来るねぇ」

「死ね。変態」

「ていうか、二人とも、よく喋れますね」

できる限り呼吸をしたくないレイフォンとしては、二人が普通に会話していることが信じられない。それでなくとも三人とも、剄脈を維持するための剄息は切らさないようにしないといけないのだ。

「こんなの、開き直らねぇとやってられねぇよ」

「ルートを選定した時から覚悟していましたから」

「それは、そうなんですけどね」

レイフォンはため息を吐き、二人の後を追う。分岐に当たった時に指示するのはフェリだ。レイフォンは背後の気配にのみ集中する。

いまのところ、追いかけてくるものはいない。耳に剄を集中すれば、こちらを探す様子の足音はいくつかあるのだが、すぐ側にまで近づいている者はいなさそうだ。フェリも、確実に追跡者のいない道を選んでいる。

この様子なら、少しは気を抜いても問題はない……か？

「それにしても、いきなり派手にやったなー。おれの予定としては、もう少し穏便に潜入するつもりだったんだけどな」

「知り合いが多いというのも困ったものです」

フェリが睨んでくる。

「こいつの古巣とはいえ、な。しかもいきなり美人のお出迎えと来たもんだ」

シャーニッドが笑い、フェリの目がさらに鋭くなる。

「ま、それが深紅に染まっちまうのはお前らしいのか、どうなのか」

「それで……あの人はどういう方なのですか？」

「え？」

「あの、クラリーベルという方と、あなたは、どういう関係にあるのですか？」

「いや、どういうもなにも、そんなに一緒に戦ったことはない気がするんですけど……」

覚えているのはグレンダン三王家の一家、ロンスマイア家だということ。天剣の一人、ティグリスの孫だということ。

「へぇ、じゃあ良いとこのお嬢様ってことか。このままグレンダンにいたら、逆玉ってこともありえたってか」

「いや、それはないですよ」

心の底からそういうことはないだろうと思う。

だけど、フェリから感じる敵意はさらに濃くなってくる。

「だって、さっきの見たでしょう？」

いきなり斬りかかられたのだ。好かれているとはとうてい思えない。

「いやいや、敵意って感じじゃなかっただろ？　なんか、無邪気にかかっていったって感じだったな」

そう言われてみれば、確かに敵意はなかった。罪人であり、都市外退去を命じられているレイフォンを討つためにやってきたのかと思ったのだけれど……あれはそうではなくて、単純に力比べをしたくて向かってきたのかもしれない。そういう武芸者は、グレンダンでは事欠かない。

「好かれてるなぁ」

「いや、でも、力比べがしたかっただけかも……」

にやにやと笑うシャーニッドにレイフォンは困った顔をする。そしてフェリの怒気はますます濃くなっていく。

「それで、他にはなにかあるんですか？」

「え？」

「他に、です。あの方の言いようでは、あなたとなにかあったように聞こえましたけど」

「なにもないですって……ええと、思い出せるのはたしかあの人の初陣の後見をしたことがあるような気がするぐらいで」

「後見？」

「あ、グレンダンだと初陣の武芸者は、戦経験のある武芸者が後見として戦いを見守るようになってるんです。僕の時は養父でしたけど、なぜかティグリスさんに僕がするように言われて……」

シャーニッドが指を鳴らした。

「そこで、かっこよく助けたとみた」

「え？　かっこよくではないですけど、意外に長期戦になって、スタミナ配分間違えて倒れたから、残りを僕がやりましたけど」

「ほら、やっぱり」

フェリの視線が冷たい。

「なんでそう、無意識に……」

「え？」

「諦めな、こいつの無自覚と鈍感さはそれこそ天剣級だ」

「まったく……」

二人の会話がよくわからず、レイフォンは首を傾げた。

そうこうしている間も下水道を進む。フェリの先導は的確で、追跡者たちの足音は次第に遠ざかっていった。

「ここで上がりましょう」

そう言った時には、一時間は経過していた。

「やっとかよ。うぇ、服とか髪に臭いが染みついたんじゃねぇのか？」

自分の長髪を鼻に近づけ、シャーニッドは情けない顔をする。

「先に上がります」

安全の確認に、レイフォンが先にはしごを登る。重い鉄の蓋を押しのけ、地上に上がる。鋼糸の一部をフェリに巻き付けて引き上げ、次にシャーニッド。

その間、この周辺に近づいてくる者はいない。

場所は……第三居住区のようだ。避難勧告は行われていないようだが、日が昇っているこの時間なら人気は少ないに違いない。

ほっと息を吐く。武芸者たちの大半は捜索を諦めたのかもしれない。フェリの言うとおり、一度姿を消したことで彼らの熱狂の温度が下がったのだろう。

「それにしても、なんだったんだ？」

クラリーベルのとの戦いは下水道での会話のように、彼女の無邪気な挑戦心が起こしたものかもしれない。だが、その後の武芸者たちの反応は、わかるようでわかりきれないもののようにも感じられた。

まるで、ぎりぎりまで引き絞られていた緊張が爆発したかのような騒々しさだった。戦闘が終わったばかりだというのに、どうしてあんなにも緊張していたのだろう？

いや……

「まだ終わってない？」

「なにをぶつぶつ言ってるんですか？」

シャーニッドが蓋を直している。フェリの冷たい目がこちらを見ている。クラリーベルの話をしてから、まだ機嫌が直っていないようだ。

しかけられたのはこちらだというのに、それで怒られるなんて不条理だ。

だが、それを言えばまた怒られるのだろう。

「どうかしたんですか？」

「いえ、なんでさっきはあんなになって、考えてて……」

「わかるわけがありません。ですが、こんな状況ですからなにが起きてもおかしくないと思っている方がいいのではないでしょうか？」

　こんな状況。

　ツェルニにグレンダンが接触する。学園都市と一般都市が接触するということも異常事態なら、そのツェルニの上空から突如として現れた汚染獣の群も異常事態だ。

　なにより、異常事態というのなら第五小隊とともに向かった廃都市で汚染獣を見つけた時から続いている。

　こうなることは、あの時から決まっていたのだろうか？

「よし、じゃあ行こうぜ」

　蓋を直し終えたシャーニッドがやってくる。

「待ってください。〇九〇〇の家から人が……」

「え、おい、いきなりそんなこと言うなよ」

「武芸者の動きに注意していたのですから、しかたありません。退避を」

「間に合うか？　レイフォン」

「ええ、行きましょう」

「あ……」

　フェリの呟きは、間に合わないことを示していた。呟きに重なるようにドアが開く。

それでも、すぐに動けば間に合った。家の中から現れた人物は、女性だ。ドアのノブを握り、足下を見つめていた。こちらは見ていない。いまからなら跳べる。全力ではなく、隠密性を重視した動きでも十分に間に合う。たとえフェリを抱いていてもだ。シャーニッドはそもそも、そういった行動が得意だ。なにも心配することはない。

それなのに、レイフォンは動けなかった。

ドアから出てきた人物。

女性。

俯き加減に足下を見つめるその女性の髪。一本一本がとても細そうな髪の毛。とても短くしていて、俯いているだけで流れるように重力に従ってしまうその髪。

ここから見えるのは、その髪と、肩。そして腕にかけられた買い物かご。

だが、それだけでわかってしまった。

「…………え？」

女性が顔を上げた。こちらを見た。そして信じられない顔でレイフォンを見つめている。

「レイフォン……？」

「ルシャ、姉さん？」

†

頭痛がする。

別に病気というわけではない。心労のためだ。あきれ果てて、言葉もなく、ただ頭痛がした。

ミンスはこめかみを押さえながら、ベッドでにやけている従妹を見た。結局、王宮に戻ることもなく引き返し、腕を切られた従妹を抱えて病院へとやってきた自分の性格が恨めしい。

「まったく……」

しかも、その従妹といえば、部位修復用の簡易ポッドに右腕を固定されたままという痛々しい姿だというのに、にやけ顔なのだ。

悲愴な顔をされるよりはマシか？

だが、このにやけ顔がまた、ミンスの中の、怪我人を助けたことで得られるある種の充足感や安心感を満たしてはくれない。

あるのは、ただバカバカしさだけだ。

「ああ……やっぱりレイフォンは最高でした」

そんなことを呟いているからだろう。ガハルド事件を利用してレイフォン追放運動を成功させた人間としては、彼を肯定する従妹の言動には苦々しいものしか感じない。

「あの抜き打ち。ずいぶんと磨いたつもりでしたけど、それでもまだ足りないのです」

「遊びと本気の違いじゃないのか？」

愛おしげに簡易ポッドを撫でる従妹は危ない人にしか思えない。サヴァリスに代表されるような戦闘狂というわけではないはずだが、レイフォンのことを考えている時のこいつは、やはり危ない。年が近いということもあって初陣前から意識はしていたようだが、どうも初陣の後からは、別の気持ちも混じっているように思える。

それが、どうして普通の女性的な感情にならないのかは、不思議でしかたないのだが。

「そんなもの関係ありますか。真に必要とされるのはいかなる状況でも発揮される、平均値的な実力です。危機にある者の切迫した境地から出される底力を恐れていては、何者のとどめも刺せないではないですか」

「正論のようには聞こえるな」

「正論ですよ」

強く頷く従妹に、ミンスは沈黙して窓からの景色に目を向けた。

戦闘論とでもいうべきものを論じるにはミンスは疲れていた。あいにくと武芸者としての己の実力はそれほどでもない。もはや急激な成長はないと諦めてもいる。さきほどの狼面衆との戦いによる疲労で体が重いのだ。ゆっくりと休みたい気分のところでクラリーベルの暴走だ。あとで陛下や他の連中からなにか言われるかと考えると、それでまた疲れが加算される。癒しを与えてくれるものがなにもない。

「……とりあえず、騒ぎの方は一段落したようだな。うまく隠れたか」

しばらく聞こえていた騒音はすでに静まっている。倒されたなどとは考えられない。天剣たちが動いたような、大きな勁の動きもなかった。ならば、どこかに隠れたのだろう。

レイフォンは忌々しい。だが、騒ぎがこれ以上大きくならないのであれば、それに越したことはない。いまの状況はどう考えても普通ではないのだ。この後、必ずなにか、大きなことが起きる。狼面衆たちの行動もそれを示していた。いつものように奥の院への道を探すのではなく、天剣授受者たちの暗殺……より正確には彼らの実力を何らかの要因で減じさせようとするものだったが、それもまたこれから起こるであろう戦いで、彼らに本領を出させないために行ったはずだ。

なにかが起こる。それは確かなはずだ。

そんな時に、こんな騒ぎが歓迎されるはずがない。ミンスたちにレイフォンの潜入を止める実力はないのだから、大人しく受け入れておけばよかったのだ。

「いいから、大人しくしておけよ」

「わかってます。腕が繋がらなければどうしようもありませんもの。ああ、でも、できればもう一度戦いたいですわ。今日の夕方には繋がるという話ですし、もう一度……」

ミンスはただ首を振って病室を出た。

早く帰りたい。そう思いながら病室を出たというのに、ミンスは足を止めざるを得ない人物と顔を合わせてしまった。

「これは……まぁ、奇遇でございますね」

あまりに意外な人物に、ミンスはしばらく声が出なかった。しかし、相手は穏やかな雰囲気を崩すこともなく、車椅子からミンスを見上げている。

ここにミンスがいるということを知らないはずがないというのに、そんな顔をする老女にミンスは言葉を探した。

「……起きているとは、珍しいことですな。デルボネ殿」

デルボネが普段眠っている病院もここだ。それだけでなく、ツェルニで負傷したサヴァリスも同じ病棟で治療を受けている。

顔を合わせる可能性がないわけでもない。しかし、この老女の肉体は長い時を眠りの中で過ごし、念威だけで活動しているという話だ。だからこそ、その生身の姿を見ることが

あるとは思ってもいなかった。

「いえね、孫（まご）の一人が入院したものですから、そのお見舞（みま）いに。久しぶりに帰ってきた孫ですので、まさか端子（たんし）で会話のみというのも味気（あじけ）ないでしょう？」

「それは幸せな孫だな」

「ミンス様もお見舞いですか？」

「クラリーベルのな、知っているだろう？」

「たまにはなにも知らない振りもしたいというものですよ」

「……孫が怪我（けが）をしたという話は知らないな。私（わたし）の知っている人物か？」

デルボネの正確な年齢（ねんれい）ははっきりしていない。だが、彼女には多数の孫がいる。その多くは念威繰者（そうしゃ）であり、ひ孫が現役（げんえき）で活躍（かつやく）するようにもなっている。いまのグレンダンの念威繰者はデルボネの血筋（ちすじ）が主流となっているのだ。

グレンダンの情報を一手に集める彼女の存在は、ただの天剣授受者という枠（わく）には収（おさ）まらない権力があるともいえる。

「いいえ、ミンス様はお知りにならないと思います。幼（おさな）い時にこのグレンダンを出て、最近になって帰ってきましたから」

「そんな者がいたのか？　しかし、帰ってきたとなると、もしやツェルニからか？」

「ええ、ツェルニに立ち寄っていたところで今回の騒動です。いえ、怪我はそれ以前のものですし、命に別状はないのですけれど」

「そうか。それはよかった」

「ええ。一番、目をかけたかった孫ですので、とてもうれしいのです」

その顔に浮かぶのは、本当に人の好い老女の笑みとしか思えなかった。

「そうか。その孫、無事に出てこれると良いな」

「ありがとうございます。あ、それから……陛下は今回の件を気にしてはおられませんよ。彼の潜入もクラリーベル様の性格も想定の範囲内だそうです。ご安心ください」

「……おかげでよく眠れそうだ。感謝する」

「いえいえ、それでは」

「ああ」

隣を行きすぎるデルボネの車椅子を見送り、ミンスは出口を目指して歩き始める。

額に浮かんだ汗を感じて、舌打ちが零れ出る。

知られていた。それ自体は別に驚くに価しない。デルボネの念威は常時この都市を覆っている。この都市に起こるあらゆることで、彼女の知らないことが存在できるはずもない。

恐ろしいのはデルボネという念威繰者の存在そのものだ。

彼女がいる限りこの都市ではなにも起きない。汚染獣の接近を誰よりも、おそらくは電子精霊よりもはやく感知できる。そのありがたさ。グレンダンの政治は安定し、そしてなにより、女王によって統率された天剣授受者という守護の力に目がいって、都市民たちは彼女の恐ろしさを理解しないでいられる。

圧倒的という言葉さえも陳腐に思えるほどに強力な女王の力。

そして、デルボネという最高位の情報収集者。

この二人が手を組んでいるという事実。

一歩間違えれば、反抗の余地すら与えられない恐怖政治すら可能となる。

いまは良い。いまは、一つの目的に女王もデルボネも目を向けている。都市の経済も安定し、市民の生活に波乱は起きていない。

だが、その三点のどれか一つでも崩壊した時、残る二点も崩壊の兆しを見せるのではないだろうか？

そんな予感がミンスにはある。

レイフォンに関わったことで家を傾けさせてしまったミンスは、武芸者的能力で飛び抜けた成長を見せることはなかったが、それでもかつての甘い性格が抜けて、より鋭く現実を見るようにはなった。苦労がそうさせたと言えばそうだ。武芸者として自らの立場を明確にできなかったが故(ゆえ)に、彼は様々な現実的対応に追われ、その日々が彼をそうさせたのだから。

そして、だからこそ思うのだ。この都市は、とても危険だと。

女王。デルボネ。安定した市民の生活。

三点のどれか。

そのどれかが崩壊する時は、意外に近いように思える。

「ああ、余計(よけい)なことを考える」

風を受けて乱れた髪を押さえてミンスは愚痴(ぐち)ると、自らの屋敷(やしき)に向けて跳(と)んだ。

ミンスと別れたデルボネはそこから角を一つ曲がり、一つの病室に入った。

病室の風景などそう変わりはしない。白い壁(かべ)と床(ゆか)があり、ベッドがあり、こまごまとした必要品を置く棚(たな)があり、飲み物や食べ物を入れておく冷蔵庫があり……後は患者の病状に添(そ)った機器が置かれるだけだ。

そのベッドの主(あるじ)には、側に点滴(てんてき)用のセットが置かれているだけだった。

ただ、ベッドの主は全身をくまなく包帯(ほうたい)に包まれているのだが。

(おばあさま……)

ベッドの主の手には重晶錬金鋼(バーライトダイト)が握(にぎ)られ、そして念威端子がベッドの周囲に三枚ほど漂(ただよ)っていた。

部屋(へや)に響(ひび)いた端子からの声は、機械的で性別が不明だった。

「お久しぶりね、エルスマウ」

笑みを向けてベッドの主を見るが、向こうが包帯の下でどんな表情をしているのかをデルボネが知ることはなかった。この部屋では、あえて念威を使うまいと決めているのだ。

（ご無沙汰(ぶさた)しております）

「このような形でも、再会できてうれしいわ」

（できないものと思っていました）

「それは、私が先に死んでしまうと？」

（おばあさまが死ぬなど、考えたこともありません。……それよりも先に、私が戦場で果てると）

「リュホウ・ガジュは思った以上に良い武芸者であったようですね。あなたの念威を感じてそう思いました。良い戦場をたくさん経験したようですね」

（ありがとうございます）

不意の沈黙(ちんもく)が襲(おそ)った。だが、それをデルボネは不快と思わなかった。目の前のベッドにいる孫が過去に思いをはせていることがよくわかるからだ。

薬剤の塗布された包帯は青い。それに全身を覆われ、目さえも隠された孫の姿をデルボネは見つめる。汚染物質に対して特殊な代謝を手に入れたと孫は言った。だが、その代償がこの姿だ。

(おばあさま……)

「手術を受けることに同意してくれて、とてもうれしいわ。あなたの手に入れた特質も興味深いけれど、やはり、女性は自らの容姿にも気を配らなければ。せっかく手に入れたものも、後には続きませんよ」

(私には、もうそのような考えは……)

「エルスマウ」

(その名は捨てました)

「では、もう一度お拾いなさい。エルスマウ。フォーアの家名を捨てられなかったあなたには、その資格があります」

(それは、彼が……)

「ならば彼も、それを望んでいたということです」

再びの沈黙が訪れる。だが、デルボネはそれを、長いものとはしなかった。

「傭兵団の処遇はもう決まっています。相応の報奨はすでに用意してありますし、彼らはそれを受けるでしょう。その後、グレンダンの武芸者として再編されるか、あるいは再び流浪の者となるかは、各個人に判断していただきます」

（そうですか）

「ですが、あなたの傭兵団が戻ることはないでしょう」

沈黙。

「リュホウの跡を継いだのは彼の養子だという話ですが、彼はいませんでしたね」

（…………）

「その事情はもう聞いています。奇縁の織りなす出会いの結果。とはいえ、頭首を失い、その跡継ぎがすぐに現れなかった時点で、その組織はもう死んでいるのです」

（そうですね。わかっています）

「しかし、組織が死んだとしても、それとともにフェルマウスという名の念威繰者も死ぬのだとしても、あなたにはできることがある。エルスマウ・フォーアにはできることがあります」

（私になにを求めているのです？）

デルボネは一拍だけ時を置いた。その間に息を吸う。

深く吸う。

長く、この言葉を呟く時を待っていたような気がする。そのためにティグリスには生温いと叱られたこともある。

たとえば、殺すべき赤子を殺せなかった時に。自分が女だから、母としての経験を持ち、祖母としての経験を持つからではない。あの時、自分は確かに心に鋼鉄を抱けなかったのだ。冷徹な判断を下せなかったのだ。だからこそ、運に任せるなどという甘いことを呟いてしまった。

全ては、この言葉を言うべき時を探していたからだろう。

「あなたには、私の全てを継いでもらいます」

無音の衝撃が孫の体から発散されるのを、デルボネは静かな目で見つめた。

（まさか、そのような……）

「あなた方にはなんと映っているのかわかりませんが、私も人ですよ。肉体の限界は誤魔化しようがありますが、脳や頸脈はそういうわけにはいきません」

（ですが……）

エルスマウが動こうとした。だが動けなかった。点滴には各種の栄養素の他に、体の神経を麻痺させておく薬も入っている。これから行う手術には必要なものなのだ。

そのため、彼女はベッドから動くことはできない。

そう、汚染物質に晒されても生き残ることができ、さらに自らの嗅覚で汚染獣の接近も感知できるサリンバン教導傭兵団の念威繰者、フェルマウスは女性だったのだ。

女性の身で、自らの身をあんな姿にする道を選んだのだ。

その全てはリュホウ・ガジュのため。あの男に出会い、少女だった孫はグレンダンを飛び出し、戦いの日々に身を投じた。

戦うだけならばこのグレンダンでも変わりはしない。だが、使い捨て気分で戦闘力を買われる傭兵たちの事情は、戦闘する都市で戦う武芸者とは事情が違うだろう。

結果が、フェルマウスという念威繰者のあの姿だ。

（なぜ、私なのですか。一族の中で選ぶのであれば、私以外にも……）

「別に一族の中から選んだわけではありませんよ。相応しいと思う者があなたであるだけです。それに他の者たちは私に慣れすぎています。その点で、外に出たあなたにはそういうものがない」

（それでも、私にはおばあさまほどの念威はできません。……そういう意味では、あの娘の方が相応しいのでは）

「娘？」

（ツェルニで接触していらしたあの娘です）

「ああ。そうですね。あの娘も良い才能を持っていました。いまも知覚誤認を行って私の目を眩まそうとしている。まだまだ可愛いものですが、いまは必要ないので騙された振りをしていてあげましょう」

あの娘の初々しさを思い出すと、思わず笑みが零れ出る。

強大な力に振り回され、そして迷う顔をしていた。

デルボネにもそんな時期はあった。父が死にその跡を継ぐまで、どうしてこんな簡単なことに自分の人生をかけなければならないのかという疑問を消せなかった。

気持ちが変わった理由は思い出せない。大事なことだったはずだが、しかしできない。デルボネは自らの記憶のいくつかに意識的な封印を行っている。あるいはその中に埋没しているのかもしれない。生まれた都市からこのグレンダンに流れ着いたこともその中に収められているはずだ。

もはや百を数えようかというほど生きた。そして多くの子や孫、ひ孫までいる。過去に存在する自分を支える根よりも、未来に続いていく自分の末たちを見ている方が楽しいのも事実だ。過去がどうであったかなど、それほど重要ではない。

しかし、そんな自分にわずかに残されている過去に、あの娘は奇妙な重なりを見せる。

一瞬で好意を抱いたのは事実だ。

「……私の手元で一年でも育てることができるのであれば、それも良いかと思いますが」

(それなら……)

「あの娘がそれを望むとも思えません。そして、私に一年も時間が残っていないかもしれない」

(そんな……)

「人の命は、存外あっけないものですよ」

どう受け答えて良いのかと迷うエルスマウを見、デルボネは、今日はこれまでと判断した。こんな話だ。しかもエルスマウはグレンダンに帰ってきたばかりで、しかも手術まで受ける。心が落ち着いていない。話を急ぎすぎても良いことにはならないだろう。

「しかし、時間がそれほどないことも事実です。あまり悠長に構えず、先送りしないで考えてください」

(……わかりました)

意思は伝えた。

いまはこれだけで十分だ。

デルボネは包帯まみれの孫に入院患者にかける言葉を贈ると、病室を出た。

グーが来た。

呆然と立ち尽くすレイフォンに、ドアから現れた買い物かごを持った女性、ルシャはこちらへとまっすぐにやってくる。レイフォンが驚いて動けないというのに、彼女は驚きも短く、迷いなくこちらにやってくる。

あっ、来る。

そうは、思った。

避けようと思えば、いや、意識する必要もなく避けられるはずだ。レイフォンならば。

だが、彼女の長くて細い腕の先にある手が作った拳は、レイフォンの頭に落ちる。

「うっ……」

彼女は普通の女性だ。それなのに、思わず声が出てしまうほどに痛い。

「あんたは、まったく、なにやってるかな？」

頭を押さえたレイフォンは声も出ない。

「やっと騒ぎが収まったと思って出てきてみたらあんたがいるし。なに？　あんたが張本人？」

「僕だって、別に好きで騒ぎにしたわけじゃあ……」

「やっぱりあんたか」

再度の、グー。レイフォンはその場に座り込んだ。

「……聞いて、ルシャ姉さん」

目の端から涙が浮かぶのは習慣か。あるいは幼い時から体に染みこまされた潜在的な上下関係のためか。レイフォンは懇願の姿勢で姉を見た。

だが、姉は無情だ。

「その暇はなし。いま急いでるのよ。とりあえず家に入ってなさい。買い物しないと、色々足りないのよ。いや待って、あんたら臭い、まず風呂使いなさい」

弟の事情よりも買い物を優先し、ルシャは指で先ほど出てきたドアを示すとそのまま行ってしまった。

「……すげぇ、姉ちゃんだな」

シャーニッドの感想が、その場の全てだった。

そして、驚きはそれだけではないのだ。

大人しく家に入ると、すぐに甲高い泣き声が聞こえた。

「赤ちゃんですね」

「赤ちゃんだな」

「そうですね」

フェリやシャーニッドの言葉は状況を確かめただけの感想だが、レイフォンはその声が存在することに内心で驚いていた。

もちろん、驚きとはこれではない。

唐突に、泣き声がする方向から玄関に向かって誰かがやってきた。それに合わせて泣き声も近づいてくる。

そして……

「ああ、ルシャさん。忘れ物か？　とにかくよかった。この子泣き止まないんだが、もしかしてどこか悪いのではないだろうか………」

そこまで言って、赤ん坊を抱いた声の主は動きを止めた。

レイフォンたちを見ている。

そしてレイフォンたちも、彼女を見ていた。

そして、全員揃ってこう叫んだ。

『なんでここにいる!?』

ニーナの腕の中で赤ん坊は泣いている。

赤ん坊は、レイフォンの腕に移動した途端に泣き止んだ。

三人は順番に風呂に入った。レイフォンとシャーニッドは戦闘衣の下に着ているものが無事だったので、それを着たまま。フェリはその上からルシャのシャツを勝手に借りて羽織っている。

「なぜだ……?」

ニーナは、ひどく不満そうにレイフォンを睨んだ。

「緊張してるのが伝わったんですよ、きっと」

そう言ってみるが、本当のところはレイフォンにもよくわからない。赤ん坊にだって人の好き嫌いはあるようなのは、孤児院で弟妹たちの世話をしたことでわかっている。ただ、ニーナの抱き方が危なっかしかったのは事実だが。

いま、レイフォンたちはリビングに移動している。そこには赤ん坊用のベッドもあり、道具も揃っていた。普段から昼間はここで世話をしているのだろう。

「いや、まぁ、その問題は置いとくとしてだな……」

シャーニッドが脱力した顔でそう言う。その気持ちは良くわかる。かなり気負ってここまでやってきたのだ。

それなのに、助けにやってきたニーナとはあっさりと再会するし、しかも彼女は赤ん坊の世話なんてことをしている。攫われたという事実から想像できるあらゆる状況の中に、そんなものを想定しておく人間など、いるのならむしろ会ってみたい。どんな可能性が彼女をそうなると考えるのかと問い詰めたい。

こんな事態はレイフォンだけでなく、シャーニッドも想像していなかったに違いないし、それは責められることではない。

「レイフォン、わたしにも抱かせてください」

「無視かよ！」

「そこ、うるさい」

フェリに無視され、さらにニーナにまで注意され、シャーニッドが頭を抱える。レイフォンはどうして良いかわからず、とりあえず、フェリに赤ん坊を渡した。

「……軽いですね」

「赤ちゃんですから。三ヶ月くらいかな」

「泣きませんね」

フェリに抱かれた赤ん坊はおとなしくされるがままになっていた。頭を彼女の頬に寄せ、肩に乗った手を動かす。それがフェリの銀色の髪に触れ、摑んだ。

「首も据わってるから抱きやすいですよ」

「なら、どうしてわたしだと泣いたんだ？」

ニーナが恨みがましくレイフォンを睨む。

「隊長はピリピリしていたのではないですか？」

「なんだと？」

「緊張していたのでしょう？　落ち着きのない人だって見破られたのではないですか？」

「むむ……」

「わざわざグレンダンまで来て赤ん坊の世話をするような人は、落ち着きがなくて当然ですが」

フェリがなにげなく、言葉の刃を繰り出した。レイフォンにだってわかるぐらいの刺々しさに、ニーナが言葉に詰まる。

「それで、こんなところでなにをしてるんですか？」

「なんというか、なりゆきでだな……」

「それがどういうものかと聞きたいのです。どうすれば情けなくも攫われた人が、関係のない家でベビーシッターをしているというなりゆきになるんですか。料理の一つもできないくせに」

「りょ、料理のことでおまえに言われたくないぞ！」

赤ん坊を抱えたままのフェリとニーナの言い合いに、レイフォンはシャーニッドと目を合わせた。

「どうしましょう？」

「とりあえず、落ち着くまでまともな話は無理だな」

「それじゃあ……」

「退避退避。女のヒステリーは体を丸めて逃げるに限る」

「はぁ……」

シャーニッドの言い分は、とても正しく思えた。赤ん坊のことが気になったが、いまフェリから取り上げると彼女たちの注意を引きつけることになる。赤ん坊自身もフェリに抱かれているのは満更でもない様子だ。

「よし、逃げるべ」

「はい」

こそこそと話し合い、そっとリビングから抜け出そうとする。

その時、玄関のドアが開く音がした。足音はまっすぐにリビングに向かってくる。

「ただいま。いや、間に合った間に合った。まったく、どっかのバカのせいでおむつの特売を逃すところだったよ」

ルシャだ。片手にはおむつの入った袋が、もう片方の手にある買い物袋には食材らしきものが詰め込まれていた。

「……で、あんたらそこでなにしてんの？」

「えーと……」

「女の戦いから逃げるところ」

「バカなことやってないで、ほら、レイフォンはこれで飯の支度」

「あ、はい」

「あんたらも手が空いてるなら手伝ってよ」

「う……」

「…………」

「ん？　なんだい？」

「あ、こいつら作れないっすよ」

二人の態度に首を傾げるルシャに、シャーニッドが告げ口をする。

「シャーニッド……」

「あなたに言われたくありません」

「ん？　おれ、つまみぐらいぐらいなら作れるぜ」

「なんだと!?」

「そんな……」

当たり前の顔で答えられ、二人が動揺する。

「だが、この前の合宿では……」

「こいつとメイシェンちゃんの手際を見て、手伝い必要ねぇって思ったから」

「ぬう……」

「なんだい、作れないのは女ばかり、か。情けない」

呻く女性たちに、ルシャは容赦のない一言を浴びせた。

「まぁいいや、料理はあたしとレイフォンでするから、あんたらマル坊の世話をしてなさい。おむつも替えといてよ」

おむつの単語に女性陣だけでなくシャーニッドもたじろぐ。

だが、ルシャは笑いながら言い放った。

「どうせいつかはやるんだし、あんたらもやられてたんだ」

場所は違えど、キッチンにはなじみのある空気が混じっていた。

立った瞬間に、そのことは感じた。買い物かごの中身を見ればルシャがなにを作りたいのかはすぐに理解できた。かごにあった野菜をそれに合わせて切っていく。隣のルシャはそれを見ても文句を言わなかったのだから、外れてはいなかったようだ。

背後では赤ん坊……ルシャからマルクートという名前だと教えられた……のおむつ替えに慌てふためく三人の声が聞こえる。そして赤ん坊の迷惑そうな泣き声も。

「……元気そうだね」

並んで野菜を切りながら、ルシャが呟いた。

「友達もできているみたいでなによりだ。あんたはほんとに、そこらの人付き合いが下手だからね」

「姉さんは、怒ってないの？」

野菜の皮を剝きながら、姉を見る。手足が長く、顔の作りも整っている。化粧をすればもっと美人になると思うが、彼女はあまりそれを好まない。女らしさよりも男っぽさの方が強く、性格もさばさばとしている。服も男性的なものを昔から着たがるような人だ。

ルシャは、レイフォンとおなじ孤児院で育った姉弟だ。レイフォンがグレンダンにいた時からすでに独り立ちし、手に職を持って働いている。

そして、そうなる前は、小さなレイフォンたちに食事やおやつを用意していたのが彼女なのだ。その背中を見て育ってきた。彼女に料理を学び、調理道具の扱いを学んだ。場所は変われど、それを使う者は変わらない。包丁やボウルというわかりやすいものだけではなく調味料の類の位置、並びの見当に間違いはなかった。

ここには、レイフォンの懐かしさが再現されている。

「怒るっていうか、呆れたね。人付き合いが苦手な上にいざという時に他人に相談できないで暴走するってのは、もう呆れるしかないじゃないか」

「う……」

「そしてまぁ、そういうお前に影響されたガキどもが、思い込んで裏切られて嫌ってもしかたないと思わないか？」

「そう、だよね」

「まぁでも、嫌いきれなくてぐずぐず悩んでるんじゃないの？　闇試合の全貌とか、わりと大衆誌が賑々しく書き立てていたからな。レイフォン叩きは早い段階で消えちゃって、そういう裏社会叩きに変わっちまった。あれはなんか、情報操作でもあったのかって思ってしまうね。とにかく、そういうのがあったからガキどもがそれを知らないなんてこともないし、おかげで親父さんも道場再開できたしね。知ってるか？　親父さん道場再開したんだぞ」

「うん、それは聞いてる」

「リーリン？」

「うん」

「まったく、あの子も健気というか頑固というか……で、もう会ったの？」

「聞いてない？」

「なにを？」

　レイフォンは背後を見た。いまだにおむつをちゃんと穿かせられなくて騒がしくしている。ルシャが「風邪を引くだろ！」と怒鳴り、さらに三人が慌てている。

「で、なんだい？　ルイからはなにも聞いてないよ」

「……ついこの間まで、ツェルニにいたんだ」

　ルイと気軽に名前を呼んでいる。やはり、あの子は……そしてそれならやっぱり姉さんはと思いながら、レイフォンは説明した。

　リーリンがツェルニに来たこと。デルクにサイハーデンの刀を託されていたこと。

　そして、先日の騒ぎの中、女王によって連れ帰られたこと。

「陛下に？　なんでまたそんなことに？」

「わからないんだ。陛下はなにも教えてくれなかった。リーリンも、僕にはなにもするなって……」

そして、その言葉に逆らったのに、結局なにもできなかった。

リンテンスに実力差を見せつけられて終わってしまった。

「それで、ここでグズグズしてるって？　やれやれ、孤児院の出世頭にして失墜頭は、いま現在も坂を転がり落ちてる真っ最中か」

ルシャの言葉にレイフォンは反論ができなかった。その通りだと思ってしまったからだ。

そんなレイフォンにルシャがため息を吐いたのが聞こえた。

「ここに来てまでそんな顔をする。あーなんか、リーリンの考えていることがわかったような気がする」

「え？」

レイフォンは、驚いて姉を見た。

「それは……？」

知っているのなら、わかるのなら聞きたい。

あの時のことが、信じられない。

リーリンは、彼女は、どうしてレイフォンの助けを拒んだのか。

面と向かって人の助けを求めるような性格ではない。そんなことはわかっている。それを求めたら向こうも辛いことになる。そうわかっている状況で、そんなことが言える人物ではないことは、レイフォンも十分に承知している。

だけど、あの時のリーリンはなにかが違ったのだ。

心の底からレイフォンが来ることを拒んでいたような、そんな気がしたのだ。

どうして、リーリンはレイフォンを拒むのか？

それが、この姉にはわかるというのか？

それなら……

ルシャは背後を見た。おむつ替えは無事に終わったようで、三人ともがほっとした顔をしている。

「あんた……あんたたちの目的はあの、ニーナって娘を助けることも含まれてたんだろ？」

「え？　あ、うん……」

「じゃあ、その目的も達したんだから、ツェルニに帰りな」

「え？」

「あんたはもう、リーリンに会うべきじゃないかもしれない」

その言葉を言われた時、レイフォンは自分の内側で吹き荒れたものに、名前を付けることができなかった。

†

ゴルネオは風を感じていた。

あの後……ツェルニに襲いかかった無数の巨人たちと秘密研究所の前で戦った後、ゴルネオは勝手にどこかへと向かったシャンテを追った。

追って、辿りついたのがグレンダンだった。

運悪くグレンダンに入った時点で見失ってしまい、方々をさまよった末にルッケンスの武門に所属する者に見つけられてしまったのだ。

逃げることもできたが、逃げる先を考えればツェルニしかない。このグレンダンにいる限り、ルッケンスに所属する武芸者の目はそこら中にある。一人一武門と決められているわけでもなく、普段は武器を使う者でも格闘術を主体とするルッケンスの技を覚えたいと門を叩く武芸者は多い。

そして、シャンテがツェルニに戻っているとは、どうしても思えなかったのだ。

ならば、このグレンダンで、腰を据えて探した方が効率よいに決まっている。

「…………」

そういうわけでゴルネオはおよそ五年ぶりに実家へと帰り、そして、いまはこの場所にいた。

グレンダンにある、共同墓地だ。

家系で一纏めにされた墓石の前には名を記された札が置かれている。最近死去した人物はこうして墓の前に名を書かれた札が置かれ、数年経てば墓石の下に収められる。限られた土地では、個人のための墓石というものはそうそう作られない。断絶した家系の墓は早い段階で撤去され、まとめられる。

その札にはガハルドという名が刻まれていた。

サヴァリスから、死んだとは聞かされた。そして、帰ってきたことでガハルドとレイフォンの間にあった事の真相も知ることができた。

その真実を知ることになった。

決して、レイフォン一人を恨むなどできそうにないと思ってしまった。

「……あなたは、兄さんに引きずられすぎた」

サヴァリスという、まさしく強さと戦いを追い求める象徴のような存在。グレンダン武芸者に共通する精神を濃縮させたかのような存在に、ガハルドは惹かれすぎたのだ。

ルッケンスという巨大武門に、サヴァリスという異端児は生まれるべきではなかった。弟であるゴルネオでさえそう思ってしまう。この技を磨けば、いつか自分もそこに行くことができるのではないか、そしてより高みへと……そう考えてしまったとしてもおかしくはない。

そしてガハルドは、当時の武門の中ではサヴァリスに続く実力者だった。

……この場所から、逃げ出すようにツェルニへとやってきたゴルネオには、おそらくグレンダン武芸者に共通する感覚が薄いのではないだろうか。兄が怖かったということもある。それと比べられる己の無念ということもある。だがそれ以上に、あるいはもしかしたら、そういう強さへの希求という根幹部分を、先に生まれた兄に全て奪われてしまったのかもしれない。父の中の、次へと続く遺伝子の中からそういったものを全て吸い取っていってしまったのかもしれない。

だからこそ、ゴルネオは、サヴァリスを越えたいと思ったことがないのかもしれない。あるいは、ただ単純に、そんな幻想的な考えなどに意味はなく、間近で見続けることになったサヴァリスが強烈すぎて、自分には無理だと潜在的に植え付けられてしまっただけかもしれない。医者や学者から見れば、簡単に説明できてしまうようなものなのかもしれない。

しかし、原因そのものはもうゴルネオにはどうでもいい。

サヴァリスに惹かれ、そして強さへの希求をどこかの部分で履き違えてしまった。あるいは、手段と目的を取り違えてしまった、かつての、尊敬していた兄弟子の墓前で、ゴルネオは風を感じていた。

吹き抜ける風だけではない。

胸の中を過ぎていく風だ。

あの廃都市で、一度は己の中にあるものをぶつけ、そしてなお燻り続けていた感情が鎮火を見せていた。悪くいえば冷めてしまった。レイフォンへの恨みは消え、そこにあった熾火のような熱の残滓に戸惑ってしまう。

(こんな事をしている場合ではない)

墓前でやる事を一通り済ませたゴルネオはそう考えながら墓地を出た。自分の心に生まれた空虚を眺めている場合ではない。

シャンテを探さなくてはならない。

そのためにグレンダンに戻ってきたのだ。

「まったく、どこまでも世話を焼かせる」

そう零しながら、シャンテの突然の失踪の理由を考える。

なぜ、彼女は突然、グレンダンへとやってきたのか。

元々、考えを読み切れない女だった。森海都市エルパでなぜか獣に育てられた。そのためか、行動が肉食獣めいていて人間社会に適応しきっていない。

思い返せば、彼女の奇行の後始末で色々と苦労させられた。

しかし、それでも今回の行動は、なにか、いままでのものとは違うような気がする。いままでは、人間的にはわかりにくくとも獣的な部分で、なるほどと思える部分があった。たとえば、眠れない夜にいきなり月に向かって遠吠えを始めるとか、養殖科の実験室から逃げ出した変異鼠を追いかけてみたりとか。

あるいは、都市警察まで巻き込むことになった奇妙な果実の時とか。あれは、エルパでシャンテの親となっていた獣の習性に起因していた。

そういえば、あの時にはもう一つ、ありえないことが起こった。

巨漢に類されるとはいえ、かといって規格外というわけでもないゴルネオの肩に乗れてしまうほど、シャンテは小さい。しかしあの時、あの、ハトシアとかいう彼女の出身都市が原産の実に触れて、年相応の、あるいはそれ以上の成長を、信じられないほどの成長を遂げた。

あの時、レイフォンはなんと言った？

普段は制限を受けているのでは？　そう言ったのだ。普段は剄脈に制限を受けていて、それをハトシアの実が解放したと。

それを証明したのかどうなのか、その後、シャンテは元の姿に戻った。

なんのために、そんなことが起きている？　いや、レイフォンの予測だけで、あの時の現象は説明しきれていないように思える。

肉体の成長を止めている。その考え自体は、グレンダンで実例を見ているゴルネオやレイフォンには納得できる話だ。強力な活剄は肉体の成長をある程度抑制できる。肉体を最盛時の状態に維持しようと働きかけるのだ。そして、より強力であれば？　天剣のように、あるいはそれ以上に強力であればどうなるか。女王が長い年月、少女の姿のままで居続けていたという話は聞いたことがある。

だが、その女王の姿が、いまの成熟した大人の女性から、一転して少女に戻ったなどという話は聞いたことがない。成長の抑制や促進はできるかもしれない。だが、少なくともあの時のシャンテのような、急激な成長や逆行などできるはずがない。骨や肉、そして内側にある内臓がその急変に対応できないからだ。剄は魔法ではない。あるべきものを痕跡もなく消し、あるいは出現させるなんてまねはできない。

あの事件でシャンテに起きたことは、まるで魔法のような、ありえない現象だったではないか。

関係しているのか？　あの時もおかしな連中がシャンテの周(まわ)りをうろついていた。あれから姿を見せていなかったが、それが、こんな時に姿を見せたのか？

そのために、シャンテはグレンダンへと向かったのか？

「くそっ」

いま突然(とつぜん)に思いついた結論ではない。グレンダンに辿(たど)りついてから、何度か考えた末のことだ。

シャンテの行動は不可解だが、勝手に戦いを始めることはあっても、すでに起きている戦いの中でゴルネオの声を聞かなくなったことは一度もない。あの時の行動はツェルニで出会ってから体が覚(おぼ)えた経験から外(はず)れている。

異常な事態(じたい)に、以前に起きた異常な事態を重ねて答えを導(みちび)こうとするのは、決してそれが正しいという確証は得られないものの、そうおかしなことではないはずだ。

「あいつ、どこに行ったんだ」

ただの愚痴(ぐち)ではない。その言葉には、はっきりと焦燥(しょうそう)が滲(にじ)んでいた。

太陽は夜に場を譲(ゆず)ろうとしている。なにやらどこかの区画で騒動(そうどう)が起きたようだが、それもいまは鎮静(ちんせい)化している。

ゴルネオはシャンテを求めて、何度目かのグレンダンの夜の中を歩き始めた。

†

食事を終えたところでやっと落ち着くことができた。

「さて、色々話したいこともあるだろうから、あたしは奥で仕事してるよ」

そう言うと、ルシャは家の奥にあるという仕事場に赤ん坊とともに入っていった。

「ところで、あの姉さんはなんの仕事をしてるんだ？」

「ダイト・メカニックです」

シャーニッドの質問に答える。ルシャは養父の影響から錬金鋼に興味を持ち、はやくからダイト・メカニックに弟子入りしていた。女性ということで孤児院からの通いとなり、レイフォンたちの世話にも明け暮れることになったが、すでにいまは個人の工房を持つまでになっている。

「そりゃ、たいしたもんだ」

天剣になる前は、よく練習という名目でレイフォンの錬金鋼の調整をしてもらっていた。

「まっ、その話はそれでお終いにして、だ」

シャーニッドの目がニーナに向く。それにつられる形で、レイフォンとフェリもニーナを見た。

「あっさりと合流できたのはいいことだよな。だがまぁ、できれば事の経緯なんかを教えてくれるとありがたいんだが？」

「…………」

ニーナが思いつめた顔で俯く。

「できればもう、『内緒だ』とか『言えない』ってのはなしにしてもらいたいぜ？　お前さんのことは嫌いじゃないが、こうもわかりやすく秘密をもたれると命を預けにくくなる。なにしろお前は、おれたちの隊長なんだからな」

第一小隊の戦いの後に起きた行方不明、そして突然の帰還のことを指して言っている。あの時も、ニーナは肝心な部分は言えないと、頑として口を開かなかった。

「……そうだな。すまない」

しかし、それでもニーナは沈黙する。

「隊長、もはや不測の事態には飽き飽きしています。そろそろわかっていることを並べ、その正体を判明させたいと思っています」

「……その正体はほとんどわかっている」

「なんですって？」

「これは、内緒にしていたわけじゃない。あの時、第一小隊戦の後の段階では、わたしは本当になにも知らなかった。ただ、なにを話せば巻き込んでしまうのか、わからなかったからなにも話せなかった」

「巻き込む？」

「わたし自身、どうしてこうなったのか、まだうまく説明できない。だが、話したぐらいではそうはならないようだということだけは、わかった。だから、話せる」

「へぇ、そいつはよかったじゃないか」

「しかし、わたしの確信が本当にそうだという証拠はない。……もしも間違っていたら、お前たちまで巻き込むことになる。理不尽な戦いだ。それでも……」

「しつこいぜ。おれたちは……」

「大事なことなんだ」

　強い言葉に、シャーニッドは言葉を呑んだ。

「この戦いは、ツェルニも関係ないかもしれない。いや、もっと大きなことに関係しているかもしれない。廃貴族が協力してくれるようになったが、それでも天剣授受者には通用しなかった。そこで戦う先達がいて、わたしはその人に引きずり込まれたが、わたしはその人にも勝てる気がしなかった。いや、負けたんだ」

「なに言ってんだ？」

「……そんな強者が関わっている場所だ。そんなことに巻き込まれれば、本当に命がないかもしれない。よく考えてくれ。そして、考えた上でそれはできないと判断したのなら、このままツェルニに戻ってくれ。……時間は、明日の朝までだ」

「おい、待て。……それって、ツェルニには戻らないってことか？」

ニーナの言い方ではそういう風に聞こえてもしかたがない。レイフォンにもそういう風に聞こえた。

「いや、戻る。だがそれはこれからグレンダンで起こるなにかを見届けてからだ」

「おいおい。なに言ってんだ？」

シャーニッドが呆れた顔になる。フェリも、その言葉にはわずかに眉を動かして不快を示した。ニーナとシャーニッドたちの間で、前提が一つ掛け違えたままになっている。そのことに、やっと気付いたのだ。

「なぜですか？」

「これからグレンダンで起こることは、いままでツェルニで起こった様々な事件の結果のようなものなんだ。廃貴族から始まり、ツェルニの暴走や、この間の戦い、その先にあるものが、このグレンダンで結実する。それを見届けずにはいられない」

「それは、確かな情報なのですか？」

「確かかどうかは起こってみるまではわからない。あるいはわたしが騙されている可能性もある」

「待っている間にツェルニが移動を開始したらどうします？」

フェリが質問を重ねる。

こうしている間にも、ツェルニでは破損した駆動機関の修復が行われているのだ。それがいつ動き出すか、レイフォンたちが都市を出る前ははっきりとした見通しが付いていなかったが、ツェルニ自身の自然修復能力もある。いきなり早まってしまうという可能性もあるのだ。

「戻るのに放浪バスを使う気ですか？　こんな時に言うべきことではないかもしれませんが、武芸大会が終わったわけではありません。先日の戦いでかなりの疲弊を強いられているという状況で、第十七小隊が戦線を離脱するというのは望ましい状態ではないと思いますが？」

淡々と説明した上で質問を重ねる。

「……お前から武芸大会の話が出るなんてな」

「わたしは興味ありません。ですが、前しか見れないどなたかのために思い出させてあげているだけです」

ニーナの苦笑に、フェリは不機嫌さを示して眉間にしわを寄せた。

「前しか見れない、か。そうだな」

だが、ニーナは怒るではなく苦笑を浮かべたのみだった。

「しかし、これを見ないことには、きっと、わたしはいろんな後悔を残すことになる」

「後悔、ですか。個人的感情ですね。兄が聞けば、きっと一笑に付されることになるでしょう」

「まったく、理性役がいないからおれたちがその代わりをしないといけない。なんてこった、ってな」

「不快、です」

シャーニッドが肩をすくめ、フェリはしわを寄せたままニーナを睨む。

「厄介ごとはグレンダンが引き受ける。……たしか、向こうの念威繰者が会長に接触した時、そういう話になったってことだったよな？　だったら、おれらがここにいて確かめる意味ってないよな。向こうは隊長に……というか廃貴族に用があるみたいだけど、それは知ったこっちゃないからな。逃げるに限る。そう思うだろ？」

「え？　はい。そうです」

いきなり話を振られ、レイフォンは慌てて頷いた。

「なんだよ、心ここにあらずだな」

「……すいません。でも、僕も隊長は戻った方が良いと思います」

「なぜだ?」

「先輩はツェルニを助けたかったはずです。それを、忘れてはいけない」

レイフォンの言葉で、ニーナの顔からはっきりとわかるほどに勢いが失われた。

「それは、そうだが……」

「そうです。初志を忘れてはいけません。他の都市の問題よりも、まずツェルニの問題を片付けることの方が先です」

「ああ、レイフォンやフェリちゃんの言ってることは間違いじゃねぇ。ボールじゃないんだから、そこら中の壁にぶつかる度に方向転換してたら、どこにも辿りつかねぇぞ」

「しかし、だな……」

弱々しくはなってもニーナの反論は続く。それを説き伏せようとして言葉はさらに積み重なり、それでも抵抗を止めないニーナの態度に苛立ちの空気が充満し、しだいに険悪な雰囲気のまま沈黙するようになるまで、そう時間は必要としなかった。

様子を見に来たルシャの一言で解散とならなければ、あの後どうなっていたのだろう?

そしてその間、レイフォンは一言も言葉を発しなかった。

「あんたはもう、リーリンに会うべきじゃない」

キッチンでルシャに言われた言葉が思い出される。

リビングで、レイフォンはルシャの運んでくれた毛布だけで横になっていた。隣ではシャーニッドが同じようにして眠っている。ニーナとフェリはルシャの寝室で眠り、そして姉はいまも仕事部屋にこもっている。

姉の言葉。会うべきじゃない。

なぜ……？

「言ったろ？　ここに来てまでそんな顔をするって。あんたはリーリンの真意を探りたいんだろうが、それなのに弱気顔だ。あんたの得意の顔だっていえばそうだけどね。だけど、そんな顔で行ったところで、あの頑固者のリーリンの気持ちが曲がるとでも思ってるのかい？」

ルシャの手は作業を止めない。いまも皮剝きの済んだ野菜を刻み終え、フライパンを熱し、肉に振る調味料を求めて手が棚に伸びている。

「なにも変わりはしないさ。あの子がそうと決めたんだ。なら、そうするために突っ走る。痛い目にあうことも覚悟の上だ。あんたをかばって孤児院から出て行くことになったみたいにね」

責める目で睨まれ、レイフォンは俯く。

「……別に、あのことであんたを責めたりしないさ。家のことを考えてやったことだ。やり方はうまくないけどさ。それでも考えてた。同情の余地はある。それに、ばれた時の態度を見る限り、あんたは覚悟もしてたはずだ。親父さんに怒られるの覚悟で、剣を捨てたみたいにね」

「……うん」

「半端な返事をするな」

調味料の入った小瓶の底で殴られた。

「あんたの顔はあの頃から変わらなかったかもしれないけどさ。その中身は違ってた。なんだかんだであんたも頑固者なんだよ。……だった、っていうのが正しいのかね」

ルシャに見られる。

その切れ長の瞳に見つめられて、レイフォンはさらに顔を俯かせた。

それでも、二人の手は料理を進めることを止めない。フライパンに油が引かれ、肉が焼かれる音がする。レイフォンは刻んだ野菜を鍋に移し、火を通していた。

「一度こうと決めたら誰にもなにも言わずに、それを実行してしまう。あんたもリーリンも、そしてたぶんあたしも、そして他の兄弟たちも。親父さんに影響されちまった頑固者の集まりだ。こうと決めたらどうにもならない。あたしらにできるのはぶん殴って縛り上げてでも止めるか、あるいは失敗した時に優しくしてやるかのどっちかだ。中間はないんだよ」

「うん」

反射で頷き、そしてまた……今度は肉をひっくり返すためのフォークで叩かれた。

「そうだとわかって、それであんたはどうする気なんだ？　なにも決めてないだろ？　だから帰れって言ってるんだ」

「だけど……」

「だけどもなにもないよ。言いたくないけどね、あんたはもうグレンダンの住人じゃないんだ。親父さんは許した。あたしも別に怒ってない。だけどそれは問題じゃないんだ。家族の繋がりの話じゃないんだ。あんたがツェルニってところで必死に戦ってても、あたしらは無事でいたらいいと願うしかできないんだ。それと同じことなんだよ。リーリンはグレンダンに戻った。戻ってくるつもりだった。それがちょっと早まっただけだ。その間になにがあったのか知らない。あの子の中で重要な変化が起きたのかもしれない。なにをするつもりかまであたしは知らないけどさ、それでもなにかを決めたんだ。グレンダンにいるあたしらは悩みを聞いたりとかできる。だけどあんたはそれができない。あんたにできるのは無事を願うだけだ。あんたに対してあたしらができることと同じようにね」

「…………」

なにも言えない。料理は進む。肉は焼き終え、そこからさらに別の手間を加えていく。鍋では火を通し終えた野菜に湯が注がれ、味付けも済み、胃を刺激する匂いが溢れ出す。

だけど、レイフォンの食欲がそそられることはない。

「だいたいあんた、リーリンの意思を確認して、それでどうしようっていうのさ？」

その通りだ。

（僕は、なにがしたいんだ？）

寝転がったまま、そのことを考える。眠れそうにない。常夜灯だけのリビングで、レイフォンはその暗いオレンジ色の光を眺めていた。

（リーリンに会って、それで……）

なにがしたいのか？

考えていなかった。ただ、あの時、女王に抱(だ)かれているリーリンを見て、助けなくてはとしか考えていなかった。

そもそも、どうして女王がリーリンを連れ帰らなくてはならなかったのか？

そんなことさえも、レイフォンは知らないのだ。

気持ちだけが先走ってリーリンに会おうとしていた。

（それで……）

もしも、リーリンがなにか重大な問題を抱(かか)えて、それでグレンダンに戻ることに決めたのだとしたら？

リーリンは話してくれるだろうか？　レイフォンがリーリンの立場だとしたら、話すだろうか？　話しはしない。なぜならば、すでに闇試合(やみじあい)の件で自分がどういう行動をするかということを実証しているではないか。

（それでも……）

それでも、レイフォンはもう一度、リーリンに会いたい。どうしてだかわからない。いや、わかっているのかもしれない。わかっているのだ。

あの夜のことがあるから。

デルクからの錬金鋼(ダイト)のことで揉(も)めて、リーリンが疲(つか)れて倒(たお)れてしまった夜のことがあるからだ。

心の中から湧き上がった衝動に押された、あの口吻があるからだ。

あの時の口吻の意味を確かめたいからだ。

そのはずなんだ。

「よう、起きてるか？」

いきなり声をかけられ、レイフォンは驚いた。

「シャーニッド先輩。起きてたんですか？」

「ん〜、まぁ半々って感じか。ま、こんな状況でも快眠できるような性格にはなりたいと思うけどな」

普段は飄々としているが繊細な部分も秘めていることは、第十小隊との戦いでわかっていたはずだが、それでもレイフォンは寝ていると思っていた。

いや、寝ていて欲しいと願っていただけなのか。

「寝てなさそうだからな、声かけてみた」

「はぁ……」

「おまえ、おれらが明日帰ることになったとしても、残る気だろ？」

「…………」

「誰も言いたがらないみたいだから、こういう損な役回りぐらい、おれがやらねぇとだめなんだろうな」

シャーニッドの自嘲的な言葉に、やはりレイフォンは沈黙を保つ。正確には、言葉がなにも出てこなかっただけなのだが。

シャーニッドがそれをどう受け取ったのか、寝転がったまま肩をすくめたようだった。

「ま、それは最初からわかってたことだ。リーリンちゃんが持ってかれてるからな。そういう流れになるだろうなってことはわかってた」

オレンジ色の闇の中で影が動く。横向きに寝ていたシャーニッドが、仰向けになったのだ。視線はこちらにやらず、天井を見ているだろうことは活剄を使う必要もなくわかった。

「誰もなんにも言わねぇだろ？　ニーナの方はよくわかんねぇが、おれとフェリちゃんは同意見だと思うぜ。確認はしてないがな」

「それは？」

「おれたちは、あの子を助けに行くのには反対だ」

「…………」

「なんでか？　って、聞かねぇのか？」

「…………」

「フェリちゃんはあん時ぶっ倒れてたけど、おれは聞いてる。ああいう場面だ。お前を庇ったって考えるのが普通だと思うけどな、なんか違うようにも思う。ちょろっとしか関わってないが、あの子は頭がいい。お前を庇うにしても、もう少しマシなことを言ったような気がするんだよな」

そうかもしれない。

いや、いまはなにを言われても『そうかもしれない』としか考えられない。なぜ、あの時リーリンは『助けて』と言ってくれなかったのか。女王とリンテンスだったからか？　それと知っていて『助けて』なんて言える性格ではないことも確かだ。

だが『助けて』と言って欲しかった。

しかし、言われたのは、『帰る』という言葉だけだ。

「それでも、お前、行くだろ？」

「なんでですか？　だって……」

「気持ち悪いじゃねぇか」

「え？」

「すっきりしないのは、よ」

「…………」

「どっちにだって考えられる。庇ってのといえばそうだし、本心だっていえばそうだ。おれは、本心の方に賭けるけどよ。けど、当事者はそんなに割り切れないよな。だから、むしろ行っちまえとは言いたくなる。ただ、危ねぇ場所だろ？　だから手伝えねぇ。どれだけ無理したって、あの派手な姉ちゃんみたいな化け物には手が届かねぇしな。だから、無責任に行っちまえとは言えない」

バーメリンのことを言っているのだろう。たしかに、今日の、武芸者たちと戦ったときのシャーニッドの剄力でも、バーメリンに及ばない。そして、彼女の経験と錬磨と才能に裏打ちされた実力だけを抜き取ってもシャーニッドが敵うことはないだろう。

「……でも、リーリンは自分で望んでこっちに帰るって言ったんです。僕が会いに行ったって、意味がないかもしれない」

あえて反対のことを言ってみた。いや、ルシャに言われたことを、そのまま口にした。まず、それが事実であるということを口に出して確認した。胸の中にある形の定まらないものが、より重苦しくなっただけのような気がした。

「そうなっちまうかもしれないけど、それでも行くんだろ？」

シャーニッドはしごくあっさりと、そう言ってのけた。

「…………え？」

「それがお前の反射みたいなもんだろ？」

「ええ？」

「とにかく目の前で起こったことは無視できない。ニーナと似(に)たようなもんだ。ニーナはなんかほっとけないから付き合っちまうが、お前にはおれたちが追いつけない。だから一人で行っちまう。むしろおれたちがいない方が良いと思ってるだろ？」

「そんなことはないですよ」

　本心からそう思っている。第一小隊との試合の後での戦い。レイフォンが不慮(ふりょ)の事故で傷を受け、その手術の後でサリンバン教導傭兵団(きょうどうようへいだん)と共同で行った雄性体(ゆうせいたい)との戦いをシャーニッドたちに見せたのは、いずれは一緒(いっしょ)に戦って欲しかったからだ。あの時もそう言った。そしてそれは、間違いなく本心なのだ。

「できれば一緒にいて欲しいですよ」

　暗い中で影が動く。その仕草や、言葉にならない声の響(ひび)きはレイフォンの言葉に納得(なっとく)したようには感じられない。

「お前の本心？　んー違うな、一面の真理(しんり)みたいなもんとしてはたぶん嘘(うそ)は吐(つ)いてないんだとは思うぜ。そこは疑(うたが)ってない。だけどな、戦ってる時のお前の計算だと、おれたちはいらないと思ってるんだよ。小隊対抗戦じゃあお前は手を抜いてたし、武芸大会はなんだかんだとケチがついて一緒に戦ったってとてもじゃないが言えないが、それでもそうなんだと思うぜ」

「そんなことは……」

「いやいや、別にお前を責めてるわけじゃない。勘違いすんなよ？　問題なのは、おれとお前では実力差がありすぎるってことだ。だから、実際問題としてそうなっちまうんだ。それはしかたがねぇ。いざという時に付いてこれない奴に、背中なんか預けたくねぇ。お前がフェリちゃんの念威を頼りにしてるのは、頼りにできるのは、お前の能力に追いつくことができるのが、フェリちゃんだけだからだ」

「……だから、あんなことしたんですか？」

「ん？」

「昼間の、あの戦いです。あれは、知らなかったけど、感じでわかりました。あれは危険です。無茶ですよ。違法酒を呑んでるのと変わりませんよ」

「一発でわかるか。さすがだな」

かすかに空気が揺れる。小さく己を嘲笑ったのだろう。そこには皮肉げで寂しげな響きがあった。

「あいつを否定しといて、こんなもんに頼っちまうんだからな」

第十小隊の戦いだ。ディン・ディー。かつてシャーニッドがともに戦った仲間が剄脈を加速させる違法酒を使った。それは、一時の強化と引き替えに、人の体をむしばむ。その危険性から都市が連携するまでもなく次々と使用を禁止した。

そんなものを使ってまで、ディンは学園都市を守ろうとし、そしてそれを第十七小隊が、いまのシャーニッドが阻んだ。

「あれは……？」

「親父から教わった緊急時の技だ。親父からは、逃げる時に使えって言われたな。まぁ、そうだろうとは思う。あんまり長時間使えるもんでもないからな」

昼間、レイフォンが鋼糸の技を放つための時間をシャーニッドが稼いだ。だがあの時のシャーニッドの剄量は普段からは考えられないようなものだった。

だからこそ三十人もいたグレンダン武芸者を足止めすることができたのだが、レイフォンはとても危険だと思った。

繰弦曲を織るのに集中していたため、技の解明まではできなかったが、しかし感じた限りで、そう判断できた。

剄脈を加速させ、剄量をあげる。それは、言葉にだけすれば素晴らしい技術のように思えるが、普段そんな剄量になれていない肉体内部の剄の通り道、経路や、武芸者の肉体が、そんな急激な変化にいつまでも耐えきれるわけがない。まして、剄脈を無理矢理に動かしているのだ。普通に動いているというのに、もっと早く動けと心臓を鷲づかみにしてポンプのようにむりやり動かすようなものなのだ。

　体が保つわけがない。

「時間制限さえ守れば違法酒みたいな後遺症はないってのだけは、救いだがな」

「あんなの、もう使わない方が良いです」

　わかっている。シャーニッドだってそんな危険な技は使いたくはないだろう。

　しかしここはグレンダン。あらゆる都市の中でももっとも激しく、そして頻繁に汚染獣と戦い続けた都市。武芸者たちの実力はどこよりも高く、なによりシャーニッドは天剣の実力を目の当たりにもしている。

　こんなものでも使わなければ対抗できないと考えたに違いない。

　しかし……

「どうして、こんな無茶を？」

「おいおい。無茶の代表選手みたいな奴にそんなこと言われたくないぜ」

　たしかに、レイフォンもツェルニに来てからいろんな無茶をした。シャーニッドに苦笑されたとしても文句は言えない。

「まっ、無茶は百も承知だし、こんなのを普段から使わないように実力を上げないとなって考えてるがな。いや、実力が追いつくまでこれを使うって意味でもないぜ？　おれはそういう自己犠牲的なことはあんまり興味がない」

「はぁ……」

「だがまぁ、いまはしかたねぇだろ。こんなところだ。やるしかねぇって場面が出てくるだろうなってのは想像しちまうし、だから覚悟もしてた。お前のおかげで試しもできた。後は限界時間だが、そんなもんはできれば知りたくねぇ。起きたら遠足は終了。さっさとお家に帰りましょうが、おれにとっては望ましい展開だ」

「………」

「だーが、あのニーナだ。お前以上に無茶をするあいつはどうするかねぇ。実力が追いつかなくても暴走するのに、今度は廃貴族っていう余計なもんが付いてる。無茶の度合いもその分増したら、さすがにもう、どうにもなんねぇぞ」

　困った口調で、頭を掻いているらしい。

　また、疑問が浮かんだ。

「先輩、どうして隊長を助けに来たんですか？」

「はぁ？」

「だって、無茶だってわかってたんですよね？　それに先輩の秘策も、そんな制限されて……正直、かなりの無茶だと思います」

「ああ、そういう飾り気のない正直さがお前の本性だよ。戦闘限定でな」

「うっ、すいません」

「いいんだよっ……と」

シャーニッドが勢いをつけて起き上がった。膝立ちの格好で座る先輩につられてレイフォンも起き上がる。

「わかってたことだ。何回でも言うが無茶だってわかってた。それでも動いちまう。最初に言ったよな？　これほどの屈辱はねぇって。そいつを晴らしたい。そういうんじゃ、だめか？」

「…………」

へへっと、わずかに照れの混じった笑いが、今度は聞こえてくる。

「まっ、そうだよな。意地とかおれ向きの理由じゃねぇな。そういうので命を張れる奴もいるんだろうが……おれはどっちかといや、女のためにってタイプだしな」

「女のため……？　…………え？」

その言葉で、一瞬、レイフォンは頭がまっ白になった。

女のため……？　なんとなく、本当になんとなくだが、シャーニッドはダルシェナが好きなのだと思っていた。そういう……たとえ過去の話だとしても、そういう話をシャーニッドはかつてしたのだ。だからいまでもそうなのだと思っていた。ダルシェナがどう思っているかは知らないけれど、すくなくともシャーニッドはいまでもそうなのだと。

だけど、いまここに彼女はいない。戦闘中に怪我をしたという話だが、それはおそらく、もう完治していることだろう。それなのにここにいないのは、おそらくシャーニッドがなにも言っていないからだ。そう思っていた。あるいはうまく誤魔化したのかもしれないし、彼女が来ないという選択肢を選んだだけかもしれない。

しかし、ここにはいない。

その上で、『女のため』。

それはつまり……

「あー、お前いま、すっげー勘違いしてるだろ？　ちげぇよ。さすがにあれはないな。別に美人じゃないとは思わねぇが、趣味じゃねぇ」

『あれ』扱いされた上に否定されてしまった本人が聞いたらどう思うだろう？　レイフォンには想像できなかった。

「え？　あ、そうなんですか。それじゃあ……」

「ま、性格の方だな。あれだろ、ニーナってとりあえず勢いだけはあるからな。会長みたいになんもかんも自分で決めて、その上で下の人間に適正な仕事を割り振るってタイプじゃないだろ。勢いで目標決めて、勢いに任せて突っ込んで、それに巻き込まれた部下たちが『しゃあねぇなぁ』ってサポートしていくタイプだろ。おれはどっちかといや、そういう上司の方が好きなんだよ。なんも考えないってのはバカみたいだが、ニーナみたいなのは目の前のことだけ考えてればいいし、しかもそれがけっこうころころ変わったりする。カリアンとかディンとかだと戦い方も計画的だが、ニーナは違う。いや、作戦立案能力はそれなりにあると思うんだが、なんてぇのかな……」

「バランスが悪い？」

「そう。それだ。安定性がないよな。おかげで退屈しない。事務的に仕事をこなすって感じにならないのは、刺激的で面白い。こういう面白さをなくすのは、人生に張り合いがなくなるってことだ。わかるか？」

「えーと……」

わかったような、わからないような。

「ま、こんなこと考えるのも、自分がどうしたいかがわかってないからだろうな」

いきなり付け足された言葉が、またレイフォンの虚を突く。

「え？」

「だってそうだろ？　ニーナのツェルニを守りたいんだっていう考えに共感しなかったわけじゃないが、そういうのはあいつの部下になっちまった時点で完了しちまってんだ。責任を全部あいつに押しつけてな。それが隊長の仕事だっていえばそれだけなんだが……なんか、かっこわるくもあるよな」

「そう、ですか？」

「退屈したくないんだよ。結局はな。決意なんて言葉は見た目はきれいで、かっこよさげでもある。前の小隊にいて、武芸大会で負けた時、そういう、きれいでかっこよさげなもんにおれは飛びついた。もしかしたら本当にそれだけの話なのかもしれねぇ。色々あって、前の小隊ではうまくいかなくなったから、諦めずに今度は第十七小隊でそれをやる。カッコイイじゃねぇか」

　そう言っているのに、シャーニッドは欠片もそう思っていないようにしか聞こえない。

「だけど、おれはそこで止まっちまってるんだ。その後のことは、第十小隊の時はディンに、第十七小隊に入ったらニーナに任せてたな。任せて、『さあ、それでおれをどう使いたいんだ？』って止まっちまってるんだよ。それは、あんまかっこよくはねぇよな」

「………」

レイフォンは、なにも言えなかった。

周りから鈍い鈍いと言われている彼だが、シャーニッドのいまの言葉の意味が理解しきれないわけではない。

『さあ、それでおれをどう使いたいんだ？』

その言葉は、そのままレイフォンにも当てはまる。

いや、当てはまりすぎる。

戦う理由もなく、戦う気もなくやってきたツェルニで、生徒会長であるカリアンの思惑に誘導される形で第十七小隊に入った。そしていまも戦い続けている。ニーナという強力な意思に引きずられるようにして戦ってきた。小隊と、汚染獣と、そして武芸者たちと戦ってきた。

レイフォンという戦闘力は、ニーナという意思の後押しによって使われ続けてきた。

そこには、レイフォン自身の明確な意思というものはない。ただ、ニーナの意思に従い、時に状況に流されてきた。

「誰も彼もが先頭切る人生やってるわけでもないし、それが唯一素晴らしい生き方だとも思わないけどな。でも、ま、誰の指示に従うことになるにしても、そいつに従うはっきりとした理由が欲しいわな。おれみたいにカッコイイっていう以上のもんが。女のためってのも、結局はカッコイイにしかなってないし、な」

それは、シャーニッドの考え方だ。レイフォンがその通りにしなければいけない理由はない。ニーナに意思を任せると決めたのなら、それもまた決意のはずだ。

だけど、本当にそれで良いのか？

こうも考えられる。決意するべきものがなにもないからニーナに従ってきた。

この都市にはレイフォンが命を預けるようなものがなにもないから、ただ流されるに任せてそうしてきた。

学園都市を追い出されたら、どこにも行けないから。都市から都市に、ただ流されるだけ流されていくしかないから。それでもそこで生きていく方法はあるだろう。だが、なにかの時に、また同じようなことが起きる可能性がある。汚染獣が襲ってきて、都市の武芸者ではどうにもできなくて、レイフォンが錬金鋼を握るしか生きる術がない時が来るかもしれない。

究極的な状況で、生き残る術があるのに使わないなんていう選択肢は、おそらくレイフォンには選べないから。選べたはずなのに、ツェルニで幼生体に襲われたときにはその選択肢を捨てたのだ。ニーナの意思やリーリンの手紙に後押しされたとはいえ、選択肢を選んだのは自分なのだ。

最後の意地として使うことを封じていた刀も、養父の許しを得て握ってしまっている。状況は変化する。ただ現在だけを見て冷たい指摘ばかりしていてもしかたがない。しかし、レイフォンの決心はことごとく崩れているという事実から、この時は目が離せなかった。

（なら、どこに行っても同じなのかもしれない）

そういう諦めを、どこかで持っていたかもしれない。カリアンに素性がばれてしまった時か、それとも幼生体群さえも追い払えないツェルニの武芸者たちの不甲斐なさを知り、出るしかなかった時か。

（僕は、武芸者をやめることはできないのかもしれない）

そう考えたのではないのか？

それなら、好感の持てるニーナに従って戦った方がマシだ。そう思っていたのではないのか？

（僕は……）

否定はできない。

選べるものが嫌なものしか残っていなかったら、その中でよりマシな方を選ぶ。誰だってやることだ。レイフォンがそれをしていたとしても誰にも責められることではない。

（僕は……）

なぜ戦っているのか？　学園都市で自分の未来を見つけるために。武芸者以外の道を、あるいは自分が新たに納得できる道を見つけるために。ニーナたちに関わることで、再び武芸者に戻るようなことになってもいいかもしれない、とは思っていた。自分の新しい道に、自分が納得できる生き方に武芸者という選択肢を加えてもいいかもしれないとは、思っていた。

だけど、戦いの意義を見出せているとは、言えないかもしれない。

武芸者でいて良いという考えの根幹はどこにある？　『ニーナと、第十七小隊とともに戦うのは悪くない』そういう程度のものではないのか？

だとすれば、第十七小隊がなくなった時、自分はどうするのだ？

そして、いまのこの状況。

ニーナから聞いた話。だとすれば、ルシャの推測は当たっているのかもしれない。彼女は決めたのだ。レイフォンのいない場所に立つことを。

さあ、それで？

（僕は……）

リーリンをどうしたい？

（僕は……）

なに一つとして、答えが見つからない。
再び横になったシャーニッドの隣で、レイフォンは天井を見つめていた。
そこには、答えなんてなかった。

02 月下の獣たちは牙を剝く

レイフォンが呆然と天井を眺めている中……

「…………」

リーリンもまた天井を眺めていた。

そこは、王宮に用意されたリーリンの私室だった。いきなりユートノール家に押し込むこともできないと、アルシェイラが用意してくれたのだ。リーリンの世話を担当するという侍女たちまで紹介されて、正直な話、面食らった。だけど彼女たちはまるで動じた様子もなくリーリンを受け入れ、ベッドに入って一人になるまであれこれと世話をしてくれた。

いま、ようやく一人になることができて、安堵の息さえ零れる。

奥の院でサヤが眠っていたような天蓋付きのベッドだ。体験したことのない弾力に包まれ、正直、落ち着かない。眠れる気がしなかった。

だから、天井を眺めているわけでもないのだが。

「…………」

眠れない理由は他にもある。

手を伸ばす。慣れない感触がそこにある。右目を覆い、その周囲に触れる、いままでなかった異物の感触がそこにある。

眼帯だ。

右目を覆うその異物の感触が落ち着かない。

いずれは慣れる。そう思いながら、その慣れるということが恐ろしくもある。

(それは、きっと……)

いままでの生活から本当に決別することを意味するから。

(なにを)

浮かんだ考えを叱りつける。いつまでグズグズしているのか。なんども決意した。そしてデルクにまでそれを話した。もう戻れない。戻れるはずがない。

まだ足りないというのだろうか？　決意を定めるためには、もっともっと、リーリンからマーフェスという名前を取り上げるだけでなく、さらになにかが必要なのだろうか？

あるいは、この、リーリンという名前さえも捨てなければならないのか？

だとしたら……？

不安が胸の中で渦を巻く。天井を見ていることもできなくなって、ベッドの中で丸くなる。彼女を包む柔らかい感触は、肉体にかかる負荷からは守ろうとしてくれるが、心にかかる重圧には無力だった。

デルクはレイフォンを止めるために向かっていった。まだ戦いにはなっていないようだけれど、それは必ず起こる。レイフォンが行動を起こした時には、必ず起こる。

リーリンの、そしてレイフォンの養父とは、そういう人物だからだ。

（だから、もうレイフォンには会わなくていい）

レイフォンとデルク。戦えばどうなるか、それは火を見るよりも明らかだ。レイフォンが勝つ。当たり前だ。レイフォンは十歳で天剣授受者になった。デルクがなれなかった天剣授受者だ。普通に考えればデルクという足止めはなんの役にも立たないだろう。

だが、養父だ。和解したはずの父親に道を阻まれて、それでもレイフォンは前に進むことができるだろうか？

そして、もう一つ……

リーリンは、それを考えてさらに体を丸めた。眼帯に伸びた手に力がこもる。

「わたしは、なんてことを……」

後悔がやってくる。意識してやったことではない。だが、一瞬でレイフォンとデルクの実力差を考えた時、それは勝手に起きた。リーリンの意思を押し通すためにそれは自動的に起きたのだ。

棘。

イメージとして、それはただの棘だ。植物に生えている棘の一つだ。

それが、デルクの中に入っていく……そういうイメージが頭に浮かんだ。右目の眼球に刻まれた茨輪の十字。そこにある棘の一つがデルクの中に入ったのだ。

それがどういうことなのか。

そして、それができるということは、では、もしかして……そんな風に考える。考えて、やはりもうだめなのだと考えた。

レイフォンにはもう会えないと、二度と会ってはいけないと……

考えたではないか。

だからもう、こんな風にグズグズと考えていてはいけないのだ。

「しっかりしないと」

ベッドの中で、一人、そう呟く。応えてくれる者は誰もいない。そのことが、妙に寂しくて、だけどもう、これ以上体を丸めることもできなくて、リーリンは自分の体を抱きしめる。

そんな風にして、じっと、自分の中で重苦しい流動を行う感情に耳を塞いでいると、隣になにかの気配(けはい)が寄り添(そ)った。

振(ふ)り返って驚(おどろ)く。

それは、照明の落とされた暗い部屋(へや)がよく似合(にあ)う、美しい少女だった。

サヤだ。

「眠れないのですか？」

少女が淡々(たんたん)と訊(たず)ねてくる。

「あ、あなたも……？」

リーリンは驚きながらも、起き上がって彼女と向かい合った。

「危機が近くにあるようです。こういう場合、わたしは眠れません」

やはり、感情のない声で答える。その話し方は念威繰者(ねんいそうしゃ)に、ツェルニで出会った同じように美しい念威繰者の少女によく似(に)ていると思った。いや、サヤの方がもっと機械的というか無機質かもしれない。

「危機？」

「そうです」

彼女は電子精霊(せいれい)のオリジナル。全(すべ)ての電子精霊は彼女を模倣(もほう)したものから誕生(たんじょう)したと聞いている。

それなら、いまサヤが感じている危機というのが、電子精霊が汚染獣を避けるために備わっているものの原型なのかもしれない。

だが、サヤはこれまでずっと、奥の院で眠り続けていた。汚染獣が来ようとも、それら全て、都市の活動さえもグレンダンという廃貴族に任せて眠り続けていたのだ。

だとすれば、彼女が感じている危機というのが、ただの汚染獣であるはずがない。

「もう、起きるの？」

リーリンは喉を鳴らして訊ねた。

「わかりません。こちらの条件は揃っていませんが、向こうがこちらの態勢が整うのを待つ理由もありませんし。かといってあちらの準備が整ったという確証もありません」

「ええと、それは……？」

「わたしは危機を感じることはできますが、その正体がどんなものなのかまではわかりません」

「そう、なんだ」

「はい」

無感動に頷かれて、リーリンはどうすればいいのかと考えた。

不安だ。

しかし、その不安をどう解消すればいいのかわからない。アルシェイラには、なにかあった時、どうすればいいかは教えられている。

なにもするなと言われている。条件が揃っているのなら、必要な時に、必要なことが起こるはずだからと。そしてそれまでは、わたしが守るからと。

女王、アルシェイラにそう言われている。彼女より強い武芸者はこのグレンダンはおろか、他の都市にだって存在しないに違いない。世界で一番安全な場所にリーリンはいるはずだ。

だから、いま感じているこの不安はそういうものとは違うのだろう。決意し、そしてリーリンの環境は変化した。なぜ変化したのか？

これから起こることに対応するために変化したのだ。

だから、不安になる。これしかないと、これ以外にできることがないとわかっていても不安になる。

うまくできるかどうか、うまくいくのかどうか、考えれば不安になる。

これで正しかったのかと、不安になる。

だけど、なにが正しいのかさえわからない。

なにかが起こる。わかっているのはそれだけなのだ。不安を消し去るのはきっと無理なことに違いない。事前の情報があまりにもあやふやすぎる。

「でも、なにかが起こるのよね？」

危機に対応して眠りから覚めるというのであれば、彼女が目覚めているということが、そのままなにかが起きるということを示している。

月夜色の少女の瞳は、カーテンに閉ざされた窓に向けられていた。リーリンはそのカーテンを開いて外を見るべきかどうか、しばらく悩んだ。

†

雨が降るかもしれない。

天気のよかった昼間とは打って変わり、月に見守られた夜空の向こうで黒い雲が大群となってこちらに向かってきていた。いつもならば都市の足の向きが変わるか、あるいは突き抜けて行くためにそれほどの問題になりはしないが、今夜はそういうことにはならない。グレンダンの足が止まっているからだ。

「こいつは一雨くるな」

近寄ってくる黒雲の群を眺め、ディックは呟いた。空気に混じる湿気も増している。雨が降るのは確実だろう。

多少の大雨に当てられたとしてもエアフィルターが破れるようなことはない。突き抜けて都市内に雨は落ちるが、その時には汚染物質はあらかた除去されている。除去しきれないものもあるため、雨の日から数日は濾過・浄水は念入りに行われる。

エアフィルターを雨が突き抜ける際、弾かれた雨粒が都市を覆うように霧に変わる。その霧は同じように弾かれた汚染物質を濃密に混入させ、都市を黒く包み込む。

その景色を眺めるのは、嫌いではない。

だが、こんな状況でそれを眺めるのはまた別の趣がある。

ツェルニで進行した一連の流れがこのグレンダンで結実するのだ。全ての大本である汚染物質がこのグレンダンを包むのは、それなりに意味のある事象のように思えた。

人気の絶えた外縁部でそれを眺めつつ、ディックは夕方の内に買っておいた食事を腹に収めていく。

「のんびりしているのね」

いきなり声をかけられても驚かない。

「……なに考えてんだ？」

振り返る必要もなく、背後には周囲の夜に溶けるようなドレスを身に纏った美しい少女が立っている。

「なにって？　わたしはただ、あの子の願いを叶えただけだけれど？」

声の残滓に、小さな震えが混ざっている。笑いをこらえているのは明白だ。

「わざわざ、あんな状況でか？」

「だって、あんな状況でなければわからないでしょう？　あなたもそうだった。むしろ、ある程度の壁を越えた武芸者が辿りつく問題は共通ということではないかしら？　特に、廃貴族のような一足飛びを体験する武芸者にとっては、避けられない」

「…………」

確かにそうだろう。だが、錬金鋼が許容不可能なほどの剄量を実現できる武芸者がどれだけいる？　それはつまり、天剣授受者と肩を並べるほど……ということになるのだ。

夜色の少女、ニルフィリアは喋り続ける。

「だけれど、捨て身状態での極限のぶつかり合いで武器を失い、そして得る。……そんなことになる者はそうはいないでしょうね。違いがあるとすれば、わたしに拾われて犬となるか、それとも電子精霊の……」

唐突に言葉が止まる。視線が、地面に座ったままのディックの背中に注がれていることは嫌でも感じられた。

笑っているのだ。

「面白い対比となるのかしらね。もしかしたら」

「ふん」

「でも、それがどういうことになるのかは、知らないけれど」

「どうにもなりはしない、さ。これが最終局面だろうが、そうでなかろうが、おれの方は後もう少しで仕上がるんだ。誰かの思惑なんて知ったことか。イグナシスだろうが、リグザリオだろうが、アイレインだろうが……おれの目的の邪魔になるのなら、全て喰らい尽くすだけだ」

「怖い怖い」

心のこもっていない声を無視して、ディックは瓶に残っていた水を飲み干した。

「ただ、サヤにだけは会っておかないとな」

「あら、どうして？」

「教えてもらいたいことがある」

「いまさら、あの日のことを確認？」

「そんなもんは必要ない」

「あら？」

ニルフィリアは、あくまでもおかしそうだ。

「どうやったって、ここにある事実は動かしようがない。おれがやるべきことも変わりがない。それならもう、過去の確認なんざ必要ない。……おれの牙を確実に突き立てるために、知りたいことがある」

「それは、わたしでは無理なのかしら？」

「無理かもな」

「あら、どうして？」

「だってお前……いや、なんでもない」

言いかけ、ディックは首を振った。ニーナのことでの意趣返しにはちょうど良いかもしれないが、怒りを買って余計な騒ぎを起こすかもしれない。

いまはそういう気力の無駄遣いはしたくない。ただでさえ、こいつのために徒労を味わわされたのだ。ニーナにかけた時間を無駄にされた。これからのことを考えれば、これ以上、体力を無駄にしたくない。

「なんでもいいけど。わたしは犬を放って、追いつめた獲物にとどめを刺すだけだから」

ニルフィリアの気分に変わりはない。厄介ごとが頭の上を過ぎた気分で、ディックは月を見上げる。

エアフィルターの内部は静かだが、その向こう側はそうではないらしい。強い風が黒雲の群をグレンダンの上空に運び、すでに半分を埋め尽くしている。月もその半ばが埋もれている。

闇の境目が、はっきりとグレンダンの都市に表されていた。

ディックが見ている中でその闇は都市を急速に覆い尽くし、月を隠すと同時に、ディックの周辺からも月光が失われた。

「こればっかりは、成功するまでなんどでもってわけにはいかないからな」

「そうかもね」

都市全体を覆う黒雲はいまも風に乗って流れている。途切れる様子はなかった。黒カビを生やした綿のような雲は、その繊維一つ一つを複雑に流動させつつ厚い層を作り上げ、グレンダンの空を覆い尽くす。

切れ目はなく、ひたすらに空を塗りつぶす雲の様子は川のようだった。激流がなにもかもを飲み込んでいく。グレンダンはその流れを分断する石か。

あるいは、激流を食い破り、飲み干す堰となるか。

「まぁ、それはどうでもいい」

この都市の運命など知ったことではない。サヤが目覚め、奴らが自分からこちらに近づいてくる。

その時にこそ、いままで戦ってきた者たちの大本(おおもと)に近づくことができる。

「そのためには、まだやることがあるでしょ？」

「ああ、そうだな。だが、そいつも……」

月から、視線は都市へ。

月光を遮(さえぎ)られた闇を人工の光が押しのける。群(む)れ集(つど)う光の点が都市の形を浮(う)き彫(ぼ)りにし、闇に抗(あらが)うその姿(すがた)をあらわにしている。

だが、いまはただ静かに、その息を潜(ひそ)めている。

「騒ぎになる？」

「なるだろうな」

「静かな方が良いのかしら？」

「良いな。さすがに天剣や女王に顔出しされると厄介だ」

「しかたのない犬。こちらもあまり余裕(よゆう)がないのだけど」

「穴(あな)に飛び込んじまえば、取り戻(もど)せるだろう？」

「そうだけれど。やれやれ、健常(けんじょう)な世界などというものは、もはやわたしには必要のないものなのね」

ニルフィリアが嘆息(たんそく)する。

「なんだ、まともな人間のつもりだったのか？」

「その定義だとあなたも違うということになるのよ。あなただけでなく、武芸者というものの全てが」

「おれは、人間でいることに固執（こしつ）したことはないな」

「あなたはそうかもね。だけど、あなたのその考えは……」

「ん？」

「いいわ。それもまたあなたの末路（まつろ）。そしてあなたは、どんな滅（ほろ）びも恐（おそ）れない」

「おれの結末は決まっているからな」

「……死に方を望み通りにしようなんて、もしかしたらあなたは誰よりも強欲（ごうよく）なのかもしれないわね」

「おれが誰だか、わかっているだろう？」

ニルフィリアは、静かに肩をすくめた。

ディックは立ち上がる。錬金鋼（ダイト）を剣帯（けんたい）から抜（ぬ）き出す。

「さて、始めてくれ」

「……やれやれ」

背後（はいご）で気配（けはい）が動く。夜色の少女の手が振られたのだろう。彼女の姿はなるべく見ないようにしている。見ただけで心を侵略しようとするあの美貌を、いまは見ない方が良い。

　これからやるのは、大仕事だ。

「ほら、これで存分に暴れられる」

　ニルフィリアの声が、やけに遠くに聞こえる。同じように、背後にあったはずの彼女の気配も遠くに去っていき、そして失われた。

「けれど、時間は限られているわよ」

　しかし、声は聞こえる。

　変化はそれだけではない。微細な変化だ。気付く者はいないだろう。いや、その変化に気付くための者がここにはいない。

　それも一つの、変化。

　そして微細な変化とは、人工の光。光の輪郭が、はっきりと、あまりにもはっきりと七色に分化して目に痛いほどに広がっている。

　そして、そして、そして……変化はさらにもう一つ。

「うまく片付けなさいよ。それは、餌を求めているのだから」

　ディックの目の前でそれは小さな灯火として現れ、瞬く間に膨れあがる。巨大な炎と化し、さらに膨張を続け、一つの姿を吐き出した。

炎を纏った女、という姿を。

「わたしという餌をね」

「……わかっているさ」

握りしめた錬金鋼を復元する。

機械的な変化音に反応して、炎の女が襲いかかってきた。

†

ゴルネオは見つけた。

月がはっきりと見える晩だった。あまりにもはっきりと見えすぎて、威圧さえも感じてしまう。氷を透かしたような冷たい光がゆっくりと肌の中に染みこむようで、夏期帯に入っていることを忘れさせそうな夜だ。それでも走り回り跳び回った末の汗が胸元に広範囲の染みを作っていた。

あいつがいるならどこにいるか？

考えた末、ゴルネオは屋根から屋根へと跳び回りながら、探していた。

（どうしておれは？）

そうしていると、考えなくても良いことを考えてしまう。なぜ、こんなにもあいつを探し回るのか？

ツェルニに入学し、そして知り合ってから迷惑ばかりをかけられていた。生まれのせいで獣じみた行動をし、社会的な行動をほぼ一から教えなくてはいけなかった。知識ではわかっているらしいのだが、生まれついての習性がまず体を動かすらしく、その度に起きる問題にゴルネオは駆り出された。

迷惑以外のなにものでもない。武芸者として優れていなければ、知り合ってすぐの頃に追い払っていたことだろう。だが、彼女は武芸者として優れ、武芸科にある集団戦の授業では彼女はとても役に立った。彼女もゴルネオを気に入ったようで、戦っている時はこちらの指示によく従った。彼女を育てた獣は群で狩りをするタイプなのか、ゴルネオを群のボスとでも思っていたのかもしれない。

そうしている間に彼女とセットで小隊にスカウトされ、いまに至る。第五小隊はツェルニでも屈指の小隊に成長した。今年の小隊戦では、ヴァンゼ率いる第一小隊と首位争いをしたほどだ。

「まったくっ！」

苛立ちを吐き捨て、再び跳ぶ。月の見守る中で、ゴルネオの巨体は体重のないもののように建物の上を跳ね回る。

あいつがいるならどこか？

きっと高いところだ。もはや、考える必要もないほどにわかりきっている答えに従って、ゴルネオはグレンダンの夜を跳躍する。

「バカと煙は……っ！」

文句を吐きつつ、跳ぶ。

跳び続け、しかし手応えのようなものはなにもない。向かった先はグレンダンであり、グレンダン以外に彼女がいる可能性のある場所はない。

しかし、なぜだ？

あの事件の時に現れた仮面の集団が原因であることは考えた。だが、なぜ彼女が狙われるのか、原因の原因についてはまるで思いつかない。おかしな体質であることは認める。女王にもできないかもしれないことをやってのけた彼女の体質は、研究対象としては垂涎のものかもしれない。

しかし、なぜこのタイミングで、こんなことになるのか？

考えてもわかるはずがない。答えを推測するための情報さえ、まともに揃っていないのだ。酔狂な錬金科の学生たちが、こんな時だというのに自らの探求心に従ってなにかをしかけていたという可能性もあれば、空腹から美味しそうな匂いにつられてグレンダンに向かい、そこで獣除けの罠にでもかかっているという可能性だってありえる。

だからゴルネオは、グレンダンを跳び回るしかない。

跳び回り続け、ゴルネオは見つけたのだ。

「……む」

そう高くもない建物の、屋根の端だった。

一瞬、それは屋根を飾る置物かなにかだと思った。新しく建てられるものにはないが、古くからの建物にはそういうものが残っている。

その一つ……それにしてもやや大きいか……そんな些細なひっかかりが視線を長くその場所に止め、だからこそわかった。

それぐらいに、影は完璧に気配を消していたのだ。

まるで、なにかに怯えるように。

なにかから身を隠すように。

必死に、迫り来るものがそのまま過ぎ去って行くのを待つように。

それは、そこにじっとしていた。

「シャンテ」

見つけたらどうするか決まっていた。怒りにまかせて怒鳴るのだ。そう決め、実際に彼女を見つけた時、いままでため込んだ疲労と苛立ちを叩きつけるために深く息を吸ったぐらいだ。

しかし、彼女のその様子に気付くと、そんなことはできなかった。

なにしろ、ゴルネオの接近に気付かなかったのだ。周囲の気配になにより敏感なこの娘が。

まるで石にでもなったかのように丸めていた体を震わせ、シャンテは背後に立ったゴルネオを見た。

「……………………ゴルっ！」

目を大きく広げてこちらを見たシャンテは、叫んで飛びついてきた。首に手を回し、齧り付くかのごとくに抱きつく彼女の筋力は尋常ではない。

「ゴルっ！　ゴルっ！　ゴルっ！」

ただゴルネオの名を連呼し、彼の胸に頭を埋める。その仕草は、ゴルネオの内部に溶け込めるのならそうしたいと叫んでいるほどに激しかった。

「おい、シャンテ……おい、どうした？」

抱きつかれるのは慣れている。だが、これほどに激しく、そしてこれほどに怯えていることはなかった。彼女はいつでも明るく無邪気、そして裏表がない。笑う時は笑い、怒る時は怒る。精神的な建前など存在せず、ただ感情を感情のままに解き放つ。

そうであるから、シャンテの反応にも行動にも慣れている。

だからこそ、見たことのない態度にゴルネオは慌てた。

名を呼ぶことは止めたが、今度は抱き留めたゴルネオの腕に全身を預け、体を再び丸くした。まるで赤子のように胸の前で腕を揃え、親指を噛む。小柄な体が放つ震えが容赦なくゴルネオの体に伝播した。

無言で小さくなるシャンテに慌てながら、どうしたものかと考えた。一度、ルッケンスの家に戻るか、それともこのままツェルニへと戻るか。取りに帰らねばならないもの、と考えて、思い出した。戦闘衣は脱いで、いまは練習用の道着を着ている。その戦闘衣の持つ機密性……戦闘衣の下に着る極薄の汚染物質遮断スーツを考えれば取りに戻った方が良いかもしれないが、グレンダン製のものがツェルニ製に劣っているとも思えない。

なにより、いまのシャンテを彼女の知らない人間に会わせるのは抵抗がある。彼女の出自の特殊性を説明せねばならないし、彼女自身、こんな状態で知らない人間がたくさんいる家では安心できないだろう。ツェルニに戻るにしても、もう少し落ち着いてからの方がいい。

「ええい」

どうするかを決め、そして腹をくくる。

ゴルネオはその場に座り込むと、組んだ足を支えに赤ん坊を抱くように腕に乗せた。

「まったく……」

吐き捨てながらも片手でシャンテの頭を撫でる。丸まったシャンテはその姿勢のままゴルネオを見つめていたが、やがて目を閉じた。もしかしたらグレンダンに来てから寝てなかったのかもしれない。どこか薄汚れた様子のある相棒に、とにかくゴルネオは見つけた安堵をこめて髪の毛をかき回した。

落ち着いたところでツェルニに移動しよう。

そう決めた。戦闘衣の機密情報は諦めよう。さきほども考えたが、戦闘に関する技術でツェルニに後れを取っているとも考えられない。カウンティアという極限の武芸者が要求する戦闘衣に挑戦し続ける、グレンダン科学者たちの努力を信じる方向で行こう。

決めれば後は動くだけだが、とりあえずもうしばらくはこのままでいる。眠りがもう少し安定するまで、深くなるまではこのままでいてやるべきだ。その後は一気にツェルニに移動してしまおう。その方がシャンテも安心し、安定するはずだ。

ここでゴルネオはミスを犯した。

判断したのなら、即座に動くべきだったのだ。

あるいはこのことで責めるのは間違いか？

たとえツェルニに即座に移動していたとしても間に合わなかったかもしれない。ツェルニに移動していたとしてもそれは起きたかもしれない。

そう……ゴルネオを責めるのは間違いだ。

ただ、彼に間違いがあったとすれば、それはシャンテと知り合ってしまった。

そのことだけだろう。

「…………なんだ？」

空気の変化をゴルネオは感じ取った。

流れてきた雲が月を覆っている。この辺りは月光より人工の光の方が強く、そのことに気付くのが遅れた。

雷鳴が空の彼方で低く轟き、光は遠くの雲間で刹那の瞬きを見せる。

なにが変わったのか、よくわからない。戦闘時のような緊張感とはまた違った。なにかこう、ボタンを掛けちがえてしまったようなすっきりとしないものが皮膚感覚として感じられた。

言葉では説明しきれない微細な違和感に、ゴルネオはただ戸惑うしかできなかった。

腕の中のシャンテが寝息の鼓動すら感じさせず石のように動かなくなっていることに気

付けなかった。

気付いた時には、もう遅かった。

「っ！」

腕の中で生じた熱に、ゴルネオは驚いて立ち上がった。だが、熱源を捨てはしなかった。反射でそうしようとしたのを、自制したのだ。そしてなにより、そうするよりもはやく熱源が自らゴルネオの腕から飛び出した。

熱源は、シャンテだ。

「おい……」

「…………」

シャンテの体から剄が放たれている。その勢いは急速に上がっていき、それが熱を放っていた。

「まさか……」

ゴルネオは、驚きでそれを見守る。

普通、制御されていない剄は波動となる。より強力な武芸者の場合はそれが強い波なり、衝剄へとエネルギー転移するのだが、その際の余剰として熱が発生したとしても、いまのようにただ熱だけが発生するということはないはずだ。

……あるとすれば、化錬勁となっているということか。

「おい、シャンテ」

呼びかけても返事はない。ゴルネオの腕から抜け出したシャンテはこちらに背を向け、あらぬ方向を眺めているようだった。その手は下がったまま。剣帯に収められた錬金鋼に触れてもいない。復元されてもいない錬金鋼が化錬勁への触媒として働いているはずがない。つまり、この熱はシャンテが錬金鋼なしに化錬勁を行って発生させているということになるのか。

周囲の景色が熱で歪む。歪みの中をすり抜ける都市の光が七色に細分化されていた。

「シャンテ、止めるんだ」

彼女を包む熱が耐え難いまでに温度を上昇させていき、ゴルネオが一歩後ずさる。タイミングを合わせたかのように、シャンテが跳んだ。

「おいっ！」

叫ぶ。だがシャンテは止まらない。恐ろしい速さで、赤い残像を残しながら外縁部に向かって突き進んでいく。

「くそっ！」

まただ。また、あの時のように……

シャンテは、何者かに操られている。

「ええい！」

もう一度叫び、ゴルネオはシャンテを追って跳んだ。

「待つんだ！」

なんども声を放ち、制止を呼びかける。それでもシャンテは止まらない。二人の距離は開くばかりだ。その差は埋まることなく、視界に映るシャンテの姿は徐々に小さくなっていく。

ついには見失った。

「シャンテ……」

向かった方角に跳び続けるゴルネオは、しかしすぐにそれを見ることになる。

外縁部に高く立ちのぼる炎の柱を。

†

手には鉄鞭のいつもの感触。重く、堅く、そして手のひらに吸い込まれるような一体感。

それらを腕に感じながら、目の前に迫るものを見る。

美しい、女だ。

ニルフィリアが魔的で超常的な美しさであるなら、こちらは俗と幻想の狭間に立つ美しさがある。人を惹きつけ、そして恐れさせる。畏敬を抱かせる美しさだ。ニルフィリアのように惹かれる者、恐れる者、全てを容赦なく蠱惑の渦に巻き込んでいくものとは、明らかな隔たりがある。

それは、この世界に存在するものでたとえるならば、電子精霊に通じる美しさがあった。裸身の要所に炎を纏い、まるで軍勢を率いる旗のごとく槍を持ち上げている。自らの放つ熱気によって生まれた気流が女の赤い髪を周囲の炎と同化させ、取り込み、服従させる。焱という名の軍勢を率いて、その女はディックに迫る。

名を、火神と言う。そう呼ばれていた。

狼面衆との戦いの末に奪い取った力。森海都市エルパに置いていき、そして運命によってツェルニへと流れ着いたディックの盗品。

それが、火神。

そして、シャンテだ。

それがいま、ディックに牙を剝いている。

ディックはそれを待ち受けていた顔で迎え撃とうとしている。

持ち上げられた槍がディックの頭部目がけて振り下ろされる。本来、槍とは穂先で突き、そして柄で殴りつける武器だ。

ディックは後退し、しなる槍の打撃を回避する。

槍にまとわりついた炎が衝撃波とともにまき散らされる。それは高い炎の柱となってグレンダンの夜を赤く染めた。

それを見ることができる者は、いまこの都市にはいない。

ニルフィリアによってこの世界の相がずらされ、いま、ディックたちの立つグレンダンはこの世にあってこの世にないという奇妙な状態の中にある。それは、昼間に狼面衆たちがしかけたものと、全く同一の状態であった。

そこには代償も存在する。狼面衆たちが数少ないと呟いた粉を用いたのとは別の方法ではあるが、それを行うことでニルフィリアの、抜けるような白い肌に青白さが混入された。生気を欠き、その美貌に凄惨なものを混ぜ込みながらも、彼女は美しい。そしてその表情には変わることのない微笑が浮かんでいた。

ニルフィリアを背にしたディックは熱気を衝剄で弾き飛ばし、鉄鞭を肩に担ぐ。

「食い荒らさせてもらうぞ」

ディックの左手が顔を覆う。その手が離れた時、その顔は獣面によって覆われ、青い剄の光が全身を包んだ。

勁が、爆発的に増加する。

爆発を鉄鞭に込め、放つ。

活勁衝勁混合変化、雷迅。

活勁の爆発によって瞬間的に増幅された筋力が速度を生み、鉄鞭に込められた衝勁が摩擦によって火花を散らす。

一閃の紫電となって火神に突き進むディックは、女が怒りの目でこちらを見ていることに気付いた。神速の世界にいるディックの姿を見失っていないのだ。

そして、女の胸元で炎が高速で収斂されていくのを見た。

「ちっ！」

その光景に舌打ちする。だからといって止まることも進路を変えることもしない。もはやそんなことができる状態でもないし、そんなことをするとは、この技は想定していない。愚者の技なのだ、これは。

雷光を巻いた鉄鞭を振り下ろすのと、収斂した炎が圧縮の限界を超えて爆発するのとは、同時だった。

爆圧と雷圧が衝突する。衝突音の狭間を獣の遠吠えが駆け抜けた。

相殺し、ディックは摩擦熱で靴底を焦がしながら後退する。

「相変わらず、速い！」

「死なないでよ」

背後のニルフィリアが冷めた声で呟く。

「なら、もう少し下がっていろ！」

叫んでいる間に剄を練り上げる。だが、それよりも火神は速い。すでにディックのすぐ近くにまで迫り、槍で突いてくる。避けきれないと判断し、鉄鞭で迎え撃つ。

数瞬の衝突。攻防は十数合に及び、なおも続く。後退するディックに距離を開けさせまいと火神は追撃する。外縁部に黒い焦げ跡を刻み、都市の足を駆け上がり、エアフィルターの噴出口で跳ぶ。跳躍の軌跡は火花で飾られ、炎がその後を追う。

火神の放つ剄には切れ目がない。心臓と同じ原理で剄を生み出す普通の武芸者の剄脈と、火神のそれとは明らかに違った。

「ええいっ！」

大気を炙る炎が息苦しさを生み出す。剄を生み出すのは前述したとおり、心臓と同じやり方だ。呼吸によって取り入れた大気中の要素は肺から血管へ、そして剄脈へと流れ込み、そこから生まれた剄が剄路を通る。血液と違うところは、剄は訓練次第で活剄と衝剄にさらに変化し、さらに任意の場所へと流れを変化させられるところだ。

剄を生み出すには、呼吸が必要だ。

だが、周囲の炎が大気を焦がし、呼吸そのものを困難（こんなん）にする。そしてそれだけではなく、火神の放つ炎は、大気中に存在する剄を生むために必要な要素さえも焼き払（はら）っているということだ。

火神の持つ剄脈は武芸者とは全（まった）く違う。それは、より始祖（しそ）に近い状態のものだと言える。大気中の要素……オーロラ粒子（りゅうし）を炎それ自体がより激しく燃焼（ねんしょう）するために取り込んでいるのだ。

防御（ぼうぎょ）に回した剄を貫（つらぬ）いて、炎がディックの体に火傷（やけど）を刻んでいく。

「……まずいな」

窮地（きゅうち）が、かえってディックを冷静にさせた。いまこの瞬間も槍と鉄鞭（てっべん）は激しく攻防を繰（く）り返している。必殺の刺突（しとつ）を避（よ）ければ柄（え）が薙（な）ぎ払（はら）うべく動きを変化させる。それを鉄鞭で受け止め、勢（いきお）いに逆（さか）らわず、それを助けとして跳躍する。それでも、火神は即座（そくざ）にディックに食らいつき、決して距離を開けさせない。

狙（ねら）うならば、ただ一撃（いちげき）だ。ディックは髪（かみ）の焼ける臭（にお）いを嗅（か）ぎながら考える。ぶつかり合いの果ての力押（ちからお）しではなく、全（すべ）てを決める一撃でなくてはならない。大気中の火神の炎に食われていないオーロラ粒子を吸（す）い込み、剄脈に蓄（たくわ）え、そしてこれ以上ないというタイミングで爆発させなければ勝てはしない。

周囲は熱気に覆われているというのに、ディックの背は粟立ち、寒気を感じていた。首筋に感じる微弱な圧力もまた、火神の炎さながらの槍撃がもたらす死の圧迫ではない。

それは、ディックがディックであるが由縁の圧力だ。彼の死を望む一個の意思が、彼の首に手をかけていた。

来ないのならばここで殺すと、その手は囁いているのだ。

そして、そこに近づけば近づくほどに、これは力を増すのだ。

だが……

「ちっ」

穂先が左肩をすり抜け、血が噴き出す。それはすぐに水分を奪い取られ、周囲に血の焦げた臭いを振りまいた。

炎嵐と化した火神の攻めは苛烈さを増し続け、抜け出る隙も、勁をため込む余裕も与えない。防御行動に回した活勁や衝勁によって、むしろ減り続けている。

(厄介だな。しかし……)

なぜだ？

苦難の中でディックの脳内は冷静さに加速が付いていた。

性能としては、火神の能力は一度奪った時とそれほど変わっていないはずだ。だがいまディックは押されている。死はすぐそこで炎の舌を伸ばし、牙で捕らえる瞬間を窺っている。それをはねのけることが、できない。できていない。かつてはそれができたというのに。

なぜか？

突き刺さるのは火神の峻厳な視線だ。炎よりも激しく、熱く、ディックを射貫いている。

ディックの実力が落ちているのか？　その可能性はある。事実、あれから色々あった。そのために、つい最近まで本調子とは言えなかった。

そのためか？

しかし、いまは違う。そこに近づくことで、いま、ディックの背後にあり、仮面に力を注ぐモノとの距離も縮まった。力はあの頃と変わりないはずだ。

それなのに、なぜだ？

やはり、気になるのはこの視線だ。ディックを見る火神の目だ。

どうして、この女はこんなにもディックを憎悪しているのか？

そんな感情など、あの時にはなかったはずだ。

「シャンテ！」

その叫びは、炎と衝突が生み出す大音量の前で、戦闘と思考に埋没したディックの聴覚に届く前に、虚しく散ってもおかしくはないはずものだった。

だが、届いた。

「あれは……？」

視線を動かす必要はなかった。全体を見る観の目で槍撃を受けていたディックは、女の背後、まだまだ遠くだが、そこに立った巨漢を見た。

ディックの知らない男だ。

そして、知らない名だ。

しかしそれに、火神は反応した。

「…………っ！」

声にならぬ叫びで火神が槍を振るう。激しくはあるがあまりにも雑なその攻撃は、ディックに距離を取らせる隙を作ってくれた。

そして、火神は生まれようとする両者の距離を再び埋めようとはしない。その場に立ち、突如現れた男に驚きの視線を送ったようだ。

「シャンテ！」

男が再び叫ぶ。

「そうか、生きていたんだからな」

理解できた。

焦りと戸惑いで乱れていた心が、理解によって静まって行くのを感じる。火神はその場に立ち尽くし、近づこうとする巨漢を威嚇するように吠えていた。

しかし、そんなことをしなくとも、男は戦場を荒れ狂う炎に邪魔されて近づけはしない。

そんなことにすら気づけないほど、火神は焦っている様子だ。

「ふん…………」

(生きていた……か)

それは、変化を呼ぶのだ。砂礫都市が強欲都市と名を変えたように。その都市で生まれたディクセリオ・マスケインが、復讐の獣と化すように。

生きるということは常に変化の波にもまれ続けるということだ。

そしてその変化が、いま、火神の手を止めさせた。足を止めさせた。ディックから視線を外し、動揺の中で巨漢を見つめさせた。

戦場にあるというのに、戦いから自ら足を踏み外したのだ。

この機会を逃しはしない。

鉄鞭を肩に。鉄と闇に染まった巨塊は肩に重々しい重圧を加える。仮面越しに勁が注ぎ込まれる。勁脈が鼓動し、勁が奔る。活勁が四肢に力を充填し、衝勁が鉄鞭に破壊の力を注ぎ込む。

火神が、異変に気付いて振り返る。

だが、もう遅い。

活勁衝勁混合変化、雷迅。

すでに放ったのだから。

ディックの体は一条の雷光と化し、その余波が周囲の炎を薙ぎ払う。火神へとすでに至り、肩から解き放たれた鉄の牙が女の肩に食らいつく。火神の足が折れ、地面に背中から落ち、さらに反動で宙に舞い上がる。

赤い髪がディックの前で力なく流れていく。腕にある手応えを、光景が後押ししている。

仕留めた。

「シャンテっ!!」

男の絶叫が響き渡る。雷迅の余波が周囲の炎を吹き払っていた。世界は唐突に真紅の世界から夜へと帰り、戦場の余韻が静寂を招き寄せる。

だが、まだだ。

「シャンテ！」

男が倒れて動かない火神に駆け寄り、抱き上げる。もはやその体に炎の衣はなく、ただ、全裸の女が転がっているに過ぎない。

「おい、シャンテ、しっかりしろ！」

血の気を失った女を抱く、その男の顔も青白い。

「おい、聞こえているのか!?　くそ、いますぐ病院に」

「悪いが、この界がある内はどこに行っても無駄だぞ」

「っ！　貴様!!」

「しかし、どうやって迷い込んだ？　お前にはグレンダン王家の因子はなさそうだがな。おれ以外の奴が巻き込んだか？　それとも……」

ディックの手が仮面を摑み、外す。だが、仮面はいつものように宙に溶けて消えはしなかった。

「そいつに関わりすぎて混ざったか？」

「貴様、何者だ？」

「……見るところ、そいつの世話をしていたのはお前のようだな。その姿になってもわかるのだから、一度や二度は見たことがある、か」

「答えろ！」

火神を地面に置き、立ち上がり、身構える。錬金鋼が復元。その拳を覆う。格闘技か。

構え……というよりも雰囲気に覚えがある。

ルッケンス。だが、直系とは限らない。

「まったく……お前らルッケンスはことごとくおれの前に立つ」

「なんだと？」

「なんでもないさ。やることは変わりない」

「っ！」

殺気を感じたか、男から動いた。

外力系衝剄の変化、剛昇弾。

剄の凝縮弾が拳から放たれる。

だが、男の渾身の剄弾が疾走するよりも早く、ディックは握りつぶす。

「なっ」

間近に移動したディックに男が仰け反る。だが、逃がしはしない。男の髪を摑み、その場に引きずり倒す。抗ったのは一瞬、こちらの勢いに押された男の腹に、ディックは足を乗せた。

「ぐうっ」

「時間はかけられねぇんだよ。こっちも色々ぎりぎりでな」

「なにを、する気だ」

「死ぬか生きるか、どっちでも良いけどよ。それはこいつ次第だ」

「貴様っ！」

　吠える男を無視して、ディックは手にしたままだった仮面を投げた。仮面は横に回転しながら放物線を描き、火神の胸の上に落ちる。

　薄く青い光を残していた仮面は、粒子を散らしてその場にたたずむ。放たれた粒子は宙に溶け、そして火神の体に浸透する。

「っ！」

「シャンテっ！」

　火神が目を開き、悲鳴を上げた。全身を仰け反らせ、手足をばたつかせる。

　だが、胸の上にある仮面は落ちない。まるで張り付いたように。

「っ！　っ！　っ！」

　暴れる。手が空を摑む。口が咆哮を放つ。足が地面を掻く。

だが、その場から火神は動かない。仮面はその場から動かない。

まるで、押さえつけているかのように。重さなどほとんどないかのような仮面が、成熟した女性の体を不動の縛に押し込めている。

そして、薄くなっていた青い光が徐々に濃度を増している。放たれる粒子から儚さが失われていく。それはやがて細い糸のようになり、紐のようになり、綱へと変化し、そしてのたうち回る。注ぎ込まれるエネルギーの勢いの凄まじさを物語るかのように。

「っ！　っ！　っ！」

火神が暴れる。目を見開き、そこからは涙が溢れ、増大し続ける青の光に抗うために炎を吐き出しながら。

しかし、炎は仮面を焼かない。その舌先が仮面に触れる前に消失していく。

吸い取っている。はっきりとわかる。仮面が火神からエネルギーを吸い取っているのだ。

その結果を、ディックは淡々と眺めていた。

足の下でも抗う気配。男の巨大な拳が足首を摑む。膝に拳が打ち込まれる。男の実力ではディックは微動だにもしない。

「貴様、シャンテを！」

「…………」

「シャンテを、どうする気だ!?」

「……お前、あれがなんなのかわかってて言ってんのか？」

「なんだと？」

「人間じゃねぇぞ、あれは」

「……なにを言っている？」

「狼面衆(ろうめんしゅう)があちら側で作った兵器だ、あれは」

「なにを言っている!?」

「ああ？　やっぱこっちのことはなにも知らんか。まったく……久しぶりにめんどうだな、これは」

「貴様、説明しろと……ぐっ」

男の腹に乗せた足に力を入れ、黙(だま)らせる。

「まぁいいさ。予定通りに行けば終わる話だ。それに……一人の記憶がどうだとか、そういう状況(じょうきょう)でもなくなるか。まぁ、時間があれば消してやるよ」

火神を見る。抵抗はなおも続いている。だが、それが実(じつ)を為(な)している様子はない。また、そうであってもらわなければならない。そのために打ち据(す)えたのだ。

「シャンテ！　くそっ、はなせ」

「諦めろよ。あれは元々おれのものだ。それに、人の形をしているというだけの兵器だぜ？」

「貴様の言葉など……」

「まぁ、信じようがどうだろうがどうでもいいがな」

言葉では否定する。だが、男の顔には揺らぎがある。見たことがあるのならば不可解だったろう。どんな強力な武芸者であろうとも、肉体の成長そのものに急激な変化は与えられない。せいぜい、成長を止めるか、促進させるかだ。目の前の火神のように、普段は少女、火神となる時は成熟した女性などということができるはずがない。それは、生物の範疇を凌駕している。

体があちら側とこちら側、ゼロ領域と自律型移動都市世界に分かれているからこそ、そしてよりゼロ領域に近い、相のずれた変異空間だからこそできることだ。

「あいつらがわざわざ奪還に来なけりゃ、こんなことにもならなかったんだろうが……」

そしてその時は、このタイミングに間に合わなかった。

「運に頼ってるあたりがみっともない」

足の下では、男がいまだに抵抗している。だが、その抵抗は先ほどに比べれば儚い。迷っているのだ。ディックの言葉を信じるか否か、と。火神の異常を知っているだけに、その迷いは思いの外深いだろう。

（この程度ではな）

迷いなど不要なのだ。あればあるだけ、力が削がれる。愚直に、事の正否、善悪など知らぬと、あらゆる事象を振り切って己の進む先を見つめなければどこにもたどり着けはしない。

「…………………」

火神の吠え声がやや弱くなった。炎の勢いは見る影もなく、代わりに獣面は眩いばかりに青い光を放っている。もはや、青い光に火神が包まれているといっても良い状態となっていた。

「…………………」

その中で、火神は吠え続けている。

いや、これは吠えているのか？

「……ル、ゴ……、…………」

違う。吠えているわけではない。

「ゴ……、……ル、………………ゴル」

呼んでいる。

「……シャンテ」

男が、呻くように名を呟いた。

「ゴル…………」

この男の名を、呼んでいるのだ。

「シャンテ！」

吠えた。

吠えたのは火神ではない。

この男だ。

「おおおおおおおおおおおおおおっ!!」

外力系衝剄の変化、剛力徹破・咬牙。

先ほどまでとは違う剄の冴えに、ディックは反射的に飛び退いた。

「ちっ」

思わず舌打ちを零す。拳は空を切った。だが、結果に拘泥することなく男は立ち上がり、火神に向かって走っていく。

それを追う。火神が側にある以上、衝剄を放つわけにもいかない。男を捕まえんと手を伸ばす。

一歩、間に合わなかった。

手は虚しく空を掻き、男は飛び込むように火神に向かうと、胸に置いた仮面を摑んだ。

「ぐおっ！」

仮面が内包したエネルギーに弾かれ、男の体が宙に飛ばされる。

それでも、男のもくろみは成功した。仮面はその衝撃で火神の体から離れる。宙を舞うそれに目標を変えてディックは跳び、摑む。

「やってくれるよ」

仮面の感触を確かめつつ、ディックは唇をねじ曲げた。皮肉げに、しかし好意的に。己の目論見を半ばで遮られたというのに、胸の内ではどこか小気味よい気分もあった。

「まったく……まぁ、いいさ」

火神の姿を見れば、その姿は光の屈折現象でも起きているかのように二重になっている。火神の成熟した姿と、赤毛の少女が重なってそこにあった。

やがて、火神の姿が透明に近づき、代わりに少女の姿が濃密になっていく。ディックの見守る中で濃淡の変化は急速に進行し、やがて赤毛の少女が残された。

「シャンテ！」

気を失っている様子の少女に、男が駆け寄る。

「こちらの目的は、まぁ、達成というところだしな」

少女を抱き上げる男という図から背を向け、ディックは獣面を掲げた。眩いほどの青い光に覆われたそれを覗き込み、語りかける。

「おい、そろそろ起きたらどうだ？」

その声に応えるように、獣面が脈打つ。その鼓動は緩から急へと移行し、そして爆発的に光を増した。視界を青く染める無音の爆発。

その中から、それは生まれた。

青の光から生まれたというのに、それは黒い獣毛に覆われていた。刺々しく、鋭い、硬い毛で身を守り、宙で身を支える四つの足には獣毛に負けない長さと鋭さを揃えた爪があった。三角錐のように尖った顎は長く割れ、そこから覗く牙は全てが鋭い。

なにもかもが攻撃的なその獣が、ディックの前にいた。

「よう、ヴェルゼンハイム。気分はどうだ？」

語りかけられた獣は不満そうに喉を鳴らす。

「はっ、食われたお前が悪いんだ。助けてやっただけありがたく思いな」

それでも不満そうな獣に、ディックは言葉を重ねる。

「……また噛みつけるんだ。それを喜べ」

どう受け取ったのか、それには興味がなかった。お互いに利用しあうだけの存在だということは承知しているはずだ。頭を垂れる獣にそれ以上の言葉は必要ない。獣面を潰すように拳を握れば、仮面とともに獣の姿は大気に溶けて散った。

「お前は……」

男が呆然とディックを見つめている。

それに答えてやる義理もない。

「お前の運か、それともそいつの強さか、どっちか知らんが感謝するんだな」

言葉の意味を男が理解したかどうかは知らない。なにより、理解したからといってどうなるというのだ。

ニルフィリアが変異空間の維持を放棄した。二つの世界がぶつかり、脆弱なこちら側が崩壊する。存在を移していたディックたちに違和感が襲う。

それも一瞬だ。感じた時には終わっている。

人工の光が、さきほどよりも明るく外縁部を覆う。

空気の違いを感じ取る。

「おい……」

ディックは、空を見上げて背後の男たちに話しかけた。

「せっかく拾った命を大事にしたいなら、さっさと逃げな」

ディックの視線は空に。

いまだ厚い雲に覆われた空からは雨が降っていた。エアフィルターをすり抜ける際に起きる黒い霧が都市を包んでいる。

その、濃い汚染物質を含有した霧にある変化をディックは見逃さなかった。

（急がないとな）

胸の内で呟く。待ちに待った瞬間ではあるが、近づけば近づいたでやるべきことがまだ残っている。ニーナにかけた時間がいまさらながら惜しいとさえ思った。

だが、どれだけ考えても時間は戻って来ない。

「朝までには逃げとけよ」

言い残すと、ディックは跳んだ。

ニルフィリアの姿もすでにない。

取り残されたゴルネオは気を失ったシャンテを抱いたまま、嵐のように過ぎ去った事態に呆然とするしかなかった。

†

なぜ目覚めたのか、ニーナにはよくわからなかった。

いきなりの覚醒に戸惑いながら、それでも隣で眠るフェリを気遣う余裕はあった。小さく呟き、慎重に起き上がると周囲を確かめる。

「…………なんだ？」

異常らしい異常は見あたらない。騒動がどこかで起きているのかと思ったが、それらしい音は聞こえてこなかった。

首を傾げる。夢かなにかだったのか？

再び眠る気にもなれず、起きたまま部屋を見る。ここはルシャの寝室だ。当人は徹夜の仕事があるらしく、一階の工房にこもっている。部屋の中でなによりも目を引くのは、いまニーナたちが使っている、空間のほとんどを占めているベッドだろう。二人で使っていても、まだ空間に余裕がある。ルシャと赤ん坊が一緒に眠るにしても、ここまで巨大なベッドである必要がない。生活用品のほとんどが質素だということもあって、いかにも特注品というこのベッドはひどく違和感を覚えさせた。

赤ん坊のことを考えれば、父親のことが頭に浮かぶ。帰ってくる様子はなかった。ルシャもまた、話題にあげるつもりがなさそうだった。

そこにはなにか複雑な要素が絡(から)んでいるようでもあり、そしてそういうことを考えると、ここに世話になる前に巻き込まれていたこととの繋(つな)がりがあるのではと、安易(あんい)に考えてしまう。

「まさかな」

安易すぎる考えに、ニーナは自然と苦笑が零(こぼ)れた。

「どうかしましたか？」

「寝てなかったのか？」

「やることがありますので」

そう言われて、ニーナは自分の考えの足りなさに反省(はんせい)した。ここはグレンダン。敵(てき)中にも等(ひと)しい場所なのだ。ここに来るまでにも騒動があったと聞いている。フェリは、グレンダンの念威(ねんい)繰者(そうしゃ)の目から逃(のが)れるためになにかをしているという話だ。

「すまない」

「横になっているだけでも体は休められます」

「そうか、よかった」

寝る前の話し合いのために、ベッドに入ったときは一言も口を利(き)いてくれなかった。怒(いか)

りが冷めたわけではないだろうが、口を利くぐらいには落ち着いてくれたようだ。

「それで、考えはまだ変わっていないのですか？」

「……すまん」

　頭を下げると、フェリはため息を吐いた。

「その頑固さはどうにかならないのですか？」

「む……」

「レイフォンも言ったでしょう？　あなたの本来の目的はツェルニの防衛と再建。セルニウム鉱山を増やし、学園都市の危機を遠ざけること。忘れたわけではありませんよね？」

「忘れたわけではない」

「なのに、どうしてグレンダンにこれ以上残るというのですか？」

「それは、だから、説明したではないか」

　朝まで話さないつもりだったが、フェリとシャーニッドの勢いに話さざるを得なかった。

「この世界の命運とかいうものですか？　電子精霊たちの思惑だとか、狼面衆だとか、この世界の成り立ちとグレンダン王家の秘密だとか、いずれ来る脅威だとか、色々あなたのお話は聞かせていただきました」

「……信じていないのか？」

「信じられると？」

「いや、それは……」

フェリの視線は冷たく、ニーナは言葉が出てこなかった。

「そしてあなたは電子精霊側に立って、世界を救うために戦うのですか？　どこの物語でしょう？　ツェルニ以前にまず現実に帰ってきていただけませんか？」

「うう……」

容赦がない。今夜のフェリは容赦がない。

いや、彼女の性格はそもそもこういう感じか。

それにしても、今夜のフェリは刺々しい。

「……話半分で聞くとしても、もうすぐこのグレンダンで大きな戦いが起きるということになります。だとすれば、ツェルニも危機に陥るということですよ。わかってますか？　ツェルニはこの間までの汚染獣襲撃で損傷したままなのですよ。修復が間に合わなければどうするつもりですか？」

「それは……」

答えに詰まる。リビングでの話し合いでも同じことでなにも言えなくなった。

フェリたちの主張が正しいことはわかっているのだ。冷静に考えればそうするべきだ。

グレンダンには天剣授受者たちがいる。彼らを凌駕するという女王がいる。廃貴族の助力を得たとはいえ、ニーナにできることがなにかあるとは思えない。

「ツェルニが移動できていれば帰る手段の問題となります。残った場合、帰る方法はなにか考えているのですか？　戦争期ですよ、放浪バスの数は少なくなっているという話ですし、そもそもグレンダンを訪れる放浪バスは少ないとか。それはそうですよね。こんな、汚染獣と年中戦っているような都市に近づく放浪バスはそうはいないでしょうね」

「…………」

「……隊長、あなたどうやって帰ってくるつもりですか？」

「うっ！」

「それともこのまま、レイフォンの代わりに天剣授受者にでもなりますか？　その廃貴族の力とやらで」

「ううっ！」

「あなたがいないのなら第十七小隊は解散ですね。あとは兄を抹殺すれば、楽しい学園ライフが戻るというものです」

「学園ライフって、おい」

「ですが、あなたがツェルニに戻らないのであれば、そういうことになります」

「お前の実力なら、他の小隊が放っておくはずがない」

「なぜ、やりたくもない念威繰者を他の小隊でやらなくてはいけないのですか？　そもそも、武芸科にいる理由もなくなります。知っているのかどうか知りませんが、わたしもレイフォン同様、一般教養科の生徒としてツェルニに入学したのですよ？」

「しかしだな、わたしがいないからって……」

そこまで言って、ニーナはまたも言葉に詰まった。

フェリが再び、冷たい目で睨んでいたからだ。

「あなたは、レイフォンと同じくらいにどうしようもない人ですね」

「な、なにを……」

「……わたしもレイフォンも、あなただから従っているのです。そこのところを思い違いされるのは迷惑です」

「お前……」

フェリが顔を背ける。あまりにも意外な言葉にニーナはなにも言えなくなった。彼女の本心を初めて聞いたような気がしたのだ。

ニーナだから従っている。そんなことは考えたこともなかった。フェリはカリアンの推薦という名の強制で第十七小隊に入った。レイフォンも同様だ。ニーナが自ら声をかけたからない。
のはシャーニッドだけで、そんな彼でさえもどうしてニーナの誘いに乗ってくれたのかわ
「わたしは、結局なんの役にも立っていない」

　それが、ずっと心に重くのしかかっている。小隊戦を勝ち抜けたのはレイフォンの実力があったからだ。武芸大会でも、都市旗を奪えたのはレイフォンのサポートがあったからであり、彼はその時、誘拐されたフェリを救うために一人で戦っていた。そんな彼の助けになれず、逆に助けられた。自分の不甲斐なさを思い知らされる。

「まったくです」

　フェリが顔を背けたまま頷いた。

「あなたはとにかく、頑固で一途なばかりです。そのくせそれほど実力が高いわけでもなく、作戦能力が際だっているわけでもありません。第一小隊との戦いが良い例です」

　フェリの言葉には容赦がない。ニーナは俯いて、その言葉を受け入れるしかない。

「ですが、あなたの頑固で一途なところが、わたしやレイフォンにないものなのです。あなたが誇れるものがあるとすれば、それは曲がらないことです。どれだけぐずぐずと迷っても、最後にはわたしたちが進む方向を示してくれる。その部分であなたは第十七小隊の誰よりも優れている」

「フェリ……」

　顔を背けていたフェリが再びこちらを見る。いまだに冷たい瞳。絆されかけたニーナの心に緊張を呼び戻すには十分すぎた。

「それなのにあなたは当初の目的を忘れ、わたしたちの前に立つことを放棄し、この都市で起こることに興味本位で近づこうとしている。なぜですか？」

「それは……」

　リビングでの話し合いでそれは説明した。フェリも覚えていることを先ほど示した。この世界の成り立ち、戦いの構図、それぞれの思惑。ニーナが知り得た全てをフェリたちに話した。最初は残るのならばという前提だったが、リビングでの雰囲気はそれを決して許さず、場の勢いから感情が先に出て、口が滑るような形で言ってしまったのだ。

　情けない話だが、あるいは言ってしまって良かったのかもしれない。来るのならば話すというのはあまりにも卑怯だと、いまは感じている。

「世界の命運。それを信じたとして、いまのわたしたちになにができるのですか？　つい先日まで、武芸大会で勝ち抜くことばかりを考えていたようなわたしたちに、なにが」

　反論しようとして、なにも言えなかった。

「レイフォンがいるからですか？　ですがそれなら、この都市にはレイフォンよりも強い武芸者がたくさんいる。見ていたのでしょう？　レイフォンは負けたのですよ。それなのに、どうしてあなたはまだここに残ることを考えているのですか？　廃貴族とやらの力があるからですか？　それがどれほどのものですか」

「どっ……」

どれほどのもの。乱暴な物言いにニーナは絶句から立ち直れない。この力を求めてグレンダンはハイアたちサリンバン教導傭兵団を都市から都市にさまよわせていたのだ。

たしかに、その力を得たニーナはリンテンスという天剣授受者になすすべもなく負けた。

それは廃貴族を持つ武芸者よりも彼ら天剣授受者たちの方が優れているからか、それともニーナが持っているからこの程度なのか。

どうして、グレンダンは廃貴族を必要としていたのか。

「力を手に入れれば、あなたはもう、ツェルニなどどうでもいいのですか？」

「そんなことが！」

「それならば、もう少し冷静な判断を求めます」

「わたしは、冷静に……」

「頑固で一途。それがあなたの美点です。ですがそれは、打算的に言えばわたしたちのために道を示してくれるから、わたしたちにとって美点となっているのです。わたしたちがついて行けないのならば、それはもう、美点ではありません」

「…………」

「よく考えてください」

絶句を通り過ぎ、対抗の言葉すら思いつけなくなったニーナを置いて、フェリは再びベッドに潜り込んだ。

寝息は聞こえてこない。彼女はああしているだけで、グレンダンの念威繰者の目から逃れる作業を行っている。知覚誤認と言っていたか？　念威繰者の技術にまで精通しているとはとても言えないが、それはとてもすごいことなのではないかぐらいには思える。

フェリはすごいのだ。

しかし、そんな彼女ですらグレンダンに残ることを無謀と判断している。たとえニーナの言ったことが真実だとしても、その場でできることはなにもないと、彼女は暗に示しているのだ。

（わたしは、無茶をしている？）

いや、そうだ。自分は無茶をしている。無茶をしていない自分が想像できないくらい、いつも無茶をしている。これまでも、そしていまも、おそらくはこれからもこんな無茶を続けるのだろう。

ツェルニであればニーナの無茶に彼らは従(したが)ってくれるのだろうか？

おそらくは、してくれるだろう。なぜならツェルニには天剣授受者がいないから。女王がいないから。自分たちがそうするしか道がないから。

しかし、グレンダンでは違う。ニーナの一途(いちず)さは必要ない。女王を頂点に天剣授受者たちが控(ひか)え、そして練達(れんたつ)の武芸者たちが揃(そろ)っている。いまのニーナのような、力ばかりの未熟(みじゅく)者が立ち入れる場所は、どこにもない。

そうなのかもしれない。

しかし……

（それで、いいのか？）

わからない。

そして、心に浮かぶ懸念(けねん)はもう一つ。

「…………レイフォンは、どうすると思う？」

リーリンのことがある。彼女をこのまま、グレンダンに置いておくのか？　元々グレンダンの住人ではある。レイフォンのように追放(ついほう)されたわけではない。彼女はただ帰っただけ。そういう解釈(かいしゃく)だってできるのだ。

だが、ニーナの解釈はこのさい関係がない。

レイフォンがどう思っているか。

それが、一番の問題のはずだ。

「……考えたくありません」

長い沈黙の後で、フェリがぼそりと呟くのが聞こえた。

†

サヤは沈黙を続ける。

なにかの音がいつからか敷き詰めるように空気に混ざっていた。はっきりとは聞こえない。それはきっと外の音だ。厚い壁とガラスと、そしてカーテンが外の音を閉め出そうとし、それでも侵入してきたものが正体不明のままリーリンの耳に届けられている。

そんな中で、サヤの沈黙は続いている。カーテンを見つめる瞳は黒曜石を内包した透明な宝石のようであり、その瞳に形を与える顔はなんの表情も宿していない。彼女の表情から、彼女の沈黙とその場を動かない理由を推測するのは不可能だった。

訊ねられる雰囲気でもない。

そもそも彼女は必要以上の会話をするような子にはとても思えない。

（いえ……年上なのよね）

彼女を『子』と表したことに妙なひっかかりを覚えた。

そう考えると奇妙だ。サヤは、見た目は初等学校の上級生ぐらいの女の子にしか見えないが、その実、この世界が誕生する以前から存在している。もはや年齢など超越した存在、という考え方もできるのだが、しかしそれはいまここで、呼び方をどうすればいいかを考える上では重要であるような、ないような。

少なくとも、『子』と呼ぶには問題があるほどの年の差だ。

しかし、外見的には『子』が相応しい。

どうでもいい問題なのかもしれない。しかし、他の考えることはどれだけ考えても答えが出ないか、ただの未練と割り切るしかないことばかりだ。眠れそうにない手持ちぶさたな時間、考えることはこれぐらいしかなさそうでもある。

「……どうか、しましたか？」

なにかを察したのか、彼女が窓から振り返る。

「あ、その……」

サヤの顔を正面から見て、リーリンは落ち着かない気分になる。多少は慣れたかと思ったが、彼女の持つ月下の美しさはそれでも心に染みこんでくる。ほんの二、三度顔を合わせたぐらいで摩耗するようなものではなかった。

黙然とこちらを見つめられるとなにか喋らなければという焦りが出てくる。奥の院で会ったときは、覚悟があったからすんなりと話すことができた。いまは、気が抜けているわけではないが、さすがにいつまでも心が緊張状態を保っていられない。

（ええい）

勢いをつけてリーリンは口を開いた。

「あのね……」

「………………」

じっと見つめられると勢いが萎んでいく。

「え、ええと、あなたの呼び方はどうすればいいのかなって……」

「呼び方？」

「うん。あなたって……なんだろう。ええと……この世界を作った人なわけでしょ？　だったら、神様っていう立場になるわけで。だったら呼び捨てっていうのもどうなんだろうなぁって」

「かまいません。サヤと呼んでください」

「いいの？」

「はい。神と呼ばれるほどたいしたことはしておりませんので」

「たいしたこと、はしてると思うけど……」

多くの人々を救い、この世界を作ったのだ。サヤが生まれた時代では世界を作るということが当たり前にできていたのかもしれない。だけど、崩壊した世界から人々を救うという行為は誰にでもできることではない。

しかし、そのことで議論を重ねるつもりはないようだ。サヤは再びカーテンに閉じられたままの窓に目を向ける。視界を閉じられたままのその向こうになにかあるのか、彼女の横顔からはなにも情報は得られない。ただ、夜に溶けてしまいそうな儚さに、気がつくと見惚れてしまっている。

「なにをしているの？」

見惚れ、我に返り、そしてまた見惚れる。そんなことの繰り返しの果て、リーリンはその問いを投げかけた。

「外でなにかが起きています」

「え？」

「見知った感覚です」

「敵……なの？」

「いえ……わかりません」

「どういうこと？」

「わたしの予測が正しいのであれば、わたしに敵意を持っていることは確かです。しかし、それがすぐに敵であることを示しているかは、はっきりとしません」

サヤの言っていることは理解できない。だが、始まるべきものが徐々にその姿を現しているという雰囲気が伝わってきて、リーリンは自分の肩を抱いた。

その時、サヤの肩が震えた。

「来ます。ご注意を」

「…………え？」

驚いている暇さえもなかった。

サヤがその場から飛び退くのと、彼女の前にあった、カーテンに閉じられた窓が破られたのが、ほぼ同時に起きる。

カーテンがなびき、破れた窓をリーリンの目から隠す。それはそこから入ってきた者の姿も見えなくさせた。ガラスの割れる甲高い音とともに湿気が鼻孔をくすぐった。音もはっきりとする。ああ、あの音は雨が降っていたからだと、リーリンは思った。

思いつつ、目の前の変化を見つめる。

サヤの手が奇怪な変化を起こす。だがそれがどんな変化だったのか、リーリンの目では追いきれなかった。彼女の右腕で、本来の人間では絶対にできそうにないことが起こり、そして気がつけば異様に長い鉄の棒のようなものが握られていた。

形からして、それは武芸者が使う銃器に似ていなくもない。

「おっと待った」

その声で、窓を破って入ってきたのが男だとわかった。

「意外に素早い反応だな」

「……見たことのある方ですね」

「おいおい、ついこの間も会ったばかりだろう？」

男の声に敵意はなかった。ないのだと思う。リーリンに戦いの機微はわからない。ただ、それが緊張を解く理由にはならなかった。

体の中で激しい驚きと怒りが一瞬湧き、すぐに消える。自分のものとは思えない不確かな感情の変化にリーリンは戸惑う。いま、なにが起こったのか？

そして目の前ではなにが起こるのか？

「そうかもしれませんが、わたしにとっては全て夢の中の出来事です」

「やれやれ」

カーテンがなびくのを止め、男が肩をすくめる姿が見えた。赤髪の男。

そして、その背後にもう一人いた。

その人物を見て、リーリンは一瞬驚く。

奇妙な鏡がそこにあるように思えた。だが、すぐに違いに気付く。どこ、とははっきり言えない。これも印象論だ。二つの全く同じ姿を見比べたとき、体から発される雰囲気に違いがあるように思えた。

なにより、サヤは銃器のようなものを構えているのに、もう片方はなにも握っていない。ただ、赤髪の男の後ろに立っている。その、ただ立っているだけの姿さえも蠱惑的に、サヤよりもより強烈にリーリンを引き寄せようとする魔的な魅力が惜しむことなく発散されていた。

「……ニルフィリア？」

ツェルニで会った、サヤそっくりの人物。

そして、リーリンの右目の本当の持ち主、空に浮かぶ月に姿を変え、この世界に害意を持つイグナシスを閉じ込めた人物の妹。サヤの姿のオリジナル。

男の後ろに立つ夜色の少女はそれを肯定するかのようにリーリンを見て、妖艶な笑みを浮かべた。

「さて、あまり時間がないようだから手っ取り早くいかせてもらおう。この都市で一番おつかないのがあと十秒でやってくる」

男は早口にそうまくし立てる。

「聞きたいのはただ一つ…………」

その時、遠くで爆音がし、それがリーリンの耳に男の言葉を届けなかった。思わず、音源を探して視線を巡らせる。部屋の全体が振動していることしかわからなかった。

男の問いがなんだったのか、そしてそれにサヤはなんと答えたのか……それを、見逃し、聞き逃した。

「ありがとよ」

気がついたときには、男は笑みを浮かべて礼を呟いていた。爆音は続いている。その威圧に、男は形だけは余裕を作っているという様子だった。

次の瞬間には男は無言でその場から立ち去った。虚勢の限界であり、そして時間の限界でもあった。

男が去り、爆発がそれに続く。爆発したのはドアだ。

「リーリン！」

険しい声が部屋に充満する。夜着姿のアルシェイラは風圧で髪を乱し、怒りに眦を決して、すでに部屋から逃げ去った赤髪の男を睨み付けた。

「盗人風情が調子に乗るな！」

ここからではなにも見えない。宙を駆ける男のなにを見たのか、髪を逆立てて吠えると破れた窓に向かって指を突き立てた。

彼女の優美な指先から鋭い光が一瞬発し、すぐに静まる。その結果がどうなったのか、それはアルシェイラの歯を剝いた顔を見れば明らかだった。

「意外にしぶとい」

舌打ち。

そして一気に、アルシェイラの表情が変化した。

「うわーん、リーちゃん無事だった？　無事だった？　とんでもないねぇ。まったくとんでもないクズ野郎だよ。女の部屋に夜中に押し入るなんて、とんでもないゲス野郎だ」

「へぇっ？」

変化の急流にリーリンは追いつけない。アルシェイラに抱かれ、豊かな胸に顔を押しつけられ、混乱するしかできなかった。

アルシェイラは、彼女は、先ほどの状態をそういう風に受け取ったということだろうか？

「問題はなにも起きていません」

　アルシェイラの背後でサヤがそう告げた。リーリンはもがきにもがいてなんとか彼女の腕から脱出する。月夜色の少女が握りしめていたはずの銃器はどこかに消え失せていた。

「起きてたまるものですか！」

　アルシェイラが吠える。

「そんなものが起きてたら、あのど汚い男の指が、爪の先でもリーちゃんに触れてたら、あんなもので済ますものか。とっつかまえて足の先から薄切りにしてやる」

　どろどろとした殺気……だが、それが芝居だとリーリンにはなんとなくわかった。本気で怒っているわけではない。リーリンを心配していることは本心だが、あとはなにかを誤魔化すような芝居に思えた。

　どうして、こんなことを感じる？

「先ぱ……陛下、あの人、知ってる人ですか？」

「え？　いいえ、まるで知らないわよ。ただいけすかないけどね」

　肯定。だけど微妙な、そして奇妙なもどかしさを感じてもいる。

　漠然とだが、アルシェイラの考えていることがわかっている？

　リーリンは眼帯に手を触れた。

　眼帯の下で右目が疼いている。なんだろう。自分のものなのに、自分のものではないような……

いや、この右目は最初からそういうものだ。本来は自分にあるべきものではない。だが、この右目はリーリンにあり、リーリンの目として機能している。

本来はどこに？　月と化したあの人？

いや違う。

これは模造品なのだ。月から降り注ぐ因子によって再構成されただけのものに過ぎない。本物は月にある。月そのものがあの人の右目。そのはずだ。

では、この右目は？

そう考えたとき、妙な納得がリーリンの胸の内に下りてきた。

そう、本来は、同じように因子から、武芸者の血脈から長い時をかけて再構成されたアルシェイラの肉体にあるべきもの。あるいはその血筋に交わらなければならないもの。より完璧な模造品に近いアルシェイラと、そこからなぜか分岐し、欠けたパーツとして単体で再構成された右目が引き合い、干渉しあっていたとしてもおかしくない。こうなるまではそんなことを感じたことはなかったが、その能力を発現したいまとなって、その共鳴現象のようなことが起こったとしてもおかしくはない。

（わたしたちは、二人で一つ？）

だからこそ、アルシェイラはリーリンの危機にいちはやく感づくことができたのかもしれない。彼女の武芸者としての超越的能力によってではなく、二人の間に存在する、本来は一つになるべきものによる見えない繋がりによって。

だとすれば、それはどういうことなのだろう？

リーリンの頭の中には、すでに先ほどの赤髪の男とサヤが交わし、そして聞けなかった言葉のやりとりは追い払われていた。外的なものよりも、その事象が起こした末に見せた内的な疑問にリーリンの目は注がれる。

「リーちゃん？」

アルシェイラが声をかけてくる。だが、リーリンは答えなかった。彼女は、リーリンの心を漠然とでも感じとれないのだろうか？　危険は感じとれたのに？　この違いに意味はあるのだろうか？

「なにかあった？」

心配げに訊ねてくるアルシェイラに、リーリンは首を振った。すぐに答えが出るようなものではないだろう。推論に推論を重ねて正しいかどうかと悩むよりも、時間がもっとはっきりとした答えを出すに違いない。

すぐに、直に、嵐のように、それはやってくるに違いないのだ。

「来ます」

サヤがそれを端的に告げた。

赤髪の男が破った窓を見る。強い風がカーテンを部屋の中に押し込んでいた。騒音が去り、雨の音がはっきりと聞こえた。なだれ込んできた湿気が部屋の気温を低下させるが、それ以上に湿気の不快を招き寄せる。

位置を変えれば、外の光景が見える。サヤに並ぶように立つ。アルシェイラがリーリンを守るように斜め前に立った。外には月の光はなく、ただ暗かった。地上にある人工の光が、月を遮る黒い雲と、雨によって起こる汚染物質の黒霧に淡い抵抗を試みている。

そして、そんな抵抗を嘲笑うかのように雷鳴が空を刹那の間、支配した。

一瞬だが、はっきりと見えた。

霧の向こうで雲は流れている。水蒸気によって構成された天上の大河は繊維の集合体のようなものを流動させながらグレンダンの頭上を途切れることなく通り過ぎていっているに違いない。

その途上、雲の流れを、そして黒霧を遮るように、その二つと同種の色に染まったなにかがある。円の形をして、それは川の流れを変える岩のようにそこに存在している。雲はその存在によって流れの形を変えるわけでもなく、ただ進んでいく。本来の川でならば、岩にぶつかり流れを変化させる泡や波を見ることができるだろう。だが、そういうものはない。

ただ、そこには黒い穴があるのみ。

「デルボネ」

（はいはい、気付いておりますよ。避難勧告はただちに、天剣たちには非常召集、武芸者たちには第三防衛ラインで待機。これでよろしいですか？）

「ええ、十分」

アルシェイラとデルボネとの間で短いやりとりがなされる。

リーリンはその黒い穴を見つめた。縁の部分が七色に発光し、淡くだが存在を主張している。穴には深みがなく、ただの平面にも見えた。リーリンは見ていないが、ツェルニの空に現れたものと、それは酷似している。

リーリンはそっと、眼帯に手を伸ばした。

これが始まりなのだ。

03　嵐（あらし）が来たりて……

夢を見た。

「今日のご飯はなにー!?」

キッチンにトビエとアンリが飛び込んで来て揃（そろ）って叫（さけ）ぶ。遅（おく）れてやってきたラニエッタが三つ編（あ）みを揺（ゆ）らめかせて二人をいさめる。

「こら、いまは勉強の時間でしょ？」

「もう終わった！」

「終わったー！」

トビエに続いて妹分のアンリが楽しそうに叫ぶ。

「嘘（うそ）おっしゃい！」

「終わったもん」

「そうね、アンリは終わってるわね。クレヨン片付（かたづ）けたらね」

「おれだって終わってらぁ」

「トビーは嘘。算数の宿題、また全部できてない」

「で、今日のご飯はなに？」

「聞けーっ！」

力んで叫ぶラニエッタの顔を見て、アンリが笑う。

鍋を用意していたリーリンも笑った。

「まだかかるから、トビーは宿題の残りやって。できてなかったら罰ね。一問できてないごとにご飯を食べる時間が一分遅れる」

「うげぇっ！」

リーリンの言葉にトビーが悲鳴を上げる。

大皿に載せたおかずをみんなで分け合って食べるのがこの孤児院の流儀だ。一分遅れれば、それだけ自分の確保できる量が減ってしまう。

ラニエッタがほら見たことかと勝ち誇った顔をし、それを受けたトビーの恨み顔を見て、アンリがまた笑う。

「レイフォン兄、なんとか言ってくれよ」

トビーがイスに座って野菜を切っていたレイフォンに泣きついてくる。

「レイフォン兄さん、わたしが正しいよね？」

ラニエッタが膝に手を乗せて覗き込んでくる。

「……トビー、ここでは女の子に逆らったら負けなんだよ」

諦めた顔でレイフォンは首を振った。リーリンが威圧感のある笑みを浮かべているのを背中だけで察する。

日々リーリンに近づいていくラニエッタを見ると、そう思う。

「チクショウ！　レイフォン兄のへっぽこー！　覚えてやがれ！　明日の試合、負けちまえー」

「トビー！」

キッチンから逃げ出したトビーをラニエッタが怒鳴りつける。だが、トビーは止まらない。そして、今夜のおかずがかかっているから、このまま宿題を始めるだろうこともレイフォンには想像が付く。こうして、ご飯で操られ、そしてそのまま、ご飯を作る人たちに対して頭が上がらないことが習性となってしまうのだ。

恐ろしい。そう思いながら、レイフォンは黙々と野菜を切り続ける。

対抗手段は、自分がご飯を作れるようになるしかない。量の調節ができないレイフォンは、いまだにリーリンに頭が上がらないけれど。

「さ、ラニエッタ、アンリ。手伝って」

「はーい」

二人が声を揃え、リーリンの手伝いを始める。女の子たちの笑いさざめく声に、通りすがったデルクがかすかな微笑みを残して去っていく。

天剣授受者になる前日の記憶だ。

勝つことがわかっていた試合。対戦相手のことは知っていた。負ける可能性など小指の先も考えていなかった。

事実、そうなった。そしてこの時にはレイフォンは闇試合の存在を知っていた。天剣となったらそれを利用しようと考えていた。


トビエがやってきたのは五歳の時、デルクに手を引かれて孤児院に来たトビエは顔や腕に大きな痣を作っていた。お風呂に入れたらお腹にもそれはあった。

アンリがやってきたのは四歳の時だ。まだなにもわかっていない幼児は環境の変化に数日、泣き続けていた。母を呼ぶ声が耳に痛かった。トビエがこの孤児院に馴染むようになったのは、アンリの泣き声を止めようとがんばったからだ。

ラニエッタがやってきたのは六歳の時だ。一人部屋の隅でふさぎ込んでいた彼女の心を解きほぐしたのは、同い年となっていたトビエだった。

孤児院にやってきた三人は、こうして兄妹となっていった。

幸福を背負って孤児院にやってくる者はいない。だけれど、ここに来た子供たちは皆、笑みを浮かべることができていた。

幸福な時間がここにはあった。

そしてこの幸福を守るためには、お金が必要だとレイフォンは信じていた。

なぜ、適当なところでやめなかったのか？　いや、そうじゃない。もっとまっとうなお金の稼ぎ方を考えられなかったのか？　そうしていれば、こんなことにはならなかっただろう。

十歳だった。天剣授受者としての実力があったとしてもしょせんは子供。そういう言い訳もできる。だが、トビエたちの笑顔を守りたいと思いながら、最後には彼らから笑顔を奪った。

なにもしなくても存在していた幸福な時間を、レイフォンが壊してしまった。

闇試合を利用することさえ考えなければ、トビエに憎悪の目で見られることもなく、ラニエッタに暗い顔で避けられることもなく、二人の雰囲気に怯えるアンリを見ることもなかっただろう。

あんなことにならなければ、レイフォンは天剣授受者としてグレンダンに残り、リーリンは孤児院から上級学校に通い、トビエたちに勉強を教えていただろう。あの時と変わらない生活が続き、新しい兄弟たちがトビエたちに影響を受けていく様を眺めていたことだろう。

だが、そうはならない。ならなかった。

レイフォンが引き裂いてしまったのだから。

†

浅かった眠りを、それは切り裂いた。

「っ！」

一瞬での覚醒。毛布を乱暴にのけ、その動作と連動して立ち上がる。

「な、なんだなんだ？」

レイフォンの動きに反応して、隣で眠っていたシャーニッドも目を覚ました。

「おい、どうした？」

枕元に転がしておいた剣帯を掴んだまま動かないレイフォンに、シャーニッドが怪訝に訊ねてくる。

「…………」

レイフォンは、答えられない。

なにかが起きた。グレンダンの空気がレイフォンの感覚をほんの少し昔に引き戻したか？　肌を痺れさせるような不穏な因子が空気に混ざったのを敏感に察知させた。

だがそれは、音としても視覚としても、確認はできない。

「おい、レイフォン？」

「すぐに準備を」

レイフォンはそれだけ言うと、枕代わりにしていた戦闘衣を着込んでいく。ルシャが洗ってくれたおかげで下水道の臭いは消えている。

「あんまりよさげな様子じゃないな」

そう呟いて、シャーニッドも倣う。

（どうしました？）

すぐ側で控えていたのだろう、フェリの端子が淡い光を放って頭上にやってきた。

「先輩、外でなにか変化は？」

（都市内に異常はありません。しかし都市外でなにか起こっているのであれば、探知は難しいかと。知覚誤認のために端子をこの周辺に集めていますし、雨によってエアフィルター外は高濃度の汚染物質に覆われています）

「すぐに戦闘準備を」

（わかりました）

フェリの報告を聞いてもレイフォンは自分の感覚を疑わない。準備を終えると、工房に向かう。機械油の臭いがこもる部屋は暗く、作業台だけに明かりがともされている。少し離れた場所にあるベビーベッドでは、赤ん坊のマルクートが大人しく眠っていた。

「なんだい？」

作業の手を止めることなく、訊ねてくる。

「避難の準備を」

「……現役武芸者の感覚を疑っちゃいないが、間が短すぎないかい？」

「昨日でも今日でも、戦場は戦場だよ」

「やだね、あんたのその顔は」

振り返ったルシャが顔をしかめた。

「姉さん？」

立ち上がると作業台の下に置かれた避難用のバッグを背に負い、マルクートを抱き上げる。赤ん坊は姿勢が変わったことにわずかにむずかったが、すぐに大人しくなった。

「戦場になった途端に引き締まる。緩んだままよりマシなのが当たり前ではあるけどね」

ルシャが言葉を切ったところで、避難を促すサイレンの音がレイフォンの感覚が正しかったことを証明した。

「姉さん、いまはとにかく」

「ああ、わかってるよ」

ルシャはそれ以上なにも言うことなく、赤ん坊を抱いて仕事部屋を出る。

リビングにはすでにニーナたちがいた。彼女の顔は緊張している。だが、迷ってはいなかった。

「戻ってきたな」

「……で、どうするんだ？」

レイフォンが戻るのを待っていたのだろう。シャーニッドがニーナを見る。寝る前の話し合いの続きだ。もう話をしている場合ではない。ただ、結果だけを求められている。シャーニッドも険しい顔、フェリは表情こそ変わっていないが、その全身からはやはりシャーニッドと似た雰囲気を発していた。

もしかしたら、フェリたちの答えは決まっているのかもしれない。ニーナの決断がどうあれ自分たちがどうするのかを。

（僕は……）

「……まずは、状況の確認だ」

思い悩む暇もなく、ニーナの声が呟いた。

「おい」

「勘違いするな、戦場がどこになるかわからなければ、ツェルニへの退避もままならなくなる」

ニーナの一言に、今度は唖然とする。

「隊長？」

フェリが窺うようにニーナを見た。

「ツェルニが動けないのであれば、その守備を行わなければならない」

二人と同じように驚いているレイフォンの前で、ニーナは毅然と言いはなった。

「フェリ、知覚誤認は解除。予想通りの事態なら、もはやわたしたちをどうこうしようとする余裕があるとは思えない。状況を確認しつつ、シェルターに退避してくれ」

「なぜです？」

「最大限の危機を、まずは想定する。天剣授受者たちが揃わなければどうにもならないような戦場だ。そんな場所では、わたしたちにフェリの防衛をしながらの行動は不可能だ。脱出の機会とわかったときに合流するようにしよう。レイフォン、ツェルニに近いシェルターはどこだ？」

「それなら、あたしが案内するよ」

背後で聞いていたルシャが声をかけてきた。

「お願いします」

ニーナが頷く、だが、シャーニッドが承服しなかった。

「待てよ、シェルターって言っても、おれたちはよそもんだ。そんなところに行かせて、フェリちゃんだけ捕まるようなことになったらどうするよ」

「あたしが守ったげるよ」

それも、ルシャが請け負う。

「だけどよ」

彼女の言葉を、シャーニッドは信じられなかったようだ。気持ちはわかる。彼女は、武芸者の武器を扱うダイト・メカニックだったとしてもただの一般人だ。たとえば都市警察のような公権力が出てきたときに逆らえるとは思えない。

それでも、ルシャは動じない。

「心配しなくていいよ。あたしが庇えば、たいていの奴は手が出なくなるはずだ。すぐにそんなことができるのは、女王とか天剣とかぐらいだろうね」

「なんで……」

信じられないシャーニッドに、レイフォンは大きなため息を吐いて答えた。

「姉さんの子供、マルクートは、天剣授受者ルイメイの息子です」

「……マジで？」

シャーニッドだけでなく、フェリやニーナも驚いた顔をした。

「妾の子だけどね。でも、本妻に子はないから、この子は一粒種だ」

そう言ったときのルシャの顔は誇るわけでもなく、微細な苦みを含んだ顔をした。

「それでも、現役天剣授受者の子だ。それなりに効力はあるよ」

「そういうことはもっと早く言ってくれよ」

シャーニッドの非難の目に、レイフォンは目を伏せた。ルシャが今度ははっきりと笑う。

「しかたがない。こいつはルイメイが大っ嫌いだからね」

「え？」

「ルイがあたしを危険な目に合わせているって思ってるからだろう？」

一般人が武芸者の子を産むのは危険が伴う。もちろん、安産である場合の方が多くはあるし、そうでなければ一般人と武芸者の間の婚姻に規制が設けられてしかるべきだが、普通の出産よりも難産となることも確かだ。

「前の旦那と別れた理由が子宮の病気だったからね。子供ができる可能性が低いってわかったとたんに別の女を作りやがった。たいそうなもんが残せる家でもないくせに」

　カラリと笑いながら言うが、ニーナたちはどう言えばいいのかわからない顔だ。

「離婚して、それでルイと知り合って、そしたらなぜか妊娠した。レイフォンが問題を起こす少し前だったか、こいつにしては珍しく産むのに反対してたね。まっ、普通の子供もできるかどうかわからない体で、武芸者の子供なんかできたらどうなるかって話だからね。医者からも、もしかしたらあたしが死ぬかもって脅されたよ」

　ルシャの声にこちらを責める気配はない。それでもレイフォンは顔を上げられなかった。

「まっ、こうしてマル坊は無事に生まれた。おかげで子宮を取っ払うはめになったけど、それでも、あたしも元気だ。それでいいだろ、レイフォン？」

「……ごめん」

「なんであんたが謝るんだよ」

　頭をグーで殴られた。

　だけどそれは、痛くない。

「とにかく話はこれでお終い。急ぐんだろ？」

「あ、はい」

　ニーナが我に返る。

「では、フェリをお願いします」

「ああ、任せときなさい」

ルシャがマルクートを抱きなおして請け負い、行動は開始された。

時間的には早朝だが、雲と霧によってグレンダンはまだ暗かった。それでも外には避難を始めた人たちが大勢いる。

整然と移動する都市民たちの隙間を縫って、レイフォンたちはルシャを守って移動する。

「それで、おれたちはどうするんだ？」

人波になるべく逆らわないように移動しながら、シャーニッドが訊ねる。

「退路の安全確認。それから出現地点の確認も必要だ。戦場がどこになるのか、都市の移動はまだできないのか。修復が終わっていないにしてもまったく移動できないのか、それとも無理をすれば少しは動けるのか……フェリ、会長と連絡を取ってみてくれ」

「はい」

「本当に、もう良いんだな？」

「…………」

シャーニッドの確認に、ニーナは答えない。

レイフォンはそれを聞きながら、迷っていた。

このままニーナに従ってツェルニに戻ることになるのか？　リーリンに会いに行かなくていいのか？

マルクートを抱いて先導するルシャを見る。彼女には会わない方が良いと言われた。そうと決めたのなら、なにを言っても無駄と姉は言う。レイフォンたちがトビエぐらいの頃にキッチンを支配していた姉の言葉には重みがあった。養父に言えば反対されるからと、孤児院の人々にはなにも言わずに産むことを決意した姉。レイフォンが知ったのはほんの偶然でしかなかった。そんな彼女に影響を受けたリーリンが決意したのなら、確かにその通りかもしれない。

あの時も、迷いながらも養父に姉のことを告げられなかった。姉の決意に気圧されたのか、それともいまのように、強い意志に従うしかできなかったのか。

ルシャの先導で進むグレンダンはこんな状況といえど、見慣れた風景をレイフォンの目に映す。ルシャの住んでいた区画にはあまり近寄ることはなかったが、移動によって記憶を刺激する光景があちこちに見られるようになる。

しかし……

太陽の光が及ばない厚い雲と黒霧。こんな天気がかつてないもの、というわけではない。

雨が降ればエアフィルターの周囲に高濃度の汚染物質による霧が生まれるのは常識だし、

長く雨が続くのであればその時には厚い雲が空を覆い続けることも珍しくない。いまはもう雨は止んでいるようだ。地面は濡れているし、空気も雨上がりの強い湿気を感じさせるが、新しい雨滴が肌を打つことはない。止んでそれほど時間が経っていないのか、エアフィルターの向こうは変わらず黒い。

天気そのものに異常性はない。こんな天気の早朝では街灯の光に頼らなければ移動がおぼつかないぐらい暗くなってもおかしくない。

違和感があるとすれば、避難中の人々の群に混じっているということだろう。避難の列に並んだのなんて初陣の時までで、それからは戦場に立ち続けていた。

シェルターに移動する人々に混ざって見るグレンダンの光景はそれぐらいに遠いものだ。だからなのか、そしてこの天気のためでもあるのか。いつのまにか、レイフォンが住んでいた辺りの区画に入り込んでいたことに気付かなかった。ルシャはフェリを案内するために、普段使うだろうシェルター入り口へと向かわなかったのだ。

「ルシャおばさん！」

その声に反応して、レイフォンは即座に殺到を行った。

「誰だ、おばさんなんて言ったのは！」

声に、ルシャは怒鳴り声で応じる。子供たちは笑いさざめいてルシャの握りしめた拳から逃げ出した。

「姉さんって呼びな」

「だって、トビー兄が言ってたよ」

「そうそう、ルシャ姉は『姉』っていうより『姐御』だよなって」

「でもそれ言ったら怒るから」

「じゃあやっぱり、おばさんにしようって」

「どういう結論だ！」

また怒鳴り、そして子供たちが笑う。

　みんな、知っている。

　ビイナ、テト、ウェスフ、ホロン。孤児院の子供たち。レイフォンの兄弟たち。トビエの下の世代たちだ。

　レイフォンより遅れて気付いたニーナたちも、ルシャから距離を取って様子を眺めている。殺到をしたレイフォンの場所はニーナたちにも気付かれていない。レイフォンは兄弟たちの顔を見て、懐かしさと苦さが同時にこみ上げてくるのを感じていた。

「ルシャ、どうしたの？　こんなところに？」

　遅れてやってきたのはルシャよりも少し年上の女性だ。ロミナ。ルシャと同じ世代として、レイフォンたちの世話をしてくれていた。

「ロミ、あんた園長になったんなら、このくそガキどもちゃんと引率しなさいよね」

「もう、なんで男の子ばっかりなのかしら。リーリンやラニエッタみたいな仕切り屋がいないから……もう、あんたたち！」

「うちは代々、女が仕切ってるからね」

怒り、笑い、子供たちの頭を叩き、避難の列に混ざっていく。レイフォンたちは気付かれないようにその後ろに付いていく。

「それにしても、ルシャはどうしてここに？　あなたの家からなら入り口は別にあったでしょう？」

「ああ、ちょっと野暮用があってね」

「野暮用？」

「それより、トビーたちがいないじゃない。どうしたの？」

「アンリが忘れ物をしたって言うから、三人で行かせたの。この子たちだけにするわけにもいかないし。お養父さんは戻ってきてないみたいだし」

ロミナはふくよかな頬に手を当ててため息を吐いた。

「今日に限っていないんだから」

そう言って、いまは大人しくしている子供たちを睨む。なにか悪巧みでも考えていたのか、ロミナの視線を受けてビィナたちは含み笑いで顔を背けた。

まったく、とため息を吐く。

「やっぱり園長はあなたがするべきだったのよ。わたしたちの代はあなたが仕切ってたんだし」

だが、ルシャは苦笑するだけでその言葉を流した。おそらく、何度もその話はしたのだろう。ロミナがマルクートについてなにも言わないということは、その時にそれのことも話したに違いない。

「しかたないでしょ、こっちはこっちでこれだったんだから。それより、どっかに行ってるの？」

赤ん坊の寝顔に、ロミナは少しだけ表情をゆるめた。

「良くわからないのよね。門下生の人たちにもなにも言わずに出かけたらしくて」

「珍しいわね」

「本当よ。お養父さんもいない、トビーもラニエッタもいないいじゃあ、この暴走児たちを止められないわ」

「いずれ慣れるわよ」

慰めの言葉にロミナは何度目かわからないため息で応えている。

二人の会話から感じたのは、懐かしさよりも時間の経過だった。グレンダンからツェルニへと旅立つ前から養父が孤児院の園長を誰かに譲るという話は出ていた。その人物がロミナとは知らなかった。レイフォンとリーリンがいなくなれば、トビエたちが子供たち全体の仕切り役になるのはわかりきっていたことだが、実際にロミナに頼りにされている節があるのを見ると、ラニエッタはともかくとして、あのトビエがと思ってしまう。

時間は流れているのだ。まだ一年も経っていなくとも、それは確実に流れている。レイフォンやリーリンがいないという状況が当たり前となるように、孤児院の中が定まっていっているのだ。

それは、当然のことでもある。ルシャたちが孤児院を出、レイフォンとリーリンが最年長になってしまった時も同じ変化はあった。他にも同世代の兄弟が数人いたが、彼らはどこかの家の養子になったり、職人のところに住み込みの弟子になったりして、いなくなっていた。レイフォンとリーリンの二人が最年長として仕切らないといけなくなった。

変化は起きるし、それに人は自然と対応していく。レイフォンにだってできたのだから、トビエにだってできて当たり前だ。

それに驚くのは、弟の成長を見守れなかった兄のふがいなさ故か。

それとも、置いて行かれたと思っているからか。

「それにしても、こんなに短い間で汚染獣だなんて」

「そういう日だってあるわよ」

「あるけどね。でも、先日のはいつもと違ったでしょ？」

ロミナの目が姉妹から離れた。視線は人の波を飛び越えて、都市外に向けられる。黒霧に覆われ、その姿をはっきりと見ることはできないが、それでもツェルニの輪郭は見ることができる。学園都市に点る人工の光が、霧の向こうで朧に存在を主張していた。

「あそこにレイフォンがいるっていうでしょ？　それのおかげで、昨日の晩はトビーたちが喧嘩して」

自分の名前が出て、レイフォンは胸が締め付けられるような気分になった。

「トビーたちが？」

「ほら、ビィナたちもショックだっただろうけど、トビーたちはレイフォンのすぐ下だったでしょ。やっぱり思い入れが違うのでしょうね」

ルシャは、雑誌などの報道でそれとなくレイフォンに向けられた都市民の感情は宥められつつあると語っていた。怒りの方向は闇試合そのものに向けられたと。だが、レイフォンを間近で見てきたトビーたちまでも、同じようにそうなっているとは限らない。

怒っているのだろう。いまでも。

ルシャの相づちの後に、ロミナの話が続く……はずだった。

彼女の声をかき消したのは、轟音だ。

そして、都市が揺れた。轟音はその場にいた人々の悲鳴さえも飲み込む。揺れによって整然と避難していた人々の秩序が崩れ、そこら中に人々が倒れ、また滞った流れをかき分けようと走り出し、混乱が生まれつつある。

レイフォンは殺到を解いて、ロミナたちを踏み越えようとする人波を、体を張って受け止め、外側に流すように努力する。

「あれ……」

その背に視線が刺さったのを感じたが、それを意識したとしてもいまの作業はやめられなかった。ニーナとシャーニッドもフェリを背後に回してそれに加わる。

声はホロンだった。こんな騒音の中でも、兄弟の声を聞き分けられる。

「レイフォン……兄ちゃん？」

心臓を鷲づかみされたような痛みが走る。

だが、グレンダンを襲う混乱はこれから始まる。

再び謁見の間に揃った天剣授受者たちに、アルシェイラは大声で言い放つ。

「地獄へようこそ」

彼女の言葉に天剣授受者たち、とくにカルヴァーンが苦い表情を浮かべた。だが、アルシェイラは彼らの気分を気にしない。

「さて、そんなのんびりしてられないからね。デルボネ、状況」

（はい。目標は現在、グレンダンから東に三十キルメルの地点で増殖中。これは、出現後に直接侵入できなかったからだと思われます。出現したのはグレンダンの頭上二千メルトル。現在もそこからの出現は続いています。異空間とこちら側での同時増殖によって、その体積は急増を続けていますので、グレンダンの都市面積を超えるのに、それほど時間はかからないでしょう）

「な、なんの話をしてるんですか？」

リヴァースが、おそるおそるといった様子で訊ねてくる。

グレンダンの都市面積を超える。

デルボネの紡ぐとてつもない言葉の羅列に、天剣授受者でさえ即座の理解は不可能な様子だ。

だが、アルシェイラの知ったことではない。

「もちろん、敵の話よ」

胸を張って応える。

「作戦……といってもなにもないけどね。全員そろって外縁部で迎え撃ち。多少は都市がぶっ壊れてもいいから全力でやりなさい。下手な遠慮してると、あんたらは死なないかもしれないけど後ろでたくさん死ぬから」

（出現時には、あの方の力によってエアフィルターを抜けられなかったようですが、増強を続けている現在ではそれも怪しいでしょう。また、相手はこちらの都市面積を超えますし、現状から推測するにその形状には、非常に高度な柔軟性があると思われます。都市を包囲される恐れもありますので、天剣の皆さんを一点に集結はさせられません）

「そういうこと。リヴァアカウのコンビは別として、他の連中は一人で広範囲を受け持ってもらうことになる。ティグ爺とバーメリンはラインを一個下げて後方で火力支援及び遊軍扱い。サヴァの馬鹿は怪我して使えないから、カルヴァーン、リンテンス、ルイメイ、トロイアット、カナリス、リヴァアカウが六角形配置で前衛、よろしい？」

「……申しわけありません。敵の情報が信じられないのですが」

カルヴァーンの言葉は天剣たちの内心を代弁していることだろう。

だが、アルシェイラは説明しない。これ以上この場で説明したところで、彼らの中にある汚染獣に対する常識は覆らない。先日のツェルニを襲った巨人も、確かにおかしくはあった。だが、個々のサイズは常識レベルであり、そして群れているということにも、それほど驚きはないに違いない。幼生体は群れているじゃないか、ぐらいにしか思っていないだろう。

しかし、今度は違う。デルボネの話し方では、それは一個の汚染獣なのだ。群では決してない。それならばそうと、この老女は言うはずだ。

そして、彼女の話す敵のサイズ。

そんなものがいるのか？　天剣たちでさえそう考えているに違いない。

「聞くよりも見なさい。その方が手っ取り早い」

短い言葉で、カルヴァーンの質問を切り捨てる。

「さあ、話は聞いたわね？　だったらさっさと立って動け。あんたたちに預けた天剣は、あんたたちの馬鹿みたいな実力は、こんな時に存分に使わないと、他のどこで使うって言うの」

追い立てるように天剣たちを立たせる。この間に、詳細な配置をデルボネが告げる。彼らはそれに従って謁見の間を出て行く。

　最後に出て行くのはリンテンスだった。

　彼だけは、最後まで表情を動かさなかった。当然だろう。彼はこういう日を期待していたのだ。不安を浮かべるなどあるはずがない。むしろ、肉食獣の笑みでも見せてくれるかと思ったが、それはなかった。しかし、事情をある程度は理解しているだろうティグリスは別として、さらに本番以外ではまるで弱虫なリヴァースも例外にすれば、普段は戦場なんて散歩コースぐらいにしか思ってなさそうな天剣授受者たちが皆、少なからず動揺していたというのに、彼は落ち着いていた。

　おかしくはない。頼もしくある。

「まったく、強すぎるのもままならないものよね」

　この戦場での己の役目を考え、アルシェイラは嘆息した。

（ところで、廃貴族の娘は逃げたままですが、よろしいのですか？）

「おや、リヴィン家の見張りがいるんじゃなかった？」

（何人か見失い、残りは消息を絶ちました。私の念威の届かぬところでなにかが起きたようで）

「それはまた、尋常ではないところのようね」

このグレンダンで、デルボネの念威が届かない場所は存在しない。つまりそれは通常の場所ではなかったということだ。

（感知しえぬところでの情報には興味ありませんが、単純な戦力としてあの娘は必要なのではありませんか？）

「向こうを守る戦力も必要でしょ。正義感の塊みたいな目してたし、なんか色々関わってそうな感じでもあったから、なにがどう動くかわからないけどね」

（陛下はあの娘を関わらせたいとお思いになられていると感じましたが）

「あれ？　真実が知りたいなら来なさい的に言ったつもりだけど？」

（そうでしたか？）

「そうよ。それに、わたしが教えてあげられるものなんてないわよ。あの娘がなにかを知るのであれば、それはあの男からじゃない？」

思い出すのは、ツェルニで見た赤髪の男。獣の面を被った奇妙な武芸者。リーリンの部屋に侵入した不埒者。だがそれは、いままでアルシェイラが見ようとしなかった世界を生き抜いてきた男、そのはずだ。

アルシェイラが提案したことは、彼女が抱えているものを動かすためには一度グレンダンに来た方がいいのではないかというだけのものだ。あの場で、あの娘を見ただけで、直感的にそう口にしたに過ぎない。

そもそも、アルシェイラとしては最初から乗り気ではなかったのだ。カナリスが生真面目に捕獲を訴え、サヴァリスが妙に気にするから動かしたに過ぎない。先代王の後始末という名目もあった。

廃貴族を必要と感じ、サリンバン教導傭兵団を設立したのは先代のグレンダン王だ。察するに先代は揃わぬ天剣に業を煮やし、その代理として廃貴族という力を求めたのではないだろうか。

アルシェイラ個人としては廃貴族という力の必要性を、武芸者を強化するという意味では、どうしても感じられない。天剣授受者を十二人揃えなければとは思うし、現状で揃っていない以上、廃貴族だろうと剄脈加速薬だろうと、不正に強化した武芸者に天剣を持たせてしまえという暴論は理解できないでもない。

だが、なぜかそんな気になれない。

先代王はそれほど武芸者として優れていたとは言えない。少なくとも天剣授受者よりも弱かった。それはつまり、武芸者の祖であるアイレインの因子が薄いということでもある。先代王の考えと、アルシェイラの直感が相反しているのはこの辺りが関係しているのかもしれない。

廃貴族は必要ない。たとえその憎悪が武芸者の能力強化に繋がったとしても、それは不幸と偶然が重なり合った結果にしかすぎない。

ならば、廃貴族というのはただの暴走した力にすぎないのだろうか？

グレンダンを見ていると、それだけではないようにも思う。しかし、それがアルシェイラに関係することなのか、目の前の問題に必要なことなのか。目覚めたサヤはそのことについてはなにも語らなかった。

（あの人物は、やはりどこかで見たことがある気がします）

デルボネが赤髪の男を気にしている。あの男の背後にも不穏な力を感じた。ただの武芸者ではないだろう。

それでも、アルシェイラはそこまで気にならない。

「記憶の封印解いてみたらわかるんじゃない？」

（そうですねぇ。しかし、修羅の巷をのぞき見るには、私は老いてしまいましたから）

「なら、知らんぷりしてればいいわよ」

やるべきことは決まっているのだ。ならばそれ以上のことにかまってなどいられない。

「もしかしたら電子精霊あたりもなにかするかもね。ほら、あれも廃貴族じゃない？」

（陛下が必要ないと仰るのであれば、私から申し上げることはなにもありませんが）

「が？」

（いえ……陛下は、どうしてそこまで周りのことに興味がないのですか？）

唐突な質問に、アルシェイラは苦笑した。

そんなこと、決まっている。

「自分のやるべきことを知っている。そして、自分が万能ではないことを知っているからよ」

言い切ると、アルシェイラは立ち上がった。

今回は、ただ結果を待つだけでは済まない。超絶の力を持つ女王にも覚悟が必要だった。


この時点ではまだ、天剣たちの何人かは冗談だろうと思っていた。先日のツェルニでの戦いに異常性が存在していたことを認めた上で、だ。それに続く異常の続きであったとしても、一度は敵を見た。数は多かった。それなりに強かった。幼生体や雄性体でもないのに幼生体のように統一した外見であること、そしてその出現地点がなにもない空からであったことは、確かに異常だ。

だが、敵を見たのだ。

見た、戦った。直接戦場に出向かなかった者たちも、外縁部から敵を視認している。

それは、固定観念が生まれたということであるのかもしれない。たった一度の経験。しかし経験したのだ。ならばその経験によって現状を類推しようとするのは、人として間違った行動であるとは思えない。

敵は多数。デルボネの念威を以てしても判別しきれないほどの個体の群である可能性が高い。そう思っていたし、実際、カルヴァーンなどはその可能性を口にし、カナリスに「陛下はそんな嘘は吐きません」と怒鳴られる、という場面も存在した。

しかし、そのカナリスとて、女王の政務を代行し、三王家に近い血筋としてグレンダンの裏の部分をある程度知っているというのに、信じ切れていないということは隠しようもなかった。

散歩コースを進むように戦う。アルシェイラがそう評したように、彼らにとっては名付きレベルの老生体でない限り、戦いで苦労するということはない。それは、ある意味では不幸なことなのかもしれなかった。戦いで気を抜くという初歩的ミスを犯すわけでないが、己の最高の状態、戦果を実感として体験する機会があまりにも少ないということになる。

問題は、その事実に対してどういう思考的傾向を持つかということなのだが――

「……うん？」

移動は瞬時に。女王が謁見の間でデルボネと会話している間に外縁部に到着したカルヴアーンは、都市の外を眺めていた。

手には復元した天剣が剣の形で握られている。雨はすでに止んでいるが、汚染物質を除去するエアフィルターの周囲の黒い霧は晴れていない。しかし、外縁部すぐ側のこの周囲は角度的に雨粒を受ける量が少なかったためだろう、霧が薄い。霧の向こうも暗いということは、雲はいまだかなりの広範囲を覆い、陽光を遮蔽しているということか。

だが、その暗闇が妙であることにカルヴァーンは気付いた。

どこがどう……というのは説明が付けにくい。ただ、普通の暗闇とは思えなかった。視覚が光を介するものである以上、活剄による強化にも暗闇の前では限界が生じる、妙と感じさせるなにかがあるのだが、それがなにかはっきりとはしない。

「デルボネ殿。敵との距離は？」

疑問を疑問のままにしないのは、彼の性格のため、そして戦場にいるからだろう。グレンダンでの実戦経験数をいえば、デルボネやティグリスの次に位置するカルヴァーンはなにかを察知した。

（もう見えていてもいいはずですが？）

デルボネの声は、むしろ悪戯をしかけた少女のようであった。

それで、納得した。

「デルボネ殿、全員に声を通してくれ」

言いつつ、全身に剄を解き放つ。彼の、鍛えられた体軀が黄金の光を放った。

外力系衝剄の変化、刃鎧。

カルヴァーンは全身に半ば物質化した剄を纏わせながら、声を大にして叫んだ。

「全員、戦闘態勢！　迷うな、全力でいけ！」

剄のこもった声はごく自然に戦声に相当するものとなり、空気を振動させる。振動はエアフィルターの向こうにも届き、眼前の霧が広範囲で吹き飛ばされた。

それでも、暗い。

しかし、眼前にあるものがなにか、カルヴァーンにはもうわかっていた。

雲の切れ間がどこにも見えない。都市の向こうは視界を遮るもののない荒野のはずだ。

それなのに、雲の切れ間が存在せず、時間的に朝だというのに陽光の射している場所が存在しない。

それはつまり、空を覆うほどのモノが、陽光を完全に遮るほどのモノが眼前に存在しているからではないのか？

カルヴァーンの予測は、当たっていた。

眼前には壁があった。

壁ではない。それは、なにかの生物の一部分だ。グレンダンを覆うほどの怪物の一部分がそこにある。

それは、ただの生物では決してありえないような蠕動を皮膚上で起こしている。

（なるほど、地獄だ）

数多の戦を経験しながらも、これほどに巨大な汚染獣を見たことはない。カルヴァーンは驚愕を喉の奥にとどめ、呟きも心の内で押さえ込む。

無音。

それは、すでにエアフィルターに触れようかという距離に近づいていながら、音を発することなくここまでやってきた。そうでなければカルヴァーンは違和感などという曖昧なものに探りを向ける前に気付いていたことだろう。

この巨体にして、無音の移動。異常の中の異常のような事態。

天剣を掲げる。幅広の長剣に、全身を包むのと同じ黄金の剄が纏い付き、その黄金の領域を空中へと拡大していく。

拡大。

拡大。

拡大。

黄金の剄は大気中にその版図を広げ、世界を黄金色に染め上げていく。輝きが暗闇を払いのけ、怪物の姿を露わにしていく。

どこまで視界を広げても、怪物の全容は明らかにならない。カルヴァーンの視界の端から端を、全て怪物の表皮が埋め尽くし、首を巡らしてもそれは途切れることがない。

そして表皮で起こる蠕動。

まるで、グレンダンという都市そのものが怪物の臓腑に閉じ込められたかのような、そんな気配さえもある。

外縁部のあちこちで威圧的な剄の鼓動がまき散らされる。天剣授受者たちがそれぞれ戦闘態勢に入ったのだ。彼らの放つ剄の波動だけで都市が鳴動する。

「ふん」

自らの剄を、そして他の天剣たちの剄を感じ、カルヴァーンは鼻を鳴らした。

ここまで自らの全力を晒したのはどれぐらいぶりだろうか？

いや、全力などというものを出したことがあるのだろうか？

若き頃、まだ天剣も持っていない頃の未熟なときであれば、それもあったかもしれない。

力の使い方も技術も未熟であった頃、ただがむしゃらに剄力と腕力に頼り続けた頃ならばそれもあったかもしれない。だが、ある程度に技術が身につき、通常の錬金鋼が剄力に耐えられなくなった頃から、それはほとんどない。天剣を得て錬金鋼(ダイト)の不満はなくなった。だが次は、都市外で戦えば戦闘衣の耐久力(たいきゅうりょく)を、外縁部で戦えば都市の安否(あんぴ)を考えなければならなくなった。

だがいまは？

いま、この戦場は、これから始まる地獄はどうだ？

そんなことを考えている場合ではない。目の前の怪物を倒(たお)さねば、確実に都市が滅(ほろ)ぶ。そして全力を出さなければ、この巨体を滅(めっ)するのは不可能であろう。

そうと感じさせるのは長年の経験から来る無自覚の計算か、あるいはただの恐怖(きょうふ)からか。

黄金の領域は外縁部の一帯を、カルヴァーンが任(まか)された領域のほとんどに枝葉(えだは)を伸(の)ばすに至(いた)っている。黄金の剄は、軟体動物(なんたいどうぶつ)のように宙でうねり、鋭(するど)い突起(とっき)を各所から生やす。

それは、一個の生命体のように見えないこともない。カルヴァーンという核(かく)によって動く、黄金色の原生(げんせい)動物。

「さて、我(わ)が剣術(けんじゅつ)をいかほどまで試(ため)せるか、それを試させてもらおうか」

カルヴァーンが呟く。

ほぼ同時に、それがエアフィルターを突(つ)き破(やぶ)って襲(おそ)いかかってきた。

†

エアフィルターが破裂した。

カナリスにはそう見えた。

事実はそうではない。たとえそれが、ほぼ不可視であるはずのエアフィルターが周囲の黒霧の動きから見るに、『風船が内向きに破裂』したかのように見えたとしても、事実はそうではない。汚染物質の流入は起こっておらず、そうであったとしても緊急性を要するほどのものではなかっただろう。

だが、そう見えるほどに激しく、それは都市に侵入してきた。

都市を飲み込んだ巨大な臓物のように見えたそれが、突如として分裂、あるいは変形し、一個の巨体から、無数の個体へと変幻してグレンダンに侵入しようとする。

それは受け取り方を変えれば、巨体のままではエアフィルターを突き破れなかったからそうしたようにも受け取れる。なぜなら、この巨体のまま都市にのしかかられでもしたら、たとえ天剣授受者たちといえども都市を守ることは不可能だっただろう。

しかし、眼前の戦場に集中せざるを得ないカナリスは、そこまで考えてはいない。ただ、動き出した状況に体が動き出す。

カナリスはいつものようにゆったりとした服装ではない。いや、女王の影武者、代理人として政務に当たるための衣の下に、これを着ている。

体型をはっきりと表すような薄手の戦闘衣だ。上衣の袖は肘の辺りまで、下も膝の辺りまでというもので、動きを阻害するものをことごとく排除している。

そして手には細身の剣という形で復元された天剣。

「ああ、私は愚かでした」

かつてない緊迫感の中で、無数の怪物から分離したものが襲いかかってくる中で、カナリスは天を仰ぎながらそう呟いた。

「ほんの一瞬でも陛下のお言葉を疑うだなんて」

言いつつ、下げていた細剣を胸元の辺りまで持ち上げる。その動作は、まるで舞いが始まる直前の、緊張感漂う緩やかさのようにも見えた。

ふっ、と……カナリスの握る細剣が横に振られる。

舞いの始まりであった。

「お許しくださいませ、陛下」

呟きながら、次々と剣を振っていく。彼女に向かい、そしてその左右上空を駆け抜けようとする怪物から分裂したもの……分体がその動作によって切り裂かれていく。その斬線に封された衝剄によって破砕していく。

　カナリスはほとんどその場所から動いてはいない。その場で剣を振り、体を回転させ、そして宙返る。まさしく舞いそのものであり、その舞いの最中に振られる剣線が遥か遠方にいる分体さえも切り捨てていく。

　舞いを支える音楽はそこら中にある。

　突き破られたエアフィルター。蠕動する怪物の巨体。そしてそこから分け放たれた分体たち。巨体でありながら無音でグレンダンを覆い隠した怪物といえど、ここまで激しく動けば音が発生する。

　そして天剣授受者たちが都市全域を揺さぶる剄の鼓動。

　それこそが、カナリスを舞わせる音楽、韻律だ。

　発生し、ぶつかり合い、食い合い、覆い隠し、更新し、食いつぶし、摩耗し、衰退し、そしてまた発生する。高速で、そして並列と重複を織り交ぜながら起こる音のぶつかり合いを背に、カナリスは舞う。音楽としての技法も、芸術的な美しさも存在しない、雑然として混沌とした雑音の群をカナリスの剣は切り分け、並べ替え、そして巻き込み、引き連れる。

　剣が振られる。

分体が切り裂かれる。

分体の形状は、幼生体に似ていなくもない。硬い殻に覆われた太い胴体に、長く太い節足が生えている。胴体とほぼ直結した形の頭部はそのほとんどが顎を形成し、鋭さのない、すり潰すための牙が幾重にも並んでいる。

だがそれは、地面に着地すればの話だ。

本体……いまだエアフィルターの向こうでグレンダンを覆い隠す臓腑のごとき本体から、凄まじい勢いで吐き出される際は、足を殻の内部に閉じ込め、身をなるべく丸め、涙滴に近い形となり、一個の塊となって射出される。

そう、まさしく撃ち出されているのだ。

無数に、大量に。

それは地上を除外した全方位からの一斉射撃とさえ見ることができる。侵入と内部かく乱と攻撃を三位一体化させた複合攻撃であった。

その中を、カナリスは舞う。

剣が一閃するごとに分体が十桁の単位で破砕する。そして一閃から次の一閃までの間は、ほぼないに等しい。

もはやカナリスの舞いは、その字面的イメージから遥か彼方にあるほどに速かった。一般人には高速映像のごとき判然としないものとしか見えないだろうし、武芸者の目からしてもそれはほとんど変わらないだろう。

戦場音楽に合わせた舞いであるとすれば、都市全域に向けて放たれた分体による一斉射という現状から考えれば、それは決しておかしなことではない。

カナリスは舞い続ける。その場で、微動（びどう）だにせず。

いや、舞いというものである以上、まったく動かないわけではない。だがそれはせいぜい、半径（はんけい）十メルトルの範囲（はんい）でのことだ。

それ以上は、一歩たりとも外には出ない。

だが、その斬線（ざんせん）の成果は彼女が担当（たんとう）を任（まか）された広大な外縁（がいえん）部の端（はし）から端にまで正確に届（とど）き、長い破砕の光が線を引く。

活勁（かっけい）衝勁混合変化、舞楽（ぶがく）・鳴風（なるかぜ）。

周囲に充満（じゅうまん）する音……波動そのものと舞いによって同化し、舞いによって引き込み、舞いによって操（あやつ）る。天剣を通して散布（さんぷ）された膨大（ぼうだい）な量の勁が周囲に充満し、波動と絡（から）み合い、混ざり合い、そして主導権を握（にぎ）る。

この場所は、この周囲は、そうやって作り上げられたカナリスを絶対君主とする殺戮（さつりく）場と化している。

剣を振る動作そのものに意味はない。そこから斬撃が放たれているわけではない。ただ彼女は細剣を指揮棒のごとく、楽団指揮者のごとく、名将のごとく振り、破壊を任意の場所で起こしているにすぎない。

「……故にこのカナリス、陛下のご期待に添いますよう、斬って斬って斬りまくってご覧にいれます」

カナリスの斬撃ならぬ音撃が、膨大にして大量の分体……生物弾を撃墜していく。

激烈な光景は、ここでも行われている。

そこに立つのは、一つの塊だ。

武芸者としては、特にグレンダン武芸者としてはあるまじきまでに重装の戦闘衣に身を包んだ、小さな存在がいる。錬金鋼製のプレートによって包まれたその姿は絵物語やエンターテインメント・ムービーに存在する、馬に乗り槍を構えて戦う戦士……騎士のそれに酷似していた。

また、グレンダンでは定着しなかったが騎士式と呼ばれる戦い方も存在する。重装の戦闘衣を纏い、騎装槍を構え、集団で汚染獣に突貫する戦い方だ。犠牲を覚悟した戦い方であることと、この都市での戦闘数の多さがグレンダンで定着しなかった理由だが、そういう戦い方が存在するのも、また事実だ。

だが、この小さな、ともすれば十歳ほどの少年とも並んでしまいそうな小さな存在は騎士ではない。騎士であるはずがない。

なぜならば、彼がその手にしているのは盾だからだ。防具の一つとして、武器をさらに持っているわけではない。彼の手には盾しかない。彼の小さな体を覆い隠してしまいそうなほどの大きさの盾だ。

防御に重きを置いている。置きすぎている。武器も持たず……いや、盾という物体をその存在目的に反して鈍器として使用する方法もあるにはあるが、だとしてもあまりにも防御に重視しすぎた装備であるといえる。

たいていの武芸者は、そんな姿をした者がいれば、臆病者と嘲笑し、軽侮の視線を遠慮なく投げつけたことだろう。

だが、彼にそうする者はいない。

彼はそれを持ち、外縁部という領域を定める堤防のぎりぎりの線上に立ち、そして都市を覆う巨大な存在を見上げていた。

その、膨大な存在感と畏怖を呼ぶ蠕動を前にしても、ヘルメットの奥にある瞳は決してひるんだりはしない。たとえ戦場に出る以前には顔を青くし、女王の『地獄』という言葉に恐怖で震えていたとしても、彼の戦いに赴くための時間が遅延することはない。

臆病な勇者。

彼を知る者は、そう評する。臆病者であるが故に彼という存在が戦場に立つには誰よりも強靭な精神力が必要であり、誰よりも勇気が必要である。そして一度克己した彼の精神力の前には、何人も立ちふさがることはできない、と。

彼、天剣授受者リヴァース・イージナス・エルメンの前に立ち続けることができるものはいない、と。

それは、いまも同様だ。

カルヴァーンの大声が、念威端子越しに外縁部に響き渡る。

「……ティア」

ヘルメットの向こうからの呼びかけとほぼ同時に、他の天剣授受者たちの眼前で起こったことが、ここでも起きる。

エアフィルターを突き抜け、巨体の臓腑のごとき表面が破裂し、生物弾の雨が放たれる。

リヴァースの普段はつぶらな、そしていまは細く引き締まった目はそれらの光景からそらされない。

かといって、避けるという動作をする様子もない。

彼はただ盾を前面に掲げ、剄を解き放つ。

活剄衝剄混合変化、金剛剄・壁。

レイフォンがリヴァースから盗み、そしてニーナに伝えた防御技。その発展型だ。彼の立つ外縁部と都市の境界線上に沿うように、剄による堤防が発生する。

リヴァースの視線は、常に前にある。都市を覆う巨体に注がれている。そこから放たれる生物弾に向けられている。視界に入らないものであろうとも、彼の意識は全てそれを捕らえている。

なぜならば彼は守る者であるからだ。

己の才能の全てを『守護』という一点に注ぎ、錬磨し、研ぎ澄ませ、そして辿りついた究極の境地がこれだからだ。

そして、彼の『守護』という境地、その領域によって護られている者は、彼とは逆の境地に存在する。

「ええ、わかってるわ、リヴァース」

その声は彼の背後で、やや陶然とした声音で応えた。

リヴァースとは違い、長身の女性だ。驚くほどに手足が長く、大きく開いた戦闘衣の胸元、そして額から頬にかけて大きな傷痕が走っている。肌とは対照的な色の長い髪を風に巻き上げ、その目は誇らしげに相方を、リヴァースを見つめていた。

手には長大な青龍偃月刀を握り、肩にかけるようにしている。

カウンティア・ヴァルモン・ファーネス。

相棒とは正反対の境地に達した者。『攻』に特化した彼女は、手にした青龍偃月刀を振り上げると、間を置くこともなく斜めに振り下ろした。

外力系衝剄の変化、餓狼駆。

リヴァースの構築した防御壁は彼の担当した一角に降り注ぐ生物弾を余すことなく受け止めている。衝突の瞬間に自壊するものも多数あるが、それらの残骸を緩衝材として生き残るものも、また多数に存在する。そして防御壁の前に積み上げられた圧壊した残骸の層は一瞬で分厚くなり、生き残るものの数も増えていく。

カウンティアの振り下ろした青龍偃月刀は、そこに込められた衝剄は、大気に刻みつけられた巨大な餓狼の爪牙は、外縁部に溜まる残骸を、生き残り、そして今なお放たれる生物弾、それら全てを薙ぎ払う。斬線によって断ち割られ、衝剄によって破砕し、そこから生まれた熱量によって炭化する。断裂と破砕と焼滅の連鎖はとどまることなく彼らの眼前で展開する。それはさしずめ、餓え果てた狼の群が餌を前にして解き放たれたがごとくに破壊的で、凄惨で、そして瞬く間のできごととなる。

破壊の爆光が泡のように広がり、一つにまとまり、そして弾けた。

餓狼駆の影響はエアフィルターの向こうにいる本体にも食いつき、その巨体に長大なクレーターが刻みつけられる。その巨体が震えている。震えはエアフィルターを通じて伝播し、なんともいえない重苦しい音を都市全体に広げることとなった。

生物弾の射出が瞬間、停止するほどに、そして、クレーターは巨体の体を突き抜け、その向こうに存在している陽光を垣間見させるほどの威力を見せた。

「……これが、外でも使えたらいいのに」

やや拗ねた様子のカウンティアに、しかしリヴァースは苦笑しなかった。彼は戦場に立てば決してその表情を緩めることはない。気を緩めれば、彼の心の中で克己した勇気が霧散するのではないかと恐れているのだ。

「そんなことしたら、ティア死ぬから」

だが、これは言わなければならない。彼女が死ぬことを考えるのは、自分が死ぬことを考えるよりも恐ろしい。

事実、リヴァースの背後に立つ彼女の、革に似た素材のボディスーツは、ずたずたに引き裂け、やや丸みの足りない胸を露わにしていた。

技を放つための反動が彼女の戦闘衣をこんな姿に変えたのだ。

都市外戦闘で十度を限度に言われたカウンティアだが、それさえも全力とはとてもいえない。この一撃が使えれば、以前の戦闘で逃した老生体も狩れたのにと、カウンティアは言っているのだ。

「でも、狩れないのは悔しい」

思い出して拗ねる彼女の様子は、とても戦闘中のものとは思えない。リヴァースはやはり苦笑するでも、拗ねる彼女を宥めるでもなく、ヘルメットの奥の瞳に険しさを宿して巨体を見つめていた。

「まだ終わってないよ」

呟きはそれだけ。

「わかってるわよ」

恋人の性格をわかっているカウンティアは怒りもせず、その事実に驚きもしない。

餓狼駆によって巨体に開けられたクレーターは二人の眼前で瞬く間に埋まっていく。再生能力の異常さは老生体以上の汚染獣では珍しいことではない。都市を覆うほどの巨体であるなら、こうなることも想定済みだ。

「さっきので調子が出てきたから、どんどんやるわよ」

微笑む。破壊という行為に没頭したカウンティアの表情は美しい。

だがそれをリヴァースが見ることはない。彼の目は、背後に立つ愛しい存在を守るため、常に前を見続ける。

そして、空。

「後方支援、どころではないの」

外力系衝剄の変化、迷霞。

ティグリスは呟きつつ、矢を放つ。鋼の弦が空を叩き、澄んだ共鳴音を発する。

それは、この荒れ果て、混迷し、無作為に暴走する戦場という狂気の場に、一本の芯を埋め込むように力強く響き渡る。

放たれた矢、衝剄の凝縮したそれは、弓から解き放たれたとほぼ同時に、無数に分化した。輝く滴となって放射状に広がる剄雨は、しかし直進するわけではなくある一定の距離まで進んだところで、慣性の法則さえも無視して水中に落ちた紐状動物のように蠢いて方向を転換し、降り注ぐ生物弾を貫き、爆砕し、さらなる獲物を求め、力尽きるまで駆け抜ける。

分化した矢雨が尽きる前に、次の迷霞が放たれ、それはグレンダンの空を斑に染める。

若かりし頃は不動の天剣と呼ばれた老人は、その名にふさわしくその場から一歩も動かぬまま矢を放ち続ける。

そして、老人の背後では。

「ウザッ、ウザッ、ウザッ、ウザッ」

嫌悪を単語で連発しながらバーメリンが銃爪を引き続ける。彼女の手には二門の機関砲が握られている。多数の銃身が筒を形成するように並べられ、回転しながら弾を撃ち出す機構のこの銃は、少数ながら銃使いの武芸者が用いることはある。

だが、実弾仕様の場合であれば弾薬のあまりの消費量のために都市政府に嫌われ、剄弾仕様であれば、射出速度と剄の供給のバランスが崩壊しやすいことで武芸者に嫌われるという始末であり、使い手はほとんど見ることはないだろう。

それを、バーメリンは二門同時に使っている。両方ともが剄弾仕様であり、それだけで彼女の剄量が尋常ではないことを示している。また、その重量から固定した状態で使われるか、あるいはベルトを使った上で両手で下げて使われるものを、それぞれ片手で悠々と扱っているのだから、その内力系活剄による筋力も目を見張るものがある。

毎分四千発、両手にあるため八千発という剄弾がグレンダンの空を容赦なく駆け抜けていく。それは宙に張られた幕のようであり、激流のようでもある。エアフィルターを突き抜けて降り注ぐ生物弾はその幕あるいは激流に触れ、破砕していく。

「やれやれ、老体には応える」

嘆息しながらもティグリスの矢を放つ速度に変化はない。

「引退しろ、ウザ爺」

「これこれ、年寄りには敬意を払うもんだぞ？」

「ウザ、払ってもらいたければ尊敬されるようになれ」

「わはは、真理だの」

快活に笑い、ティグリスはまた矢を放つ。バーメリンは渋面を作り、機関砲を構え続ける。

二人の天剣授受者によって織りなされる衝剄の弾幕は、空から降り注ぐ生物弾に着弾を許すことなく撃ち落としていく。

「……ダルい」

だが、バーメリンは不満を顔から消しはしない。

「ウザい。一発で葬りたい」

彼女の足下には、復元した状態にある錬金鋼が一つある。それを見る。

それが彼女の天剣だ。銃という武器の性質上、一度設定された剄量を満たされなければ発射さえも行われない。彼女の天剣はその部分で剄量の設定を変更できるようにしているが、それでもこの状態で使うのは相応しくない。これもまた銃という武器の性質上、ティグリスのように一度撃った矢を途中で変化させるということができないためだ。

あくまでも、設定された威力の剄弾を発射するための装置というのが、銃なのだ。

「もうちょい我慢せい」

苦笑を浮かべ、ティグリスは呟いた。

「後手はわしらには似合わんがの、こういうのは順序というもんがある」

むしろ、このような異常な状態の中で都市への損害を軽微で済ませているという天剣授受者たちの実力は、異常の中の異常というべきだろう。

「だから、我慢せい」

「ふんっ」

鼻を鳴らし、バーメリンは降り注ぐ剄弾を睨み付ける。

止むことのない、その予兆すら見せない破壊の雨を睨み付ける。

だが、たとえ軽微で済ませているといっても、軽微という結果が出ているということには変わりない。

「状況は？」

（敵攻撃への撃墜率は九十九・九九九九九……限りなく百に近いところでしょうか）

「百ではないわけね」

デルボネの報告に、アルシェイラは窓の向こうにある戦場を眺める。

膨大な量の生物弾を完璧に近い状態で撃墜しているという天剣授受者たちの実力は凄まじいものだ。

だが百パーセントではない。それはつまり、小数点以下に存在する生物弾がグレンダンに着弾し、そして活動しているということでもある。そして、小数点以下の数ですら、現状では無視できる数ではない。

（現在のところは第三ラインに集結させていた武芸者たちを再配置することで対処できています）

「それぐらいの役回りは彼らにもないとだめでしょうけど、ね」

だが、こんな状態がいつまでも続くのは問題だ。

ただでさえ異常な状態なのだ。基本的に戦い好きの天剣たちの精神状態を心配してもしかたないが、そうではない武芸者たちは、この状態の中でどこまで正気を保てるか。精神的な重圧が肉体に与える負荷は大きい。こんな戦場では、普段通りの持久力を維持できるとは思えない。

「時間は、そうかけてられないわね」

(しかし、陛下にそう全力を出されても困るのです)

「わかってるわよ」

苦いものを口に含んだように、アルシェイラは答える。

「要はタイミング。そう言いたいわけでしょ?」

(陛下の先日の攻撃を一割以下と想定した場合、全力によって生まれる反動は、よくて王宮の半壊、悪ければ地下にまで達し、駆動部分に重大な損害を生み出します。王宮そのものを緩衝材とする改築は終了していますが、それによって確実に被害を王宮にのみとどめることができるのは、一度)

「やーね、強すぎるって」

アルシェイラの言葉に、端子の向こうでデルボネが笑った。

(いまは時を待つのが肝要かと、天剣たちが風穴を開け、あの怪物が弱点を晒すときまで)

「弱点があればいいのだけど」

「……あります」

答えたのはいままで背後に控えていたサヤだ。リーリンと並んで立つ月夜色の少女は、窓の向こうで展開される戦場を淡々と見つめていた。

「サヤ？」

「あれはおそらく、ナノセルロイド・マザーIII・ドゥリンダナ」

「偉く大仰な名前ね」

「イグナシスの手足となって以前の世界の破壊に手を貸した兵器です。オーロラ粒子をエネルギーへと変換する能力を持っていたため、ゼロ領域で無限に増殖、現在でも半ば暴走状態にあるものと考えられます」

「オーロラ粒子？」

「こちらでは汚染物質がそれに当たります」

「うん、汚染獣の祖。それは知ってる。それで？」

「ナノセルロイドは無数の微細な個によって構成された群体兵器。それらを統御する核部分が存在します。あれほどの規模、さらに現状の変則的な攻撃方法であれば、核を持つ上位組織なしで動くことは不可能であると考えます」

「つまり、弱点はある。でも、どこにあるかまではわからない？」

「はい」

「なるほどねぇ」

呟き、アルシェイラはこちらをじっと見るリーリンに気付いた。

「どうかした？」

「……大丈夫、なんですか？」

目の前の戦場に、この場で一番不安を感じているのはリーリンだろう。どれだけ覚悟をしたとしても、戦いに慣れるわけではない。目の前でことが起これば不安にもなる。

「だーいじょうぶよ」

だから、アルシェイラはことさら明るい顔で頷いた。

「どうやら、予想通り本番にはならなかったみたいだし」

「そうなん、ですか？　でも、どうして……」

「レヴァンティンではありません。それに、月が陥落していません」

答えたのは、サヤだ。

「レヴァンティン？」

「ナノセルロイド・マザーI・レヴァンティン。ナノセルロイドたち、そして汚染獣たちの全てのオリジナル。現在この都市を襲っているドゥリンダナよりも上位の存在です」

「へぇ。じゃあ王様ってことね」

「形からすれば、女王となります」

「あら、同格」

「ドゥリンダナは脱出に成功したようですし、そのことから月が危険な状態にあることも確かです。ですが、レヴァンティンが出てきていないということは、おそらくイグナシスも出てきてはいない。あるいは、それができる状態ではないと考えられます。彼女はイグナシスの守護を第一と考えているはずですから」

サヤの説明に、リーリンが納得しているのか、いないのか。その表情からではよくわからない。不安が渦を巻いた顔で、やはり窓の向こうを見た。

ああ、そうか。

気がつき、アルシェイラも窓の外を見た。

その姿はいかにアルシェイラの目が優れていたとしても、現在の状況では見ることはできない。

それはエアフィルターの向こう側にあるのだ。

ツェルニ。

（さて、向こうを攻撃してる余裕が、こいつにあるのかしらね）

だが、リーリンの心配はそれではないだろう。もちろん、そちらもあるだろうが、問題はそこに住んでいる住人だ。

レイフォン。

デルボネから聞いた、彼がこちらに来ているという情報をリーリンには教えていない。もしかしたら知っているかもしれないが、あえて言うことではないと思っている。

(本当に、いいのかな?)

レイフォンの処遇のことだ。本当に、彼の都市外退去命令を解除しないで良いのか?いまの彼女がどうしてもと言えば、アルシェイラとしてはレイフォンを天剣に戻すことに逆らうことはできないだろう。彼女の能力はいずれ必要となる。どう必要かはわからないが、そう信じてグレンダン王家は血統の純化を進め、そしてアルシェイラとリーリンという、完成までもう一歩という存在が生まれた。

そして、今回の事件だ。来たるべき日、といままで教えられてきたことが現実に目の前に、たとえ本番でないとしても起こっている。ならばリーリンの瞳に宿る能力も必要となる日が来るのだろうし、だからこそ彼女はこのグレンダンで最重要人物となった。そんなリーリンの願いを、無下に断るなどできない。

だが、そう予測するのと同じように、リーリンがそんなことを言うことはないとも思っている。

ツェルニでの、そして奥の院での言葉がある。

リーリンは、レイフォンを関わらせたくない、この地獄にレイフォンを巻き込みたくないと思っている。

アルシェイラとしては、レイフォンが一度グレンダンを出た以上、彼は天剣として必要とされていないと思っている。アルシェイラが生まれ、女王となり、それと時を同じくするように天剣たちが揃い始めた。

つまりこれは運命なのだ。この世界そのものが自然現象の偶然として発生したものではなく、アルシェイラにだって理解できそうな個人的感情に近いもので生まれている以上、来たるべき決戦の日に十二本ある天剣の持ち主が決まっていないということはないと信じている。

だからこそ、一度は天剣として選ばれながらそれを手放さなければならなかったレイフォンは、天剣授受者という運命から除外されたとも考えられる。

同じ理由で、廃貴族や剄脈加速薬でむりやり天剣を用意するという考えにはなれない。それらは結局運命をねじ曲げるか、あるいは無為な不幸を生むことになる。実のない安心を生むだけのものなら、いないことで緊張していた方がマシだ。

「…………」

リーリンの横顔を見る。

　しかしここで、レイフォンは戻ってきたと考えることもできる。戦う理由を己の内に置かないという性格がいまも変わらないのであれば、そしてあれがリーリンに執心するというのであれば、リーリンの戦う理由がレイフォンのそれとなる。

　それはつまり、レイフォンは紆余曲折を経て運命に戻ってきたという考え方もできる。

（ま、でも、なるようになると思っておこう）

　やはり、考えは変わらない。レイフォンが天剣になる運命であるのなら、アルシェイラがなにかする必要もなく彼は天剣に戻ることだろう。

　いまは、やはり目の前のことに集中しておけばいい。

　あいつがどうなるか、どうするか……

　どうなろうとも、それはおそらく、この戦場とは関係のないことだから。

†

「兄ちゃん？」

　背後の弟妹たちの言葉。

　心臓に走る痛みは現実のものではない。それでも、レイフォンはその痛みのために呼吸ができなくなりそうだった。

だが、その痛みにかまっている暇も、またない。

都市を襲ったこの揺れだ。

揺れの原因が外縁部に散った天剣授受者たちのものだと、レイフォンにはわかっていた。

「……全員で？」

外縁部に線を引くかのように起きた剄の波動は、まさしくそれを示していた。中央部から発したものも合わせれば九人分の巨大な波動。デルボネとサヴァリスを抜いた数が、まさしくそれだ。

そして、こんな巨大な剄を発せられる者が天剣以外にいるはずがない。

レイフォンがグレンダンにいた頃、天剣授受者が全員で事に当たるような事態となったことはない。常にグレンダンの内外に念威の網を張っているデルボネを別とすれば常に一人で戦うものであり、例外となったのはレイフォンの経験したベヒモトのような名付きとの戦闘であり、それも数えられる程度のものだ。

しかし、それに驚いている暇はなかった。

天剣授受者たちの剄が都市の全体を覆ったその理由が、すぐに視覚化されたからだ。

レイフォンが気付くのに遅れたのは、余計なことに、眼前の旧知の者たちの会話に気を取られていたからだ。そしていまは、揺れによって乱れた人の群から彼らを守るのに意識が向いていたからでもある。

だが、こうなってはレイフォンでなくとも気付いてしまう。

「……おい、なんだあれ？」

その声が聞こえたときには、レイフォンは見上げていた。同時に先ほどの剄など相手にならない嫌な予感に襲われた。全身の肌が一斉に粟立つような危機感に、レイフォンは咄嗟に動く。ニーナたちに注意を促して叫び、自分は弟たちを庇うようにその上に覆い被さる。

空だ。

時間としてはとっくに朝となっているにはずなのに、いつまでも暗かった空が、いきなり破裂した。沸騰した水面のように泡が立ち、破裂し……を一瞬で無数に繰り広げ、そして大量の塊が降り注ごうとした。

人々の理解よりも速く大量の剄弾が夜を裂き、その塊を破壊していく。その光景を見て、ようやく人々は悲鳴を上げた。

シェルターへと急ぐ声が爆発し、整然としていた動きが大きく乱れる。

「兄ちゃん？」

背中に人々の足が激しくぶつかる。ニーナたちの怒鳴り声は、ルシャとロミナを守ってくれているのだろう。

「兄ちゃん？」

弟たちの声が、何度もレイフォンを確認する。

心臓が痛い。

あの試合の後から弟たちとはまともに顔を合わせていない。責めるために怒鳴られ、あるいは試合を見た恐怖から逃げられるのを一度見ただけで……それだけでレイフォンには十分すぎるほどに十分だった。

「兄ちゃん！」

テトが叫ぶ。

レイフォンは目を閉じる。耳が痛い。心臓が痛い。痛みを感じるあらゆる場所が痛む。

続きの声は聞こえない。いや、聞かなかった。悲鳴はそこら中で、怒濤となった足音は地を揺らしている。聞くまいと思えばいくらでもそうすることができる。

そして、

「レイフォン！」

ニーナの鋭い声。

そして、

「大変、トビーたちが！」

ロミナの悲鳴が耳を貫く。

「トビーたち、孤児院にいるのよ」

神経という神経が圧縮されたような感触に、レイフォンは耐えて歯を噛みしめる。

「レイフォン！」

ニーナの声は選択を迫る。

目を開いた時から、レイフォンの行動は決まる。どうする？　どうする？　痛みの記憶。

過去の場所。グレンダン。鋼鉄錬金鋼に手が伸びる。その意味を……

「……先輩、お願いできますか？」

目を開いて、レイフォンはニーナを見る。

「任せておけ」

彼女は力強く頷いてくれた。

「わたしたちで彼女たちはシェルターまで送る。任せておけ」

力強く、頷いてくれる。

「はい！」

答え、レイフォンは跳ぶ。孤児院に向け、弟妹たちに向けて跳ぶ。

痛みはまだ続いている。弟たちは、テトは、なにを言おうとしたのか。聞くべきだったものを、レイフォンは反射的に拒否してしまった。

それでも体はこうして弟たちを守るために動こうとしている。

怖い、だが、触れたい。

二律背反の感情にレイフォンは突き動かされ、そしてどこにも辿りつかない。訓練で使った硬球のように壁に当たる度に跳ね回り、やがて力尽きて止まる。

自分は、ただそれだけの存在なのかもしれない。

リーリンに会うことに意味はないのかもしれない。孤児院のみんなには恨まれ、憎まれ続けるのかもしれない。ここに来たことはただの未練で、レイフォンにとってはなんの意味もないことなのかもしれない。

だけど……

「それでも」

レイフォンは、跳ぶ。

†

孤児院は皆が暮らす建物の他にも遊具などが置かれている広い敷地がある。

その一角。塀(へい)に沿(そ)うようにして植えられた常緑樹(じょうりょくじゅ)の陰(かげ)で、アンリは黙々(もくもく)と土を掘(ほ)っていた。

「アンリ！」

苛立(いらだ)たしげな声に押されながらも、アンリはその作業を止(や)めない。

「アンリ！　なにやってんだよ！」

頬(ほお)に濡(ぬ)れた土を張り付けながら、アンリはそれでも声を無視して土を掘る。手にしているのは子供たちが砂(すな)遊びをするためのおもちゃのスコップ。それで必死に土を掘っている。

「アンリ、どうしたの？」

駆(か)けつけてきた姉の声に、アンリはようやく振(ふ)り返った。

そこには苛立たしげに立つトビエと、心配そうなラニエッタがいた。

「避難勧告(ひなんかんこく)が出てるのよ、はやくシェルターに行かないと」

「……探(さが)してるの！　いいからトビー兄たちは先に行ってて！」

「いい加減(かげん)にしろよ、そんなことしてる場合かよ」

「大丈夫(だいじょうぶ)だよ、天剣の人たちがいるんだから」

「そういう問題じゃないだろう！」

トビエの火を噴(ふ)くような勢(いきお)いに、隣(となり)のラニエッタがやや戸惑(とまど)った様子を見せている。ここまで怒ることじゃないと、彼女も感じているのだ。汚染獣は良く襲ってくる。この間の戦いから短い期間での避難勧告とはいえ、それ自体は珍しくはあってもいままでなかったことではない。それに、襲われたからといって、すぐに居住区にまで汚染獣がやってくることもないだろう。なにより、アンリたちが物心ついてから避難勧告はたくさん出されたが、居住区が荒らされたことなんてほとんどないのだ。天剣授受者たちはどんな恐ろしい汚染獣がやってきても簡単に倒してきた。天剣が出るような戦いでなければなおさらだ。

だが、アンリのその叫びは危機意識の低さにも取られかねない。怒られてもしかたがない。だが、トビエの怒りにはそれ以外のものが込められているように見えた。

「アンリ、トビーの言う通りよ、そういう問題じゃないわ。アンリももうお姉ちゃんなんだから、他の子に悪いところを見せないで」

「違うよ、お姉ちゃん。トビー兄が怒ってるのはそういうことじゃない」

「え？」

「おい、止めろよ」

トビエが威嚇してくる。しかし、アンリは止めない。

「トビー兄は、ここに捨てたものを出されたくないんだよ」

「アンリ！」

無視してアンリはスコップを使って土を掻き出す。

硬い感触がスコップの先を打ったのは、すぐだった。

「いい加減にしろ！」

「あっ」

トビエに襟を引っ張られ、アンリは転げた。

「トビー、そこまでしなくても！」

「うるさい！」

ラニエッタの言葉を強情にはね除け、トビエがアンリを睨む。アンリも負けず、トビエを睨み返した。

「ツェルニが来てるんだよ！」

アンリの叫びはトビエだけでなく、ラニエッタにも暗い影を落とす。

「レイフォン兄が、すぐそこにいるんだよ。この機会をなくしたら、もう、謝ったりできなくなるかもしれないんだよ」

「なんでおれが謝らないといけないんだよ！」

トビエの叫びは、暗闇の中で悲痛に響き渡った。

「あいつは、おれたちを裏切ったんだぞ。天剣なのに闇試合なんかに出て、武芸者の名前を穢したんだぞ」

「違うよ」

トビエの押し殺した声に、アンリも苦しくなる。ラニエッタも同じ顔をしていた。

大好きだったレイフォン兄。

彼が闇試合に出て、それが明るみに出て、全てがおかしくなった。トビエが怒り、ラニエッタが悲しみ、弟たちもトビエの怒りに影響されて泣いた。養父は責任を取って孤児院をロミナに譲り、レイフォンが去り、リーリンも孤児院を出て行った。

アンリは周りの空気に怯えて耳を塞ぐしかできなかった。

だけど、アンリは見ていた。

トビエに怒鳴られ、殴られたのに、弟たちに物を投げつけられたのに、レイフォンはずっと悲しそうな顔をして俯いていただけなのを。

アンリは見ていた。レイフォンは一度も、誰にも言い訳なんかしなかったのを。

「トビー兄が怒ってるのは、そんな理由じゃないよ。レイフォン兄が、あたしたちの期待を裏切ったから、怒ってるんだ」

「っ！」

トビエが顔を真っ赤にして動かなくなる。その手が強く握りしめられているのを見て、アンリはそれでも止めなかった。

レイフォンがツェルニという学園都市に流れていったのを、アンリはこっそりと聞いた。デルクの道場にロミナと一緒に夕ご飯を届けに行き、そこでリーリンとデルクが話しているのを聞いたのだ。

そして、そのツェルニがいま、グレンダンのすぐ側にある。

なんで？

どうして？

常識では考えられないことが起きて、アンリは混乱した。

だけど、これだけははっきりしていると信じている。

「もう、いましかないかもしれないんだよ。レイフォン兄と会えるのは、謝れるのはいましかないかもしれないんだよ。いいの？　トビー兄。あたしは嫌だよ。お姉ちゃんだって、そうじゃないの？」

アンリの問いかけに、二人は気まずい沈黙でしか答えてくれない。

答えられない二人にアンリは背を向けた。たとえ二人がどうだろうと、アンリはそうする。これはもう決めたのだ。

スコップを握りしめ、先ほど見つけた硬い感触を探り出す。

　レイフォンが出て行った後に、トビエがここに隠した物。お菓子が入っていた缶に押し込められて、埋められてしまった物。

「アンリ！」

　トビエが叫ぶ。

「捨てられなかったくせに！」

　アンリの言葉に、トビエは再び沈黙した。

　その時だ。

「え？」

「うわっ」

「きゃあ！」

　都市が、揺れた。

「都震か？」

　目の前の常緑樹が、背後の建物が、そして塀が激しく揺れる。いまにも倒壊してきそうな激しさに身動きもできず、アンリはトビーに安全な場所まで引きずられる羽目になった。

　それでも、胸に抱いた缶は手放さない。

「おい、なんかやばいぞ。話は後だ。すぐにシェルターに……」

だが、もう遅いのだ。

「…………あれ」

ラニエッタが呆然と空を見上げ、指で示した。

天上のエアフィルターを突き破り、怪物の放った生物弾が雨のごとく降り注ぐのをその目で見た。それらが即座に大量の剄弾によって撃ち落とされていく光景も見た。

アンリたちがごく普通に暮らしていた場所が。たとえどれだけ汚染獣に襲われようとも平和を約束されていた生活空間が、一瞬にして戦場へと様変わりしてしまったのだ。

「…………」

三人が三人ともさきほどまでのことを忘れて、呆然と空を見上げる。轟音が空を叩き、剄弾が空を焼き、破砕の連鎖が空を揺るがせる。

突如として変異した現実に心がついていかない。

「……逃げるぞ」

呟いたのは、トビエだ。

「早く！　シェルターだ！」

トビエに引きずりあげられ、アンリは立ち上がる。ラニエッタと手を取り合って走る。

トビエは安全を確認するために先を走り、時折足を止めて追いつくのを待つ。

「急げ急げ！」

都市の揺れは微弱だがなおも続いている。安定しない足もとが走るのを妨害する。それにアンリは、おそらくはラニエッタもあまりの変化に気持ちがまだ追いついていない。地に足がついていない感覚が、まるで腰が抜けたかのような不安定さを呼んで、力がうまく出てこない。

「急げ！」

我慢しきれなくなったトビエがラニエッタの手を取る。引きずられるようにアンリたちは速度を上げた。

だが……天剣たちの迎撃は完璧ではない。

軽微の見逃し。小数点以下のパーセンテージに入る生物弾がグレンダンには落下している。その着弾の震動が都市を揺らしているのだ。

そして、その小数点以下の、このグレンダンという都市の大きさを考えればさらに小さな確率が三人の前に起きた。

目の前で、着弾。

「きゃあああああああ！」

その悲鳴が姉のものだったのか、それとも自分のものだったのか、アンリにはわからない。着弾の衝撃が地面の舗装を砕き、見えない空気の塊に突き飛ばされて地面を転がった。

グギチ……

擦り傷や打ち身の痛みに呻いていると、濡れた硬いものがこすり合わさる不快な音がすぐ側で聞こえてくる。

状況が良くわからなくて呆然としていても、それがどんなものかだけは理解させられてしまう。

「あ、あああああ」

今度ははっきりと、アンリの声だ。地面に突き刺さった生物弾がその硬い殻を広げて足を出し、顎を広げ、虫のような複眼を赤く光らせた。

「っ！」

身動きがとれなくなった二人の前に、トビエが立つ。

「トビー！」

「お前ら、逃げろ」

「そんな、トビー」

ラニエッタの悲鳴に、トビエは顔色を蒼白にしながら前を向く。怪物の正面に立つ。

だが、怪物の変化はそれだけで止まることはなかった。

胴体に当たる部分、その上側の甲殻が、虫の翅のように開く。そこにあるのは虫のごとき柔らかな部分ではなく、丸い球体の群だった。

一つ一つは体を丸めた成人男性が収まりそうな大きさだ。

もっとわかりやすく言えば、それは卵にしか見えなかった。

それが二、三十はある。

殻が開くのとほぼタイミングを合わせて、その卵にもひびが入る。割れる。砕ける。

中に収められていたものが解放される。

飛び出す。

怪物の周囲に着地したそれらは、四つん這いの、異様に手足の長い、骸骨のようななにかだった。肉も筋肉もなさそうなのに、関節の部分に粘膜のようなものを張り付けただけのそれは、黒い眼窩に小さな赤い火を灯して、三人に向かって動き始めた。

もはや、声も出せない。

「逃げろ！」

震える声でトビエが叫ぶ。

だが、逃げたとしてもトビエになにができるとも思えない。トビエは武芸者ではない。

武器も持っていない。ごく普通の十二歳の少年でしかない。

だが、トビエはそこから動かない。アンリたちを庇(かば)おうと広げた手を引っ込(こ)めはしない。足が震えているのが目に見えてわかる。それでも逃げだそうとしない。

「逃げろ！」

アンリたちに、ずっとそう叫んでいる。

だけど、アンリも、ラニエッタも動けない。自分たちの目の前に突如(とつじょ)として現れた暗い運命に気を呑(の)まれ、身動きができなかった。

終わるのだ。

こんなに、あっけなく。

レイフォン兄に謝(あやま)ることも、リーリンの手料理をもう一度食べることも、トビエとラニエッタをからかうことも、学校の男子たちと喧嘩(けんか)することも、もうできなくなるのだ。

「……いや」

なんとか、そう呟(つぶや)いた。

「逃げろ！」

トビエがまた叫んでいる。

そして、またも状況が激変(げきへん)する。

なにが起きたのか、またわからなかった。

鋭い光が空から降ってきたように見えた。それはあの大きな生物弾を押し潰した。続いて駆け抜けた光の線が、骸骨たちを切り裂いて蒸発させた。

あまりにも簡単に、目の前に押し潰さんばかりに存在していた恐怖をたたき壊してしまった。

生物弾の残骸の上に誰かが立っている。爆発の霧がゆっくりと取り払われ、その人の姿がはっきりと現れる。

「あ、ああ……」

涙が出そうになる。

養父と同じ刀を持ち、踏み潰した生物弾を厳しい目で見下ろす横顔には、あの日に見た哀しみが張り付いている。

「レイフォン兄……」

「トビー、ラニエッタ、アンリ……怪我は？」

「ないよ、大丈夫」

「そう、良かった」

ほっと息を吐いた顔は以前のままだった。

「レイフォン兄さん……」

ラニエッタのあえぐような声。その目はトビエに向けられている。

「トビー」

レイフォンもトビエを見ている。アンリやラニエッタと違って、トビエだけは驚きに揺れていた目を憎しみの色に変えてレイフォンに向けている。

「なんで、いまさら……」

「…………」

「いまさら、どんな顔しておれたちの前に立ってるんだよ！」

泣いていた。怒りに声を放ちながら、トビエは泣いていた。肩を震わせ、怒りに拳を握りしめてレイフォンを睨んでいる。

アンリはなにも言えなかった。さっきまではあんなにトビエに言えたのに、なのに、いまはなにも言えない。

トビエだって、いまでもレイフォンのことが好きなのだ。それがアンリに痛いほど伝わった。

「……っ」

ラニエッタが口元を押さえている。その目には涙がにじみ、必死に声を抑えている。アンリだってそれは同じだ。泣きそうになるのを懸命にこらえて、トビエとレイフォンを見つめた。

「……いまさら、トビエたちの前に出てこられるわけがないのは、わかってるよ」

レイフォンが滲み出すように呟いた。

「だけど、偶然ここにいて、こんなことになってて……見捨てるなんて僕にはできない」

「見捨てたじゃないか！」

トビエが叫ぶ。怪物から下りたレイフォンの前に駆けだして、その胸ぐらを摑んでさらに怒鳴りつける。

「おれたちを、あんなことして、ここにいられなくなって、見捨てたじゃないか！」

「…………」

「闇試合なんて、出る必要なかったじゃないか！」

「……お金がいると思ってた。トビエたちは覚えてないかもしれないけど、昔、すごい食糧危機があったんだ。みんな食べられなくて、でも武芸者の僕だけ食べられて……」

ロミナから聞いたことがある。アンリが生まれる前だ。生産プラントに重大な問題が発生して、問題は解決できたものの、そのために食料の生産が間に合わなくなった。

餓死者がたくさん出たという話だ。

「お金があれば、たくさんあれば、そんなことにはならないって思った。もちろん、問題はそんな簡単なことじゃなかったんだけど。でも僕は、なにかがしたかった。天剣でいることで得られるお金だけじゃない。もっといると思ってしまった。だから……」

「でもおれたちは！……おれは、レイフォン兄がいてくれれば、それで……」

二人揃って言葉に詰まる様子に、アンリはなにか言わなくてはと思った。なにか……ここで間違えたら、トビエもレイフォンも、二人とももう仲直りはできない。そんな気がした。それだけではなくて、アンリの気持ちも伝わらない。

「あたしも、レイフォン兄がいてくれた方がうれしいよ」

でも、それだけを言うのが精一杯で、他になにを言えばいいのかわからない。

悔しくて俯いていると、ラニエッタが背を押してくれた。

「兄さん、わたしもトビーもアンリも兄さんが変わらず大好きだよ」

ラニエッタが語り、背を押され、レイフォンの前まで連れて行かれる。

姉の視線で、自分がなにを持っていたのか思い出した。

「これ、トビー兄が捨てられなくて隠してたの」

「ツェルニが来たって聞いて、アンリがこれを掘り出したの」

缶を開ける。

そこにあるのは、おもちゃだ。どこにでもあるものでもない。だけど、誰もが羨むようなものではない。無骨な、少し不格好だとさえも感じられる。

　木製のおもちゃだ。

　人形で、剣と盾のようなものを持っている。

「あ……」

　それがなにか、レイフォンにはわかったようだ。

　アンリは、これがなんの人形なのかわからない。だけれど、トビエの私物箱にはいつもこれが入っていたし、遊んでいるところも見たことがある。おままごとに使えそうで、貸してと言っても絶対に貸してくれなかったことも覚えている。

「まだ持ってたんだ」

「……うるせぇ、捨てたんだ」

「ステロのローキー、だったよね？」

　やっぱりわからない。たぶん、トビエの小さいときに流行ったアニメイション・データなのだろう。男の子は、こういうのが好きだから。

「ごめん、ちゃんと買えば良かったんだけど、手に入らなかったから」

「うるせぇ、売ってなかったんだ。おれはこれで良かったんだ！」

　トビエがまた怒鳴る。睨み付ける。

「こういうのでいいんだ！　良かったんだ！」

「ごめん」

「……いまさら、謝るなよ！」

胸ぐらにかけた手が離れる。力なく垂れ下がった手は、いまでも握りしめられて震えている。

「馬鹿野郎。レイフォン兄は、ほんとに馬鹿野郎だ」

「ごめん」

いきなりだった。いきなりトビエが動いた。震えていた拳をレイフォンに叩きつけたのだ。避けられたはずなのに。武芸者なんだから避けるのは簡単にできたはずなのに、レイフォンは避けなかった。

黙って、殴られた。

「だから、謝るなよ」

「うん」

「……おれも謝らないからな」

「うん」

「これで、なんもなしだからな」

「うん」

「馬鹿野郎」

トビエの全身が震える。レイフォンは迷ったようだが、その内、トビエの肩に手を置いた。「馬鹿野郎」と、トビエが小さく呟くのが聞こえた。

それを、アンリとラニエッタは見守っている。

「……男の子ってよくわからない」

ラニエッタの呟きは呆れていたが、同じぐらいに湿気ていた。

でも、とにかく、これで良かったのだとアンリもうれしくなった。

だけど、喜びに浸っている暇はなかった。

空ではいまも、落ちてくる怪物を破壊する光景が続いている。

「……とにかく、三人はシェルターに急いで。フェリ」

レイフォンの呼びかけで、淡い光を放つ、小さな金属片のようなものが近づいてきた。

念威端子というものだと、アンリはすぐにわかった。

「三人をシェルターまで誘導してください」

(わかりました)

念威端子から聞こえてきたのは、とても澄んだ、きれいな声だった。

「兄さん」

「大剣たちも全部は無理みたいだから、また同じことが起きるかもしれない。フェリ……先輩は優秀な念威繰者だから、安全な道を教えてくれるよ」

「レイフォン兄は、どうするんだ？」

「僕は……」

トビエの問いに、レイフォンは遠くを見た。

グレンダンの中心に、その視線は向けられている。中央に近づくごとに建物は高くなっていく。そして、最も高いのはまさしく中央にあるグレンダン王宮。

レイフォンの視線はそこを見ているように思えた。

「リーリンにも会わないといけないから」

「そっか。そうだよね」

一瞬、ドキリとした。王宮を見る横顔がとても厳しかったからだ。そこにいるのは……考えるまでもなく女王アルシェイラ・アルモニス。兄は、自分を追放した女王陛下を恨んでいるのかと思った。

「あ、でもリーリン姉なら、シェルターにいるんじゃあ」

「大丈夫」

なにが大丈夫なんだろう？　言葉の意味がわからなかった。

「さあ、行って」

だけど、急かされるからそれを聞けなくて、それに周りの状況は確かにのんびりとできるものでもなくて、アンリはラニエッタに手を引かれるままに、念威端子の案内に従ってシェルターに向かうしかなかった。

弟たちが見えなくなるまでその背を見送り、レイフォンは再び王宮に視線をやる。

（やはり、行くのですね）

別の念威端子がレイフォンの側で淡く輝いていた。

「……すいません」

（そうなるだろうとは思っていましたから、別に怒ったりはしません）

「隊長たちは？」

（シェルターへの移動は完了しました。いまは、ツェルニへと安全確認に向かっています）

「向こうの状況、わかりましたか？」

（あなたは、王宮に行くのでしょう？）

「……フェリ」

その言い方でなんど誤魔化されただろう。ニーナが行方不明になったとき、つい先日も、老生体と戦っている間、ツェルニの状況を教えてくれなかった。

端子の向こうでフェリがため息を吐くのがわかった。

（ツェルニとは連絡が取れていません。エアフィルターの向こう全て、この常識外れの怪物に囲まれているようですので）

「それじゃあ、ツェルニも……」

（いまは、そうではないことを願うだけです）

暗い未来しか目の前にあるように思えない。激烈な戦いが周囲で起こっている。かつてレイフォンも見たことのない状況がグレンダンで展開されている。グレンダンが怪物としか言いようのない汚染獣に押し包まれ、押さえ込まれ、天剣が総出で防衛に当たっている。

こんな事態は見たことがない。

これが、ニーナの言っていた、世界の謎に関わる戦いなのだろうか。

そして、だとしたら……

ニーナの話を聞いて、ルシャの言葉を聞いて、レイフォンはずっと考えていたのだ。

リーリンがレイフォンを拒んだ理由を。

あの時のレイフォンではリンテンスにも女王にも勝てるわけがない。天剣を持っていたとしても、リンテンスとの戦いが少し長引くぐらいのことにしかならなかったのではないかと思う。

だが、そんなことはリーリンにはわからないに違いない。

そして、女王が最強であるということ。天剣たちはそれを肌感覚で、天剣でなくとも腕に覚えのある武芸者ならばその姿を見ただけでその異常な勁力を知ることができるだろう。都市民の中には、女王が最強であるというのがただの王宮の喧伝にしかすぎないと思っている者もいる。

それはそうだろう。実際に女王が戦場に立ったことはほとんどない。あったとしても、それを都市民に知らせたことは一度もなかったはずだ。

女王の実力は、ただ王家の権威を霞ませないための虚実である。そう主張する者がいたのは知っている。

リーリンがそんな考えを持っていたかどうかは知らない。しかし、あの瞬間、レイフォンが助けることができる可能性がそこにあったと考えたとしてもおかしくない。

いや……リーリンはそんな考えはしない。

ごく普通にレイフォンを危険な目に合わせたくなくてああ言ったと考える方がまだ、彼女らしい。

だけど、そうではなかったら？

先ほどの考えでもなく、レイフォンと女王を戦わせたくなかったからでもなく、本当に、本心からグレンダンに帰るためにレイフォンを止めようとしたのだったとしたら？

あのタイミングで、誰(だれ)にも別れを告げないまま帰る理由……もしかしたらそれはニーナの言っていた世界の謎に関わる部分が関係しているかもしれない。

考えが飛躍(ひやく)しすぎているかもしれない。

だけど、考えているだけでは答えは見つからないのだ。

もう、会って直接確かめるしかないのだ。

リーリンがなにを思ってレイフォンを遠ざけようとしたか、なにを思ってあのタイミングでグレンダンに帰ることを決めたのか。

どうしてそれを聞かなければならないのか。

そういうもの、全てをリーリンに会って確かめたい。

「ほんとは、僕も隊長たちとツェルニに……」

(ああ、実現させる気のないことは言わないでください)

言葉の途中(とちゅう)で、無下(むげ)に切り捨(す)てられた。

「フェリ……」

(あなたは変わりたくてツェルニに来た。その気持ちは変わっていませんよね？)

「は、はい」

いきなりの質問に、わけがわからずに頷く。

(わたしも変わっていません。念威繰者以外の道があるのならわたしはそれに挑戦してみたい。そのためにツェルニに来たのですから)

「はい」

(でも、あなたはいまの気持ちのままでツェルニに戻っては、新しい気がかりで身動きが取れなくなる)

「……そうかも、しれません」

(なら、すっきりさせてください。どういう結果だろうと、わからないまま思い悩むよりわかってしまった方がいいと思います)

「そうですか、ね」

(でも、一つだけ聞いて、いいですか？)

「なんです？」

(………)

訊ねたのはフェリなのに、長めの沈黙が返ってきた。

「あの、フェリ……？」

端子になにか不調でも起きたのだろうか。そう思って端子に指を伸ばしたところでやっと声が聞こえてくる。

（あの、ですね……）

「はい」

（レイ……フォンフォ…………レイフォンは…………）

なんで、言い直したんだろう。しかも二回も。

（レイフォンは、リーリンさんのことを、どう思っているんですか？）

「…………………………………………え？」

質問の意味が良くわからなかった。いつものような淡々とした口調ではなく、すこし詰まるように、リズムの崩れた口調でそんなことをフェリが訊ねる意味がわからない。

「あの……？」

だけど、フェリは止まらない。

（幼なじみのままですか、それとも想っているのですか？　もう恋人になっているのですか？）

「え、えっと……」

思い出したのは、ファルニール戦に入る前夜のことだ。

デルクの許しを受け取り、レイフォンは気持ちが緩んだ。泣けてきたのだ。リーリンも泣いて、それで……

思い出した。

いや、忘れていたわけではない。

あの時、溢れる思いに押されるようにして二人は口吻を交わした。ただその瞬間、レイフォンの頭の中はまっ白だった。ただうれしくて、うれしくて涙が出て、それで気持ちがいっぱいだった。

あの行動は、なにも考えないままのごく自然なものだった。

フェリがそれを見ていたとは思えない。

では、いまの質問の意味は？

「あの……」

自分でもなにを言おうとしたのかよくわからない。だけど、なにかを言わなくてはと口を開いた。

言葉の先を紡ぐよりも先に、それを感じた。

（フォンフォン？）

「端子を下げてください」

（……武芸者、一人です）

フェリも気付いたようだ。ついさっきまでなかったのに、いきなり強力な剄がすぐ近くに現れた。殺剄で様子を見ていたのか？　こんな状況だというのに怪物と戦うのではなく、レイフォンに近づいてくる。

その意図は？

（気をつけてください。こんな状況であなたを狙っているとしか思えない以上、なにか普通とは違う意図があると思われます）

フェリも同じことを思ったのか、そう言い残して端子が距離を開ける。

手に握っているのは鋼鉄錬金鋼。咄嗟にそうしてしまった。感じる剄力から考えれば、鋼鉄錬金鋼では技量のみの戦いになってしまう。それでいいか？　考えている間に、相手の姿が目の前に現れる。

「…………なんで？」

信じられない姿が、そこにあった。

「レイフォン、久しいな」

言葉通りの響(ひび)きが、その声には宿(やど)っていない。芯(しん)の通った硬(かた)い言葉はなにか言葉以外のものを秘めて、レイフォンを叩(たた)きのめそうとしていた。

「なんで、養父(とう)さん」

そこにいるのは、養父(ようふ)だ。その手にはレイフォンと同じ鋼鉄錬金鋼(アイアンダイト)が復元状態で握(にぎ)られ、孤児院(こじいん)では見せたことのない、道場でもほとんど見たことのない険(けわ)しい瞳(ひとみ)でこちらを見つめている。

「だが、ここまでだ。お前の向かう先はツェルニだ」

「養父さん……?」

養父がなにを言っているのか、レイフォンにはわからなかった。

「いますぐ行け。だが……すぐに帰らぬと言うのであれば」

切っ先がレイフォンに向けられた。

父の殺気が息子に注(そそ)がれる。

「この刃(やいば)がお前を迎(むか)え撃(う)つ」

信じられない言葉とともに、剄が爆発した。

04　進む道を塞ぐ

この戦いでリーリンのすることはない。アルシェイラはそう思っている。リーリン自身、自分になにができるのか、わかっていない。

この右目は普通ではない。

わかっているのは、ただそれだけだ。

目の前には戦場がある。戦況を眺める観覧席と考えれば、ここは特等席に当たるだろう。グレンダンの中央、王宮のもっとも高い場所。本来ならグレンダンの都市旗を飾るだけの尖塔にリーリンはいる。飾り気のない無骨な建材に囲まれて、ガラスのない窓からは遠慮なく風が吹き付けてくる。

破壊の暴風、その余韻がリーリンの体を吹き抜けていく。

謁見の間からアルシェイラがここに移動し、リーリンとサヤも付いてきていた。安全な場所に、とは言われなかった。

おそらく、この都市で安全な場所なんてもうないのだろう。

眼前で、ガラスのない窓を一つ隔てて行われているのはかつてない戦いだ。都市を覆うされている。

怪物。ナノセルロイド・マザーⅢ・ドゥリンダナ。それを相手に、天剣授受者たちが戦っている。尋常ではない状況に尋常ではない力が迎え撃ち、あり得るはずのない拮抗が演出されている。

だが、これからどうするのだろう？

あの怪物に持久力がなかったという意外な事実でもない限り、この拮抗状態はいずれグレンダン側にとって悪い方に崩れる。天剣授受者といえども、武芸者といえども人間であり、体力にも限界があるからだ。

こちらはまだ、アルシェイラという切り札を切っていない。しかしそれも、さきほどのデルボネとの会話を聞く限り、一回限りのように思えた。女王の力がそれで尽きるのではなく、都市そのものが彼女の本気に耐えきれないからと。

なんてままならないのだろう。この世界は、わたしたちが生きている世界は。ただ生きていることでさえ都市という枠に捕らわれ、汚染獣という脅威を恐れて暮らさなければならないというのに。こんな状況を打開できる力にさえも束縛を与えるのか。

リーリンには、なにができるのか？

この右目は、なにができるのか？

本来ならばアルシェイラに、あるいはその子に流れていくはずだったこの右目が、リーリンのものとなっているという数奇さは、この瞬間になにを意味するのだろう？

なにもできないということをか？

それとも、二つに分かれていなければいけなかったのか？

二つに分かれていなければ、この難局を切り抜けられなかった。

そう考える方が、まだこの場で自分を肯定できる。

なにもできないというのは、苦しいのだ。ただでさえ、この立ち位置に収まるのに辛い決意を自らに強いたというのに、それなのになにもできないなんて、情けなさすぎる。

だから、問いかける。

己に問いかける。

なにができるのか？

できるなにかで、自分はなにをなせるのか？

この難局において、リーリン・ユートノールはどんな役目を果たせるのか？

だから、リーリンは眼帯を取る。

その下にある茨輪の十字が刻まれた瞳を外気に晒す。

自分のものなのに、自分のものではない。月の瞳。この世界を造ったサヤを守るためにその身を月に変えて敵を封じ込んだ、アイレインの瞳。

サヤを守るために存在するこの瞳で、なにかをするために、眼帯を取る。

『墓標を打ち立てろ』

「……え？」

『眠りを妨げるあらゆるものを、茨の園の墓標と飾れ』

声、ではなかった。

それは頭の奥で唐突に文章という形で現れたかのように、それをリーリン自身が読み上げたかのように響いてきた。

その言葉の意味はわからない。

ただ、そこにはリーリンになにかを示す明確な意図があった。その先にある血に濡れた道を示しているように思えた。痛々しいまでに研ぎ澄まされ、そして錆び付いた、呪われたなにかがあるように思えた。

それを歩むのだ。

リーリンは、これから。

しかし、これだけではまだ足りない。

この右目の意思、存在目的。わかったのはそんなようなものだ。その能力は、奥の院で、さらに以前にツェルニで、一端を垣間見ることができた。無数の眼球。あるいは墓とは、このことか。

だが、それだけか？　できることはこれで終わりか。

他にはないのか。

目の前の現状を、もっと直接的に、リーリンのような肉体はただの一般人にもできる形でなにかないのか。

それを探るため、リーリンはさらに意識を集中した。


浮かんできたのは、十二個の輝きだった。

†

疑問が積み重なる。

それらは全て同じ問いを発している。

すなわち、『なぜ？』。

答えのないままに積み上がり続ける問いは現実にはない重量を生み、レイフォンを圧死させようとしているかのごとく、積み上がり続ける。

「どうして？」

問いかけは、無視される。

答えは斬線。薄暗がりを鮮烈に切り裂く剄と鋼が織り交ぜられた輝きは、容赦なしの殺意を持ってレイフォンを両断せんとする。

同じ形をした刀でそれを受ける。腕にかかる重い感触に、レイフォンは体がきしむ思いがする。そこに宿る本気を感じとる。

そして……

「どうして？」

養父は強い。技量だけを言えば、現役を退いたいまでもハイアと並ぶかそれ以上のものがある。だが、剄量ではおそらくハイアにも劣る。単純な力比べになった瞬間に、その剄量の差が技量の差以上の重みを持ってくる。そして技量が互角であったならば、その力の差はより歴然とした実力差となって相手にのしかかる。

養父の剄量はハイアに劣る。それが、レイフォンの抱いていた感想だった。

『だった』としているのは、いまは違うからだ。

「なぜ？」

その問いにどちらの意味があるのか？　なぜ戦わなければならないのか。あるいは、なぜ養父の剄量がこんなにも増しているのか。

刀と刀のぶつかり合い。内力系活剄による筋力増加、その増加量を決める剄量で、レイフォンはデルクを圧倒できるはずだ。いままで通りならば、グレンダンを去る前ならば。

だがいまはそれができない。突然の養父の殺意に戸惑っているからではない。養父の剄量が信じられないほど爆発的に増加しているからだ。

そのことは、いまこの瞬間、デルクの振り下ろした刀を受け止め、そして加えられる圧力で地に膝を着けそうになっていることでわかる事実だ。

「養父さん……」

「…………」

呼びかける。だが、養父は無言。

「どうして、僕は、リーリンに会って……」

「それがならんと言っている」

「え？」

蹴りが来た。

不意を打たれたわけではない。だが、動けなかった。突き落とすように蹴りが放たれ、靴底が腹に触れた瞬間にようやく刀にかかっていた力の均衡が崩れ、レイフォンは後方に跳んだ。蹴りに込められた剄が周囲を破壊する。煙を引き連れ、デルクが刀をひっさげて近づいてくる。

「どうして？」

「リーリンがそれを望んでいないからだ」

デルクの刀が地面に突き立った。

サイハーデン刀争術、地走り。

衝撃が、地面を砕きながらレイフォンに迫る。衝剄で迎え撃ったときには、デルクの姿はすでにそこになかった。

内力系活剄の変化、疾影。

背後。そう感じたのはまやかしだ。無数の気配が四方からレイフォンに迫る。

本物は…………上。

刀を向けたときはすでにすぐそこに。刃と刃が絡み合い、剄の火花が散る。刀越しの衝剄は、デルクの衝剄に相殺され、その反動を利用して距離を取られる。

追い打ち。本来ならばそうする。

「どうして!?」

だが、レイフォンは叫ぶ。

どうして、デルクが、養父がレイフォンの前に立ちはだかり、リーリンと会うことを否定するのか。

到量の増加の謎よりも、はるかにこちらの方が重い。

トビエたちとわかりあえたばかりだ。

養父とは、この、いま手に握っている錬金鋼によって和解が示されていたはずだ。

それなのに、どうして？

「話が違う」

デルクは、短く呟くのみだ。

「っ！」

その姿が眼前に迫り、斬撃が襲いかかる。レイフォンは後退しながら迫り来る刃を受け止め、弾き、いなし、かわした。織りなされる斬撃がレイフォンをどこまでも追いかけてくる。

まるでこのまま、ツェルニへと押し込もうとするかのように。

「私にお前への怒りはすでにない」

斜め上段からの一撃を避ける。

「お前への後悔ももはやない」

返しの振り上げを仰け反ってかわす。

「だが、娘の願いがそうであるというのであれば」

さらなる軌道の変更。横薙ぎの一閃と化した刃を鍔元で受け止める。

「お前が娘に会うというのであれば、その狭間に立つのが親としての役目」

「そんな」

養父の理屈にレイフォンは絶句する。

だが……

サイハーデン刀争術、鎌首。

「っ！」

首筋に殺気を感じ、レイフォンは即座にしゃがむ。頭の上を死がすり抜けていく。切っ先にこもっていた衝剄が変化し、鋭い鎌となってレイフォンの首があった辺りを薙いでいったのだ。

……養父の殺気はあくまでも本物だ。

しゃがみ込んだレイフォンを追撃の一閃が襲う。レイフォンはまたも後退し、地面が爆砕するのを見つめる。

「抗う気がないのであれば、帰れ」

デルクの冷たい言葉が、刃となってレイフォンの胸に襲いかかる。避けようもない一撃にレイフォンは顔をしかめた。

「ここはすでに、お前にとってそういう場所だ。私の息子としてのお前が残るとしても、グレンダンのレイフォン・アルセイフはもういない。ヴォルフシュテインの名とともに、それはもはや死んだと思え」

「そんな……」

言葉がない。なにも出てこない。あまりのことになにを言えばいいのかわからない。

しかし……絶句の後に湧き上がるのは緩やかに温度を上げていく怒りだ。

「……なんで、リーリンに会ったらいけないんだ。養父さん」

「何度も言わせるな。あいつが望んでいない」

「リーリンが、どうして」

「あいつが決めたことだからだ。それとも、私が虚言を弄しているとでも思っているのか？　陛下の言うがままになり、娘の言葉だと偽ってお前を騙しているとでも」

「そんなことは思ってない！」

我知らず、勁が体外にあふれ出た。それが轟音となって大気を叩く。空を支配する戦場の音を払いのけ、レイフォンの周囲のただでさえ少ない光を歪めた。

「なんで誰も、僕に理由を言ってくれない！」

怒りは、それだ。

なにも言わず、ただ帰ると言ったリーリン。

そして、娘の意志だとレイフォンの前に立ちふさがるデルク。

二人とも、その理由を口にしてはくれない。

家族なのに、親子なのに。

どうして、なにも教えてくれないのか。

「僕はそんなに頼りないのか、僕はそんなに情けないのか！」

いや、そうだ。

頼りなく、そして情けないのだ。

自分がなにをやった？

闇試合に手を出し、天剣を剝奪され、グレンダンを追い出された。

流れ着いたツェルニでは思うようにならないまま、武芸者として生きている。

流されるままに生きている。

辿りつきたい場所も定まらず、ただ目先の問題に場に流されて動いている。

ただそれだけの存在でしかない。

「だけど、僕は、僕たちは家族だ。なにかできるのなら、なにかやれることがあるのなら、僕は……」

言葉にならない。

怒りのままに剄を吐き出している己の姿さえも惨めだ。

「その家族が、拒んでいるとすれば、どうする?」

「っ!」

新たな問いに、レイフォンは厳しい顔でデルクを見た。

「その家族がお前を関わらせたくないと言っているのであれば、お前はどうする?」

デルクの言葉は、ルシャが言っていたことを肯定していた。いや、デルクがレイフォンを阻んでいる時点で、それは彼女の予想が当たっていることを示しているのだ。

彼女はなにかを決め、そしてレイフォンを遠ざけようとしている。ルシャにも会うべきではないと言われた。リーリンがなにかを決め、そして一度決めたら頑固な性格だということは納得できる。

だが、彼女が頑固だということと、レイフォンが会ってはいけないということが、繋がらないのだ。

関わらせたくない？

なぜ？

レイフォンがこのグレンダンで嫌われ者だからか？

「そんなこと、関係あるものか」

レイフォンは答えた。

「僕はもう、リーリンに会うって決めたんだ。迷って、悩んで、決めたんだ。会って、聞いて、それからどうするかは、その時に決める。もう、決めたんだ」

グレンダンに居づらい人間だから関わらせたくないのだとしたら、そんなことはどうでもいい問題だ。世間への体面を気にするぐらいなら、闇試合になんて手を出すものか。天剣授受者というこの上ない称号の上に大人しく乗っかっていたに違いない。

そうできないからこそ、レイフォンはいまこうなっている。

「僕にできることがあるのなら、グレンダンにいることで起きる問題なんて、どうでもいいことだ」

言い放つ。デルクに向けて、己の意志を解き放つ。

それを受け止めたデルクの表情は険しいままだ。

「……やはり、お前も私の息子か」

表情を変えないまま、デルクは呟いた。

切っ先を持ち上げる。レイフォンに向けて。言葉ではない。現実の、鋼の切っ先をレイフォンに向ける。その体からは剄が吹き上がる。

「ならば私を乗り越えて、お前の意志を示して見せろ」

刀争の再開を、養父であり、師である人が告げる。

†

ここまでくるのに、なんの問題も生じなかった。

「問題はこっからだ、な」

眼前に起きている光景に唖然としたのは数秒、シャーニッドの苦々しい声にニーナは無言で頷いた。

ここまでは、本当に問題がなかった。シェルターでルシャたちとともにフェリと別れ、シャーニッドと二人で外縁部までやってきた。途中で武芸者の一団と遭遇したが、明らかにこちらの存在に気付いた様子ではあったが、追いかけられる様子もなかった。

彼らもニーナたちにかまっている場合ではないと判断しているのだろう。

目の前の光景を見れば、それも納得できる。

ツェルニよりも広く造られた外縁部は凄惨な戦場と化している。

その戦場を演出しているもの、その一つはエアフィルターに沿うようにこの都市を覆っている怪物。自ら侵入することなく、あるいはできないのか、その表皮から無数の生物弾を雨のごとく乱射し、都市を破壊しようとしている。

そしてもう片方、これは、ただの一人だ。

討ち漏らしの処分をさせるためだけに外縁部よりも後方に武芸者たちを配置させ、ただ一人が雨滴のごとく無尽蔵に放たれる生物弾を処理している。

そう、見る限り、彼は『処理』と表現するに相応しい様子しか見せていない。

ツェルニで女王の隣に立ち、レイフォンを倒し、そしてニーナを気絶させたあの武芸者がそこに立っている。

名前は、リンテンス・サーヴォレイド・ハーデン。

その手はだらりと下げられ、なにかをしている様子はない。なにより、さらに片手は口元に添えられ、先端を赤く燃やす煙草を指に挟んでいた。

それでも、目の前の結果が信じられないものであるのは間違いない。

　嵐の日の雨のごとく、生物弾はエアフィルターを突き破って襲いかかってくる。それは別の形容をするならば、グレンダン以外の全ての世界が敵に回ったかのようにさえ思える。巨大な手がこの都市を握りつぶそうとしているかのようにさえ思える。

　そんな状況でも彼の悠揚たる態度に変わりはない。

　だが、全身に感じる剄の波動は肌を痺れさせる。それはリンテンスの全身からというよりも、この空間そのものが放っているかのようだった。

　目をこらせば、かすかにだが剄の光が見える。

　かすか……本当にかすかだ。だがそれはニーナの剄を見る能力がその程度でしかないということでしかないのかもしれない。剄の流れを見て技を盗んでしまうレイフォンが見れば、それはもっと劇的で壮烈で壮観なのかもしれない。

　かすかでさえ、それはあまりにも密なのだ。

　レイフォンに鋼糸の術を教えた師。その剄の流れを見るということは、鋼糸を見るということでもある。

　空間全体、彼が担当を任されたであろう外縁部一帯、それはニーナの視界に入りきらないほどの広さなのだが、その空間全体に、剄の光が走っている。それはもはや線の織りなす紋様などという隙間のあるものではない。

線ではない。面だ。

それが、外縁部の境界線までの間に幾重にも張り巡らされている。生物弾は鋼糸によって織り上げられたその面に衝突し、半ば自滅の形で鋼糸に切り刻まれていく。

「……よくまぁこんなもんを維持し続けられるな。吐き気がするぜ」

シャーニッドの感想に、ニーナも頷く。

廃貴族によって格段に跳ね上がった剄力に自分はやはり自惚れていたのかもしれない。

ニーナは首筋に感じた冷や汗を拭い、そう思った。

この場にレイフォンがいれば、この陣を形成するための効率の良い剄というものについて簡単な講義をしてくれるかもしれない。だが、たとえそれが効率の良い……つまり剄の余計な浪費が存在しない方法を使っているのだとしても、それらをこの鋼糸の一本一本、何百、いや何千何万にも達しようという鋼糸の群に対して使用しているという事実が驚愕であることにはなんの変わりもない。剄量としての莫大さだけではない、その制御においても、そして鋼糸というただでさえ難易度の高い武器をこれほどまでに操るという技量、なにもかもが超一流でなければなしえないものが目の前に聳えている。

「さあて、どうするよ？　方角としてはこの向こうにツェルニがあったはずだけどな……」

シャーニッドが言葉を止める。

王宮にいたとき、そしてそこから抜け出したときにニーナも見ている。方角としては間違っていないはずだ。

怪物という邪魔さえなければ、ツェルニが見えるはずなのだ。

「無事ならいいんだが」

フェリからは、この怪物が邪魔で念威を外に通すことができなかったという報告を受けている。

こうなれば、なんとしても外縁部を抜け、怪物を切り抜け、学園都市の無事を確かめなくては落ち着いていられない。

「ツェルニ……」

学園都市に来て最初にした約束、電子精霊ツェルニに約束したのだ。守ると。その初心を忘れかけていた自分を、ニーナは恥じた。

「あの怪物をぶち抜く方法があったとしても、その前にこの鉄壁をなんとかしないといけないしな。こいつはなかなか、難しいぜ」

「いや、なんとしても突き抜ける」

「だから、その方法をだな」

シャーニッドは呆れた様子だ。むろん、その言葉は一考に価する。いや、現状を正確に把握しているということだ。

普段の自分たちならば、二つの難関、怪物、そして鋼糸、そのどちらかさえも抜けることは不可能だろう。

だが、こちらにはいま、廃貴族の力がある。一点突破を狙えば、そのどちらかに穴を開けることは可能だろう。いや、とにかく現状で使える最大のものはそれだけなのだ。ならばそれを唯一の武器として、そしてどれぐらいの効果が期待できるかを考えた上で、そう言っているのだ。

その期待には『希望』が大いに混ざっているのは疑いようもない。ニーナ自身、あの怪物に風穴を開けられるかどうかは、やってみなければわからないと思っている。なにより、どのぐらいの厚さなのかさえ、はっきりとしていないのだ。

しかしいまは、やってみなければわからないことをやらなければならない時なのだ。

「……で、どうする気なんだ？」

ニーナを見て、シャーニッドがため息を吐いた。諦めた様子だ。

「こうする」

外縁部との境界線で立ち尽くしていた二人だが、ニーナは答えるとリンテンスに向き直り叫んだ。

「わたしは、ツェルニに行きたい！」

大音声だ。その声は間違いなく、リンテンスに届いた。

いや、彼ほどの実力者だ。すでにニーナたちがいることには気付いていたに違いない。そうでなくともデルボネという念威繰者がすでに捕捉していることだろう。

こちらに背を向けたままのリンテンスは、しかし振り返ることなく宙に紫煙を放った。

「この怪物に風穴を開け、ツェルニに行く！」

再び、叫ぶ。

「おい……」

シャーニッドは呆れる暇もなく、むしろ慌てふためいていた。こちらの意思を素直に伝える。それはもっとも単純でわかりやすい方法ではある。力押しできないのならば、説得。むしろ力押しといういきなりの暴力的行為を行うよりも理性的であるとさえ言える。

問題は、相手がグレンダンの天剣授受者だということだ。なにより、ニーナを攫うために気絶させたのはリンテンスなのだ。場合によってはこんな状況でもこちらに害意を向け、再び捕まるようなことになるかもしれない。

しかし、ニーナはこれまでの自分の扱いから見て、そんなことにはならないだろうと踏んでいた。

そうでなければ、レイフォンたちと合流する前にデルボネに位置を捕捉され、ルシャの家で捕まっていたことだろう。

そうはならなかったのだ。

だから、大丈夫(だいじょうぶ)だ。

「…………」

煙草(たばこ)から口を離(はな)したリンテンスが横顔をこちらに向ける形で角度を変えた。

見えるのは、その口元だけだ。

だが、ニーナは確かに見た。その口の端(は)がわずかに引き伸(の)ばされたのを。

『やれるものならやってみろ』

そう言っているようにニーナには思えた。

「おいおい……」

そして事実、ニーナたちのすぐ前に張られた鋼糸の壁(かべ)が、穴を開けた。

「マジかよ、言ってみるもんだな」

シャーニッドの声には呆れと感嘆(かんたん)が微妙(びみょう)に混ざり合っていた。

穴は、幾重(いくえ)にも張られた壁の中の一枚にしか開いていない。だが、ニーナたちがその穴をくぐると、すぐに次の壁が穴を開け、背後のそれが穴を閉じた。一度に穴を開ければその部分の防御が危うくなる。それを見越して、リンテンスはこういう形で道を空けたのだろう。

やがて最後の一枚の前にまで辿りつく。

後一歩踏み込めば、リンテンスが穴を開けるだろう。

眼前では無数の生物弾が鋼糸の壁にぶつかり、寸断されている。その残骸がニーナの足もとにも転がってくる。

『さあ、どうする？』

鋼糸の壁のざわめきはそう語っているかのように感じられた。

ニーナは復元したままだった錬金鋼を構える。

雷迅。

やるとすればそれしかない。

だが、穴の開いたその瞬間に、生物弾が雨となって降り注ぐ。剄を溜める時間すらも惜しいほどの猛攻が襲ってくることになる。

一瞬を誤れば、その瞬間にニーナたちは生物弾の餌食となるだろう。当たったその瞬間に、人間の肉体など簡単に爆砕させるだろうことは見ていればわかる。多少の剄の防御など、まるで意味をなさないに違いない。

だが、やるしかない。

「おっと、隊長ばかりにいいカッコはさせないぜ」

「シャーニッド？」

「全部は無理だろうがな、お前さんに当たりそうな奴は片付けてやる。だが、そう長く保たないだろうから、早めに決めてくれよ」

レイフォンならば、この言葉だけでシャーニッドがなにをするつもりか理解できる。だが、ニーナにはそれが伝わらない。背後に付いてきていたフェリの端子がそれを説明するべく彼女に近づく。

「わかった、任せる」

フェリが説明を始めるよりも早く、ニーナは頷いた。

（なにをするかもわからないのに、よくそんな簡単に言えますね）

「なにを言っている？」

フェリにとっては意外に聞こえたようだが、ニーナにとってはそんなことを言われる方が心外だ。

「第十七小隊の誰であれ、わたしは信じている。シャーニッドが任せろというのであれば、なにか考えがあるのだろう。わたしはただ、その結果を待つだけだ」

小隊対抗戦を通して、すでに信頼関係は出来上がっている。それにシャーニッドだけでなくレイフォンにしてもフェリにしても、ここにはいないがナルキやダルシェナも含め、第十七小隊の誰一人として、できないことや自信のないことに『できる』と嘘をついたりはしない。

（…………）

念威端子が無音のままニーナの頭上で旋回して後方に下がった。まるで彼女が呆れたため息でも吐いたかのような動きだが、ニーナはそれを見ず、ただ前を見た。

「わたしが技を放ったら、すぐに後を追え。汚染獣の同類と考えるなら、再生能力もあるはずだ」

「了解」

シャーニッドの返事が聞こえたときには、すでに没入している。

レイフォンに言われてから常にそうするように心がけている剄息にさらなる集中を加える。常に一定量の活動を受け入れ続けてきた剄脈は筋肉のごとく鍛えられ、ニーナの要求する水準へとすぐさま到達する。

そしてさらなる高みを目指す。どこまでも、肉体の限界に挑戦するのと同じ意識で剄脈の鼓動をさらに速める。まだ上があるはずだ。自分はこんなものではない。そう信じて鼓動を速め、剄を高めていく。その密度を限界にまで高めていく。

さらに……

メルニスク。

心の中で呼びかける。

(承知)

黄金の牡山羊。廃貴族。ニーナの内部に潜む、怒り狂える電子精霊が静かに応えた。剄脈から生まれた剄を流す道筋、剄路に別の場所から新たなエネルギーが注ぎ込まれる。本来ならば都市の足を動かすため、都市のライフラインを動かすために使われるはずだったエネルギーを剄へと変換して、強引にニーナの肉体に流し込んでくる。

それが体外へと吐き出されたとき、蒼い光という現象として形を為す。

莫大なる剄。

「ぐくっ」

いきなりの剄の増加にニーナはそこから生まれた圧力に耐えた。巨人やディックと戦ったときには意識しなかったが、本来ならば自らの剄で最大にまで拡張されているだろう剄路に、さらなるエネルギーが流れ込んでいるのだ。限界を強引に越えさせる行為は、痛みとして肉体を蝕む。

あるいは、メルニスクが以前よりもより本気でニーナにエネルギーを注いでいるのかもしれない。技を放つ先にいるのは、ニーナは知らないが、怪物の名はナノセルロイド・マザーIII・ドゥリンダナ。汚染獣たちの祖にあたる。

廃貴族が憎むべきものたちの大本なのだ。

それでも、ニーナは痛みに耐えてさらに力を求め、剄を練り続ける。怪物がどれほどの厚さでグレンダンを覆っているのかわからない。より高い確実性を求めて、ニーナは剄を高める。

限界まであと少し、そうなったところでニーナは一歩前進した。

リンテンスはニーナたちを見ているのか、タイミングを少しも誤ることなく、眼前の鋼糸の壁に穴が開く。

自爆の道をひた走っていた生物弾の前に、突如として道が開いた形になる。直線を描いてしか生物弾は飛んでいないが、そこに生まれた穴はニーナたちが通るには十分過ぎる大きさであり、同様に生物弾が一つ駆け抜けるには十分な大きさだった。

眼前に高速で黒い物体が迫る。

だが、ニーナは動かない。その圧倒的な存在感が反射的にため込んだ剄を解放し、技を放ちたくなる。

だが、そうはしない。

言ったのだ、任せろと。

駆け抜けたのは一発の剄弾。残光を引き連れて駆け抜ける一発の、銃という武器の性質上、そして彼が持っている銃の設定上、それほど高密度な剄が込められているはずもない。

この場ではあまりにもひ弱としか表現しようのない一発の剄弾。

だがそれが、生物弾の真芯からややずれた位置に命中した瞬間、信じられない光景が広がる。

生物弾の硬い甲殻に着弾点を中心にひびが走り、そして自らの勢いに負けて自壊を始めた。その変化は高速であり、生物弾は自壊の勢いに負けて針路が変わり、鋼糸の壁に自ら飛び込んでいく。

ニーナは振り返れない。代わりに、フェリが念威端子越しにシャーニッドを見ていた。

彼の右目とその周辺が剄の光を放っている。

内力系活剄の変化、照星眼。

照星とは、銃の照準を合わせるために使われる部品の名であり、遠距離射撃を得意とする武芸者がまず覚えるべき活剄の基本技だ。視力を選別強化するこの技なくして、正確な狙撃は難しい。

　そして照星眼とは、それから一歩先に進んだ技だ。

　遠くの相手を鮮明に見据えるだけでなく、標的の致命的部分を確実に見抜く。その目は標的を捕らえると同時に、瞬時に相手の表面上の打撃的弱点部位を精査するのだ。後はその部分に剄弾なり矢なりを当てれば、それは即死となり得る一撃となる。

　もちろん、見抜くだけでなく瞬時にして正確にその場所を撃ち抜く技量がなければ話にならないのだが。

　レイフォンに危険と言われた方法によって剄力を高めたシャーニッドは、普段から使っていたこの技の精度を高めると同時に、その場所を正確に撃ち抜くために活剄によって肉体を強化し、狙撃銃で撃ち抜いた。

　生物弾はまだ続く。一弾が針路を変更しても、そのすぐ後ろにはすでに次の一弾がいる。シャーニッドの剄弾はそれを撃ち、さらにその後ろに控えていたものも撃つ。生物弾たちは最初の一弾と同じ運命を追いかけて、鋼糸の壁へと針路を変更した。

　四発目の剄弾が同様の結末を与えた後、ニーナは限界の壁をさらに一歩踏み越え、そして放った。

　活剄衝剄混合変化、雷迅。

轟音と轟雷がその場を支配する。二振りの鉄鞭、その先端に率いられた雷の大蛇は次なる生物弾、その次、そしてその次、次々と連なるようにして放たれる生物弾をその熱量によって蒸発させせながら、エアフィルターの向こう、怪物に向かって直進する。

「おおおおおおおおっ!!」

ニーナが吠える。その吠え声は轟音に飲み込まれるが、轟音がニーナの意思を受け止めてさらに轟雷を昂ぶらせる。荒れ狂う雷の大蛇は鉄鞭の振り下ろしによって交差し、一つに重なり合い、雷獣と化してその牙を打ち立てるべく飛びかかる。

雷獣とともにエアフィルターを抜けたニーナは怪物の膨大にして広大な体表の一点、全体からすればあまりにも些細な一点に、鉄鞭を打ち込む。

打撃による純粋な破壊力がその一点に収束し、浸透し、爆砕の連鎖を生む。ニーナの勢いは止まらない。直進する破壊エネルギーとともに抉れた体表のさらに奥に進み、放ち続ける剄力によって、その進行を後押しする。

進み、破壊し、進み、破壊する。

後方を除いた全てが怪物の内部だ。それは巨大な生物に飲み込まれたかのような圧迫感を、雷速の世界に足を踏み入れたニーナにさえも与えてくる。

「おおおおおおおおっ!!」

叫びがその威圧をはね除け、さらに進む。

そして、突き抜けた。

「ぬあっ！」

勢いのあまり、ニーナは地面を転がる。

かつてない威力で放った雷迅の余波は、刹那だがニーナの意識を混迷の世界に引き込む。

頭を振り、周囲を確認する。ここはツェルニとグレンダンを繋げる橋の途中だった。

すぐ側に都市の足があった。エアフィルターの圏内としてはすでにツェルニの領域に入っているようだ。

「走れ！」

怪物に穿った巨大な穴をシャーニッドが走っている。その背後ではすでに再生が始まり、穴が埋められようとしていた。シャーニッドが飛び込むようにして穴から脱し、それからすぐに穴は閉じてしまった。

「洒落になんねぇ！」

喘ぐようにして、シャーニッドが呻いた。

ニーナは呻きながら立ち上がるシャーニッドの足もとにあったものを拾う。

シャーニッドに続くようにして穴から飛び出した念威端子が落ちていたのだ。怪物の穴が閉じたことで念威が遮断され、端子はただの無機物と化してしまった。

　グレンダンとの連絡は、これで断たれた。

「必ず、助けに行くぞ」

　端子を握りしめ、ニーナは呟く。

　シャーニッドを急かし、ニーナはツェルニへ、生徒会長がいるだろう場所を目指して走り出した。

†

刃を交わす。

　鋼鉄錬金鋼が陰気な大気を切り裂き、剄の煌めきが線となって空間に傷を刻む。

　対峙する両者は目まぐるしくお互いの位置を入れ替えながら移動を繰り返し、いまは空にいた。

　眼前のみならず、周囲には無数の生物弾が降り注いでいる。縦の直線として描き出される巨大な雨滴による豪雨は、その中途を遮る形で走る横の線によって、都市地上部への落下が阻止されている。

　横の線とは、この位置ではバーメリンによる弾幕。二門の機関砲によって都市の空、その反面を覆う大河のように弾幕が張られ、生物弾のおよそことごとくと表現しても良いほどが破砕されていく。

レイフォンたちはいま、その弾幕の大河よりも上の位置にいた。

あと少し上へと飛べばエアフィルターに触れるような高空で、レイフォンとデルクは生物弾を足場に跳躍を繰り返し、刀刃を舞わせる。

「…………」

「…………」

お互いに、無言。

もはや問いを発する時期は過ぎた。己が決めたことを為すべく刃を動かすことにのみ集中する。

斬線が幾重にも宙に描き出され、それが生物弾を切り刻んでいく。

だが、お互いは刹那の間を読んでそれをかわし続けている。

師より学んだ技を駆使する弟子は、師の動きを熟知し……

弟子に伝えた技を再現する師は、弟子の呼吸を承知している。

師より離れて我流の戦い方を弟子は編み出したが……

同じように師には弟子がいまだ及ばない経験によって裏打ちされた熟達が存在する。

剄量という、武芸者の才能の一つに等しい、簡単に覆すことのできない差は、この時なきに等しいものとなっていた。師はなぜか、弟子に等しい剄量を持ち、それを使いこなしている。

それは、不思議なできごとだ。だが、その疑問を解いたところで現状にはなんの変化もないと、弟子はわかっている。

師は弟子の前に立つことを決め、弟子は師を乗り越えることを決めた。その覚悟にこの剄量が関係しているかもしれないが、弟子との差が埋まったから師がそうしたわけでは決してないはずだ。たとえその差が埋まらないままであったとしても、師はやはり弟子の前に立ちふさがったことだろう。

己の決意のために。

「っ！」

斬線が交錯する。

気合いの咆哮が衝突する。

鍔迫り合い。刃の向こうに険しい師の顔がある。気合いのぶつかり合いが空気の密度を変化させ、視界を歪ませる。

技量は、いまのところ互角。

外力系衝剄、内力系活剄、そのどれもが互角。

鍔迫り合いの最中にもサイハーデン流の中で寸余の間合いに適応した技の応酬がなされ、小さな衝突が火花となって二人を飾る。

しかし、長い硬直の時間は許されない。

足場としていた生物弾が弾幕の大河に触れる。バーメリンの放つ剄弾はただ一撃、生物弾の鼻先に触れただけでその周囲を熱で抉り、生物弾は角度を変え、大河の荒波に呑まれ砕けていく。二人はその場から飛び離れ、今度は遠間に対応した技が放たれ、お互いに牽制をし合う。

技は互角。

外力、内力、剄技も互角。

まさしく、デルクはいま、天剣授受者となるに相応しいだけの剄力を持っている。

(だけど……)

牽制の閃断が生物弾の雨を斜めに薙いでいく。連続でそれを放ちながら、レイフォンは考えた。

天剣を持つに相応しい剄量を持ったということは、その全力を錬金鋼のために制限されたということでもある。

（剄を制御しきれているとは思えない）

いつからデルクの剄量がこんなにも増加したのか。長く考えてもレイフォンがツェルニへと旅立ってから、短く考えればつい最近……その幅は広い。だが、レイフォン自身、通常の錬金鋼が己の剄に耐えきれない状況となってからは、その制御に長い間苦しめられた。たとえ最長で考えたとしても一年も経たない間に、制御が完全になったとは思えない。未熟であった時の苦労と、武芸者として成熟した後での苦労では、簡単に比較できるものではないとはわかっている。だが、見出せる相手の弱みとして浮かんだのは、まずそれだ。

そして、もう一つ。

「…………」

鋼鉄錬金鋼の柄を握りしめる。

天剣を授かった時に握ることを止めた形。それが刀だ。そして、最初から自分の中にある、武芸者というどうしようもなく逃げられないものに方向性を与えてくれたのも、この刀だ。

食糧危機。

みんながお腹を空かせている時に、武芸者という理由だけで誰よりも多く食べることができた。グレンダンという都市の性質上、武芸者の能力低下はそのまま都市の滅亡に繋がる。食糧危機によって都市は長期的な危機に陥っていたが、それの回避にだけ目を向けていればいいという事態には、この都市はなれなかった。だから、当時はまだ幼かったレイフォンでさえ、武芸者という理由で多くの食べ物が配給された。みんなに分けるべきだと幼いながらに主張したが、兄や姉たちはそれを聞き入れることはなかった。

武芸者だから。

この都市を護る者だから。

だけど、レイフォンはこの時から違う考えを持った。

違う、護りたいのはこの都市じゃなくて、孤児院にいる人たちだ。そしてそれだけではなく、この都市にある全ての孤児院にいる、同じ境遇の者たちも自分が護るべきだと思った。

その気持ちに、デルクの刀が道を示してくれた。技を磨き、武芸者として向上し、誰よりも強い者としてグレンダンの孤児を守護する者として立つ。それが自分のあるべき姿なのだと、この刀が示してくれた。

いま、レイフォンはその刀を握り、その道を示す契機となった技を伝えてくれ、そしてなにより孤児としての自分を育ててくれた養父と、殺意と鉄火、血と死が交錯する場所で向かい合っている。

都市を覆う怪物。それが放つ生物弾の雨の中、天剣たちを総動員してもなお止まぬ戦いの嵐の中で、こんなにも狂った状況の中で、父と息子が争っている。

(なんとしても……)

覚悟を決める。

たとえ……なったとしても。

エアフィルターの限界位置にまで跳び上がり、生物弾に着地する。剄を爆発させる。高め、練り上げ、高密度化させていく。周囲の空気に混入した塵が体外に零れ出る剄の熱で燃え上がる。

刀身を左の腰に深く添える。左手で刀身を握る。

抜き打ちの構えを取る。

レイフォンのほぼ直線上、同じ高さにいるデルクも同じ構えを取っていた。

考えていることは同じか、あるいは、こちらと同じ技を出すしかないと判断したか。

後者であれば、レイフォンの思惑通りだ。

硬直した睨み合いに許される時間には限りがある。エアフィルターの頂点と、弾幕の大河、その中間地点に達した時、二人は同時に動いた。

サイハーデン刀争術、水鏡渡り。

静謐な超速移動。次の瞬間には二人は狙い定めた生物弾の上に同時に現れ、そして左手で押さえつけた刀身を抜き放ち、解き放つ。

サイハーデン刀争術、焔切り。

炎華を巻いて放たれた居合いは、刃の先に威力を押さえつけられた衝剄を置き膠着する。

互角の衝突。

それもまた、望むところ。

「はああああああああああっ！」

さらに剄を跳ね上げる。鋼鉄錬金鋼の許容量内で収められていた剄を越え、さらに叩き込む。刃の前で硬直していた衝剄が勢いを増し、その爆発の方向性を定めつつある。

「おおおおおおおおおおおっ！」

デルクの咆哮。父も剄を叩き込み、再び衝剄が、その規模を増大させながら膠着の状態に戻っていく。

それもまた……

さらに剄を、さらにさらに剄を、剄の上に剄を塗り重ね、鋼鉄錬金鋼の限界を瞬く間に踏破する。

刀身の赤熱化、そしてその後の爆発も同時。

錬金鋼（ダイト）の破棄（はき）も、爆発からの退避（たいひ）も同時。二人は再び距離（きょり）を取る。

お互いに無手（むて）となった。

爆発の影響（えいきょう）はない。だが、レイフォンの胸（むね）には痛みがあった。

鋼鉄錬金鋼（アイアンダイト）は、失（うしな）われた。

錬金鋼（ダイト）を失ったのはこれが初めてというわけではない。ツェルニでもなんども壊（こわ）したし、天剣となる前は、それこそ剄の制御（せいぎょ）がいまほど熟達（じゅくたつ）してなくて、数え切れないほど壊した。

鋼鉄錬金鋼（アイアンダイト）の刀。それを望むならば、ツェルニに戻ればハーレイが作ってくれる。先ほど失ったもののバックアップデータは存在している。同じ材質、同じ形状、同じ重量、同じバランスの、まったく同一の物をまた手にすることは可能だ。

だが、この鋼鉄錬金鋼（アイアンダイト）は、もう戻らない。

父がくれた許しの証（あかし）、彼女の運んでくれた和解の印は、もう戻らない。

その痛みが、レイフォンを苛（さいな）む。

だが……

無形の痛みに耐（た）え、レイフォンはデルクを見た。

その手は、変わらず無手だ。彼の剣帯（けんたい）に予備の錬金鋼（ダイト）がある様子はない。

目論見(もくろみ)通りだ。

そしてレイフォンの剣帯には、まだ青石(サファイア)、複合(シム)、簡易型複合(シム・アダマン)の各種錬金鋼(ダイト)がある。

無手のデルクが恐(おそ)るべき相手ではない……ということはないが、それでも刀を持っている時ほどには恐ろしくはない。

「これで、終わりだ」

レイフォンは簡易型複合錬金鋼(シム・アダマンダイト)を摑(つか)もうと剣帯に手を伸(の)ばした。

これで終わる。

鋼鉄錬金鋼(アイアンダイト)は失った。父との繋(つな)がりの証が失われた。だがそれでも、この状態ならば父を殺すことなく先へ進める。

気を緩(ゆる)めたつもりはないが、痛みとともに安堵(あんど)が広がっていくのも嘘(うそ)ではない。

その隙(すき)を突かれたわけではないだろう。

実際、デルクがなにかをしたわけではない。

レイフォンが、なにかを見逃(みのが)していたわけではない。

それは唐突(とうとつ)に、突然に、気配(けはい)を感じさせたのだ。

レイフォンにとってはなじみのある気配を、させたのだ。

それは急速にこちらに向かってくる。

信じられなかった。

その気配がこちらにむかってやってくる。それはまるで、この戦いの決着が、そんな生ぬるいもので済ませるべきではないと言っているかのようだった。

「まさか……？」

レイフォンの視線が外れる。しかし、デルクが動くことはない。

父もまた、感じたのだろう。

それは一条の細い光として地上から天に向かって放たれ、そしてレイフォンたちの、やはり中央近くで生物弾に衝突し、光を弾けさせた。

生物弾を消滅させ、後に残ったのは小さな、巨体を消滅させた後で見るにはあまりにも小さな、一個の無機物の塊だった。

グレンダンにしかないと言われている、希少な無機物だ。

「天剣……」

それは、慣性の名残でゆるやかな放物線を描きながら回転しつつ、落下を開始している。

天剣。

ヴォルフシュテイン。

かつてレイフォンの手にあったもの。

考えたのはそこまでだ。すぐに動いた。

デルクも動いている。己の覚悟を貫き通すための武器を求めて跳んでいる。

彼にそれを与えてはならない。これ以上、戦いを長引かせてはならない。

決死の一念で跳び、手を伸ばす。

伸ばした手は、交錯する。

†

十二個の光。

王宮の尖塔で、リーリンはそれを見ていた。しかしやはり、それは現実として目の前にあるわけではなく、右目の中に存在するのか、あるいは右目を通して月と繋がっているのか、とにかく、右目を介してその映像が脳裏に展開されている。

十二個の光。

それがなんなのか、リーリンはなんとなくだが、理解した。

天剣だ。

十二個の無機物の塊はそれぞれにやや異なる形をして、リーリンの眼前に仮想的に並んでいる。

「どうして？」

どうしていま、これを見ているのか？

いや――

女王という武芸者の究極の形がここに存在しているように、リーリンの右目というこの世界の創世に関わるものがここに存在しているように、天剣授受者がこのグレンダンに集うということにもなんらかの意味があるはずだ。

ならば、その天剣授受者が、天剣授受者ほどの実力者が必要とする武器があるということには意味があるのかもしれない。

リーリンの右目と同じぐらいに、重要な意味があるのかもしれない。

では、それはなんなのか？

女王。

右目。

そして天剣。

サヤの生み出した世界。

サヤの眠る自律型移動都市。

月。

茨輪の十字。

「……っ！」

突然の頭痛に、リーリンは考えることを止めざるを得なかった。なにかがわかりかけたのだが、パズルのピースが全て噛み合わさる寸前にひっくり返されたかのように、もどかしい気分だけを残して消えてしまう。

茨輪の十字。

頭痛の原因は、思考が余計な場所に走ったからだろうか。

茨。

………棘。

デルクを見送った時、たしかにその体に茨から落ちた棘が入っていく幻像を見た。それがなにを意味するのか、天剣について考えるよりも早く、その答えはリーリンの頭の中にあった。

なぜ、こんなにもはっきりと？

答えは簡単だ。すでになんども、それを行って来たからだ。

無意識の中で、自らを護る者を選び、同じように棘を打ち込んできた。

赤ん坊の頃から、幼児の頃から、少年の頃から、彼がグレンダンを去るその時まで。

レイフォン・アルセイフ。

なんの偶然か、同じ日同じ時にデルクに拾われた赤ん坊の武芸者をリーリンの無意識は守護者として選び、右目に宿る力を、茨輪の十字を、眠り姫を護る力の一部を彼に打ち込んだ。

そう、彼が幼少の頃から類い希なる剄力を持ち、最年少で天剣授受者となったのは、あまりにも当たり前の話なのだ。

その身に宿っているのはアイレイン、武芸者の祖にして月となってこの世界を護る者の、より純粋な因子だ。グレンダンの三王家が何世代もかけて目指した血の純化と同じ意味がそこにある。

リーリンの力こそが、レイフォンを天剣授受者の地位に押し上げた。そうなるために必要な剄力を与えたのだ。

なら、彼をグレンダンから追い出す結末となったのも、自分の責任だ。天剣授受者とならなければ、たとえ闇試合に関わっていたとしても都市外退去にまではならなかったはずなのだから。

実際、レイフォン以外で闇試合の発覚で都市外退去になった武芸者はいないのだし、なにより、彼の都市外退去は闇試合の発覚というよりも、その契機となったあの試合の惨たらしさが原因だという話を聞いたこともある。

どちらであろうと、天剣授受者でなければこんなことにはならなかったのだ。

だから、もう、これ以上……

だが、ああ……だが、そのためにデルクに棘を打ち込んだ自分は……たとえそれが故意ではないにしても、許されることではない。

自己嫌悪に打たれながら、リーリンは顔を上げる。

だからこそ、もう後には退けない。

護られるだけでいいはずがない。

なんとしてもこの状況を打破することで、自分の力を見極めるのだ。

†

伸ばした手は、確かにそれを掴んだ。

勢いのまま二人は交差し、すれ違う。

その手に復元された状態の天剣が握られる。生物弾を踏みつけ、着地。勢いのままに奔らせた剄の余波が生物弾を砕き、レイフォンはさらに跳躍。

手にした天剣を見る余裕ができたのは、その跳躍の最中だ。

「っ！」

形が違う。

それは、一振りの刀だった。

ヴォルフシュテインは、剣のはずだ。レイフォンの後、誰も天剣授受者となっていないというのであれば、そして設定が無効とされていなければ、そのはずだ。なにより、無効となっているのであれば、レイフォンの剄と声紋に反応して復元するはずがない。

おかしな状況は、これだけではない。

吹き上げるように威圧を与える剄の波動に、レイフォンはそちらを見た。

デルクが生物弾の狭間から、跳躍を繰り返してこちらに向かってきている。

その手に握られているのは、やはり刀。そしてなにより、それはレイフォンが握るそれと、まったく同じ形をしている。

天剣だ。見間違えようがない。なにより、デルクの放つ剄の勢いが、先ほどまでとあまりに違う。それに耐えうる錬金鋼というだけで、それが天剣であることは明らかだ。

天剣が、二本あった？

いや、違うはずだ。

ならばこれは、二対一刀ということか。サヴァリスの手甲のように二つで一つの形となっているということか。

だが、なぜそうなる？

考えている暇はない。デルクはすでに眼前に。

振り下ろされる斬撃に、レイフォンも手にした刀で迎え撃つ。全力の剄を叩き込み、刃を舞わせる。

衝突。

そこから生じた衝撃波だけで、周囲の生物弾が連鎖的に破壊されていく。

もはや、間違えようがない。これは天剣だ。

なにがどうなっているのかわからない。それでも、この状況でレイフォンは手にした刀を憎悪せずにはいられない。

天剣が来るなどという不測の事態が起きなければ、あれで終わっていたはずだ。

「生ぬるい決着など、誰も望んではいないということだ！」

デルクの声が空に響き渡る。

「お前か私か、どちらかが倒れるまで続けられなければならぬ戦いだ。続けられぬというのであれば、その手にあるものを捨てて去れ！」

父の言葉に、レイフォンは歯を噛みしめる。こちらの思いが通じぬ苛立ちが頭に血を昇らせる。

だが、寸前で堪える。

父はすでに自らの意を決し、それをレイフォンに示している。逆らうのであれば乗り越えろと言っている。そうしなければリーリンには辿り着けない、着かせないと言っている。体を張り、死を賭してその決意を貫くつもりだ。

「くっ……」

実力差が昔のままであれば、デルクのその決意を、たとえ胸が痛むとしても踏みにじることはできたはずだ。

しかし、いまはそれができない。レイフォンとデルクの実力はおよそ互角の場所にあり、そしてお互いの手にはその剄力を遺憾なく発揮できる天剣がある。

気を抜いた攻撃をすれば、こちらが死ぬことになる。

「さあ、改めて覚悟しろ」

その言葉とともに、デルクが再びこちらに向かってくる。

レイフォンも刀を構えてそれを迎撃する。

生物弾から生物弾へと跳躍し、刀刃を舞わせる。剄技を駆使する。衝突の余波がそこら中の生物弾を駆逐し、レイフォンたちは足場を失う。だが、余波によってレイフォンたちもまたその場から押し出されているため、別の領域に降り注ぐ生物弾に足を下ろすことになる。

そして再びの衝突。

グレンダンの空から降りしきる生物弾の雨は、瞬間的な空白地帯を無数に生み出し続けていた。

†

それを好機と感じる者たちがいる。

正確には、天剣授受者たちだ。

「……レイフォンと、誰だ？」

ルイメイは視線だけを上にやり、呟いた。その巨体はその場から微動だにしていない。

だが、彼の手に握られた鉄球へと続く鎖は、彼に任された領域全体に伸び、剄の光を発している。

驚くほどに、この周囲は静かだ。他の地区では生物弾が降り注ぎ、それらの迎撃が、凄惨でありながらいっそ華麗にさえ思えるほど行われているというのに、ここではそれがない。

ルイメイの鎖は外縁部の地面に伸びているだけではない。それは眼前にある怪物の表皮にも半ば同化するように食い込んでいる。

最初に加えた一撃で、鉄球は怪物の中にめり込んだままなのだ。

外力系衝剄の変化、震電。

怪物の内部に食い込んだ鉄球と鎖はルイメイの暴走に近い状態にある剄を受けて内部で荒れ狂っている。それは、その内部で生成・射出されるはずだった生物弾をその周囲の組織ごと破壊していく。

周囲の静寂さとは別の場所で、彼の暴威は怪物の巨大質量を食い荒らしていた。

だが、それでさえも、状況の均衡を呼ぶものでしかない。

ルイメイの目は眼前の怪物に戻っている。だが、その太い指は顎を撫でて考える仕草を示した。

「……こいつは、利用できるんじゃねぇか？」

（そうですね）

答えたのは、すぐ側に待機していたデルボネの念威端子だ。

（上空で行われている戦闘のため、ティグリス様とバーメリンさんの手がやや空き気味です。状況を動かせるとすればそこからですね）

その戦いがなんなのか、この状況となにか関係があるのか、レイフォンは誰と戦っているのか、いまのルイメイはそれらに興味がない。彼がやるべきは眼前の怪物との戦いであり、レイフォンの戦いの詳細を知ることではない。

状況に変化を呼び寄せられるのであれば、それを利用する。

考えているのは、それだけだ。

「ちっ、おれのところでやればいいのによ」

気になると言えば、それだけだ。

『はっ、あんたなんかよりわたしが動く方がいいにきまってるじゃない』

端子越しにそう言ったのは、カウンティアだ。

攻撃しか考えていないカウンティアにとっても、防戦一方のこの状況は鬱屈がたまるものだろう。

だが、それはルイメイも同じだ。

「うるせぇ、リヴァースがいなけりゃ、満足に戦場にも立てない奴が」

『なんですって！　あんたのその樽腹、真っ二つにするよ』

「やれるもんならやってみろ」

『やめなよ、二人とも』

いつもとは違う、引き締まったリヴァースの声に二人は沈黙する。戦場に立つ彼の言葉には、それだけの力があった。

『いまやることはこの怪物を倒すことだよ。誰が倒すかなんて、些細な問題だよ』

『その通りだ』

カルヴァーンも会話に参加する。

『デルボネ殿。敵の弱点のようなものは、見つけられましたか？』

（現状、都市の外側に配置していた端子は念威の遮断によって使えません。都市内部からの探査では発見できませんでした。おそらく、内部に面した全てがこの攻勢を維持するための組織に過ぎないのでしょう）

『ならば、外側から、ということですね』

カナリスも発言する。

『いまさら配置換えをするわけにもいかない以上、ティグリス様かバーメリンに穴を開けていただくしかありません。継続的な穴の方がよろしいのですよね？』

（ええ、少なくとも全体を精査するのであれば一分は欲しいところです）

『ならその華は、若い者に譲ろうかの』

ティグリスが呟く。

『ええ？』
その言葉が誰を指すか明白だ。カウンティアが嫌そうに異議を唱えた。
『あんな根暗よりもじいさんがやればいいじゃない』
『黙れ、ウザ絶壁』
『なんだって、この貧乳！』
『まぁまぁ、おれからしたらどっちもそんなに変わんないぜ？』
『お前は黙ってろ！』
トロイアットの仲裁にすらなっていない言葉に、二人がそろって怒鳴る。
『根暗は実力には関係ないのう』
ティグリスが苦笑の雰囲気を会話の場に滲ませる。
『穴の固定はリンテンスに頼もうかの。どうせ暇をしとるのじゃろう？』
『……そこまで遊んでいるわけではない』
『まっ、できないわけがないわの。なにしろ天剣最強じゃ』
『…………』
あからさまな挑発にリンテンスは無言。
『ま、他のところでも攻めを強めれば、多少は助けになるかの？』

『いらん』

リンテンスの吐き捨てるような返答を他の者たちは了承と受け取った。

『陛下はどうしとる？』

（陛下は集中に入られております。正確に一点を突いていただかなければ、反動だけではなく、熱量でも都市に被害が及びますから）

『やれやれ、難儀なことじゃのう』

ティグリスの嘆息を最後に会話は終わる。


「では、いくぞ」

「ウザ爺、さっさとしろ」

お互いに矢と剄弾を放ちながらティグリスとバーメリンは呼吸を合わせる。彼女の足下には天剣スワッティスが出番を待って鈍く輝いていた。

「ふむ」

まずは迷霞を放ち、担当領域の生物弾を駆逐する。

「……むっ」

迷霞が生物弾を食い荒らす中、ティグリスは足を踏み出し、構えを変え、弓を真上へと向けた。

剄の収束は、瞬時。

放つ光は柱となって天を突いた。

外力系衝剄の変化、迷霞・散華。

天を、エアフィルターの頂点を打った光の柱はそこで変化を起こす。名の通りに散華し、細い光の粒子と化して都市の空を駆け巡る。生物弾を捕捉し、追尾し、貫き砕く。

それが、都市の全天で行われる。

「むう、年かのう。連射はきついわい」

ぼやきながら次なる矢の準備に入るティグリスの横で、バーメリンは手にした機関砲を放り投げた。

爪先でスワッティスを引っかけ、宙に浮かせる。彼女の身長ほどもある長大な二連装の砲を脇に抱え、剄を充填、砲身に引かれた線が満たされる剄に光を放つ。

設定は最大級。

グリップにある二つの銃爪、その一つに指がかかる。

引く。

放たれる。

散華の光柱に負けることのない轟圧の光条が天を突き、エアフィルターを抜け、怪物の表皮を食い破る。

そこに込められた熱量に表皮が耐えたのは一瞬。融解と蒸発が瞬時に行われ、穴が開く。

光条はそれでもなお威力が減衰することなく、空を目指し、いまだなおグレンダンを覆っていた雲を払った。

巨大な月が、露になる。

その月の姿が、再び隠れようとする。雲ではない。再生が始まったのだ。

「っ！」

バーメリンはスワッティスを振り回して発射による余熱を払う。行う最中、彼女を飾る鎖の一つが弾ける。錬金鋼製の鎖は空中で復元し、彼女の腕ほどもある弾倉となる。

それを摑み、スワッティスのスリットに弾倉を差し込む。いまだ熱を放つ剄弾用の砲身とは別にあるもう一つ、実弾用の砲身が鈍く輝く。

狙いを定め、もう一つの銃爪を連続で引く。

排莢口から連続で吐き出された薬莢が宙を舞う。空になった弾倉が自動的に吐き出され、地面を叩く。

撃ち出された六つの砲弾は大気を巻き込みながら穿たれた穴の内面に食らいつき、再生を押し返し、内部深くに潜り込む。遅効破裂。砕けた弾頭は剄を込められた破片となり、怪物の内部に打撃を加えていく。

それでも、再生の勢いは遅くなっただけだ。穴の縮小は止まらない。

「……ムカツク」

その結果に不満を浮かべるバーメリンだが、拘泥はしない。再び機関砲に持ち替え、弾幕の大河を再開させる。

穴の縮小が再び止まったからだ。

視認できない破壊の牙が群をなして再生の手を切り裂き、穴の拡張を行う。リンテンスの鋼糸が再生を防いでいるのだ。

「じゃが、奴もそう長くは保たせられまい」

呟くティグリスの顔色も良いとは言えない。

「クソ爺？」

振り返れないバーメリンは、背後の老体からの気配に顔をしかめた。

その目が代わりに見たのは、剄弾の大河を越え、バーメリンが穿ち、リンテンスが維持する穴を目指す淡い光の集合体……デルボネの念威端子だ。

「うまくやれよ、デルボネ」

ティグリスの呟きが、穴の向こうに消える端子を追いかけた。

端子が穴を越える。

穴を越えてすぐに端子を取り囲んだのは暗い霧だ。濃密な汚染物質の霧が怪物を取り巻いている。

（さて……）

デルボネは念威を拡張し、グレンダン外部に拡散させていた念威端子をまず再起動させる。千に近い数の端子が荒野から浮上し、グレンダンを取り囲む怪物を俯瞰する。

（これは……）

グレンダンからの観測から怪物の規模はわかっていた。だが、改めてそれを都市の外側から観測すれば、たとえ一世紀に近い年数を戦場で過ごしてきたデルボネといえど、驚きは隠せない。

濃密な霧は、雨によるものではない。

この怪物が呼び寄せているのだ。

（ドゥリンダナ、といいましたか）

女性的な名前だと思う。だが、その姿は異形の一言だ。

グレンダンを覆(おお)う巨大な膜(まく)のようなものは、やはり本体ではない。

だがしかし、本体はどれか……

グレンダンを覆う膜の各所に植物の芽(め)のようなものがある。もちろんそれは、芽などというかわいいものではない。しかし形としては、それが適当だろう。花弁(かべん)を覗(のぞ)かせ、いままさに開こうかとするような形状のそれは、中央から長い首が伸(の)びている。鱗(うろこ)を備(そな)えたそれは、は虫類の頭部を備え、口を開いて空に向かって吠(ほ)えている。

まるで、月に威嚇(いかく)するかのように。

グレンダンは多頭の獣(けもの)に飲み込まれた形となっている。

(このどれか、なのでしょうけれどね)

サヤ。この世界を作り、グレンダンの真の意思(いし)である彼女の言葉が本当であるなら、弱点は確かに存在する。

彼女の力がエアフィルターを強化し、この怪物本体の侵入(しんにゅう)を拒(こば)んでいる現実を考えれば、その言葉の信憑性(しんぴょうせい)は高い。

それがどれかを見極(みきわ)めるのは、なかなかの難事(なんじ)のように思えた。

(しかし、時間もありません)

一分間。天剣たちと約束した時間だ。グレンダン外部に配していた念威端子を総動員して、この頭を一度に精査することも可能なはずだ。

見つけ出せば、後は女王が一撃で片を付ける。

（かかりましょうか）

頭の数は全部で十。大きさは、頭一つで先日の名前を付け損なった老生体に比する。連絡用の端子を穴の上部に残し、残りを一斉に頭に近づかせる。念威の収束放射によって内部の調査を開始。

（さて、これで見つかればいいのですが）

時間はあまりない。デルボネは意識を調査に集中する。

だが、デルボネはミスをした。

あるいは、デルボネに長年培われた注意力を失わせるほどに、この状況は切迫していたということなのか。彼女は調査に集中するあまり、その意識を念威に委ねすぎた。いや、肉体の老化が行動に不自由を与えた時から、彼女の意識は全ての念威繰者にとってなによりも優先される感覚である念威の中に、彼女は意識以上のものを、あるとすれば魂さえもその中に委ねてしまっていた。

故に、この反撃はデルボネにとって痛打となる。

UGRrrrrrrrrrrrrrrrrrrrrrrr!!

長い首を揺らめかせ十の獣が一斉に吠えた。それが原因なのか、あるいはこの空を覆う雲さえもドゥリンダナの影響下にあるものなのか……

次に起こった変化は、落雷だ。

それも無数、数十に及ぶ落雷が怪物の全身に降り注ぐ。大気に満ちた電流は怪物の表皮に沿って駆け巡り、デルボネの端子を焼き払う。

その端子は天剣だ。破壊されることはない。しかし、その衝撃によって怪物の周辺から吹き飛ばされることになる。

駆け巡る高圧の雷。

その情報が端子を巡り、念威を伝い、デルボネ自身に突き刺さる。

普通の念威繰者であれば、それはただの情報でしかない。情報の逆流によって目眩や幻痛を感じたとしても、それで死ぬようなことにはならない。

デルボネとて、普段ならばそうであったかもしれない。

「ううっ……」

地下シェルター内にある重病者用の病室。

老いた彼女が眠る病室のベッドで鋭い呻きが漏れた。老女の枯れ枝のような腕が胸を掴む。色の失せた唇から、真紅の液体が吐き出された。

「これは、まいりましたね」

自らの血で唇を化粧して、老女はかすれた声で呟く。

頭の中が驚くほどに静かだった。念威繰者として戦場に立つようになってからいままで、ここまで頭の中が静かであったことはない。無数の情報を並行処理し続けることを呼吸のように行ってきた。

それが、いまはない。

落雷によって弾き飛ばされたグレンダン外部の念威端子だけではない。都市内部にあったものまでも、接続が断たれている。

驚くほどに静かだ。

ベッドを取り囲む医療用の機器が、デルボネの異常を感知して警告音を鳴らす。しかし、それは彼女には聞こえない。肉体の感覚はもはやほとんど使いものにならない上、さきほどの一撃が致命的なものとなった。通常の生活でさえ念威に頼らなければならなかったのだ。エルスマウとの会話は、彼女の生命力を振り絞った末のことなのだ。

しばらくすればグレンダン最高の医師たちが、ここに駆け込んでくるだろう。

だが、それが間に合うことは、おそらくない。

かつてない静寂の中で、デルボネは死を予感した。いまの情報逆流が、衰えた肉体には耐え難い衝撃を与えたのだ。そのために、グレンダンに舞う念威端子たちを維持することさえできなくなった。

いまごろ、天剣授受者たちだけでなく、彼らの背後で戦う武芸者たちも混乱に陥っているかもしれない。武芸者たちの情報伝達は他の念威繰者たちが行っていたが、彼らの情報を統括していたのもデルボネだ。

奇しくも、ミンスが病院で危惧したことが起ころうとしている。

戦うための情報を失った武芸者たちは全体の状況把握ができなくなり、効率的な戦闘ができなくなる。天剣たちが撃ち漏らした生物弾の処理から効率性が失われる。

そして、作戦の途中であった天剣たちにも動揺が生まれるかもしれない。

「穏やかな死は望めないと思っていましたが、まさかここで、ですか」

死そのものは恐ろしくはない。もはやこんな、ベッドから下りて孫の見舞いに行くことさえ重労働となる身だ。いつ死んでもおかしくない。

しかし、こんな重大事の戦場で、役目を果たすことなく死ぬことになるとは……

「しかたありません。少し、もがきますか」

意を決すると、彼女は鍊金鋼(ダイト)を握(にぎ)りしめる。その指にはもはや力は込められていない。それでも、彼女の指は天剣に触(ふ)れる。

ほんのわずか、わずかの間でかまわない。グレンダンの全てを捕捉(ほそく)するのではない。

念威の向かうべき場所は、ただ、二つだ。

05　運命なき者へ

空が開いた。

リーリンの目の前で、光条が斜めに放射され、エアフィルターを突き抜け、怪物を貫き、雲を押し広げて、月が姿を見せた。

それがバーメリンの攻撃であり、そしてその後に天剣たちがもくろんでいたものが、最悪の形で崩れたのだということを、リーリンは知らない。

「……デルボネ」

集中に入っているアルシェイラが眉根を寄せて小さく呼びかけたのも聞こえていたが、理解していたとは言えない。彼女の足下に、さきほどまで淡い光を放って控えていた蝶型の念威端子が、いまは死んだ虫のように落ちていることも、見えていたが理解しているとは言えない。

リーリンの目は、右目は、月に引き寄せられ、引きはがすことができなかったからだ。

「あ、ああ……」

リーリンの呻きを、しかしアルシェイラも、まるで人形のように黙然と立っているサヤも聞いていないのか、こちらに注意を向けることはなかった。

リーリンはただ、月を見ていた。

月を見、月が見ているものを見た。右と左が違うものを見、視界が違う映像によって二重になる。不可解な現象に頭がついていけなくて頭痛がして、リーリンは左目を手で覆った。そうすることで、右目の映像がはっきりとする。

それは、月が見た光景だ。この都市を天上から俯瞰する映像だ。グレンダンを多頭の獣が持つ巨大な腹に飲み込まれた映像だ。

あれが、グレンダンを覆う敵の姿だ。

その獣が首の長い多頭を揺らめかして、リーリンに吠えかかっている。その度に落雷が起こり、怪物はその雷に打たれている。

だが、決してひるむことなく、吠え続けている。

剝き出しの憎悪を叩きつけられているような光景に、リーリンは血の気が引き、貧血が起きたように足下が覚束なくなった。

その映像が、唐突に暗闇の中に消える。

気付けば、グレンダンの空に穿たれていた穴が閉じている。念威端子は変わらずアルシェイラの足下に落ちたままで、彼女はなにかに耐えるような顔をして目を閉じている。

なにか、大変なことが起きたのだ。グレンダンが危機に陥るようななにかが。

だが、見えたものもある。

わかったことがある。

(もう一度)

それを願い、リーリンは空を見上げた。

†

なにかが、変だ？

目の前の戦いに集中せざるを得ない状況の中で、レイフォンは空気に混じる気配に微細な変化を感じ取った。

周囲には緊迫感があった。張り詰めた糸のような、そうでありながら、それは機能的な、あるいはなんらかの意思がはっきりと反映された緊迫感があった。

いまはそれがない。むしろ、糸がわずかに緩んだようにさえ感じられる。しかしそれは、戦いの終了を意味するものではない。レイフォンがいまいる空中には変わらず生物弾が降り注ぎ、その足下で雨のごときそれらを迎撃する剄弾の大河が存在する。

だが、揺らぎは確かにある。完成された蜘蛛の巣は強風に吹かれてもその形を揺るがせはしない。しかしいま、その蜘蛛の巣のように完成されていた緊迫感に緩みがある。崩れるはずのない蜘蛛の巣が形を歪めたかのように感じられる。

　グレンダンの戦場で考えられるはずもない状況だ。どれだけの窮地に陥ろうとも、こんな空気の変化はいままでなかった。ましてやいまは天剣授受者たちが総勢で立ち向かっている。

　それなのに、この空気。

　なにか、どこかに変化が訪れた。

　それを確認すべきだとは思う。状況の変化がなにをもたらしたのか、悪い方向であろうという予感がある。

　だが、それは許されない。

　デルクが、刃を振りかざして向かってくる。

　それを受け止める。衝撃波が生物弾を駆逐する様は、すでに何度目か、数えることもできない。

　父にこの異変を告げるべきか？　考えたのは一瞬。鍔迫り合いの表情を見る限り、それは無駄なことだと感じた。

　すでに気付いている。

だが、父はレイフォンとの戦いを優先したのだ。

こうと決めた目的をなにがなんでも遂行しようとする。その、なんとも御しがたい頑固さはデルクから始まり、そしてレイフォンにもリーリンにも、他の兄弟たちにも伝わっているに違いない。

だからこそ、デルクの表情を見て、説得は無駄だと諦めるしかなかった。

そしてだからこそ、未来に定めるべきもののなくなった自分は、こんなにも虚ろに、状況に流されてしまうのだと、痛い気持ちになる。

ニーナを眩しいと感じるのは、当たり前なのだ。彼女は、たとえその方向性が違おうとも、レイフォンがかつて失ったものを胸に抱き、どれだけあがこうともそれに向かって進もうとしているのだから。

一歩間違えれば、失ったものをいまだに持っている彼女を憎みもしたかもしれない。そうはならなかったことに、レイフォンは感謝した。

刃は舞い続ける。衝撃波は刃光となって空を飾り、生物弾の崩壊が花を添える。全体としてはなにかが崩れていく中で、レイフォンとデルクの衝突は世界そのものを無視した美として完成されつつあった。

だがその美は、完成すれば壊れるしかない脆いものであると、レイフォンは予感してもいる。

刃を交わしながら、レイフォンは全身に満ちる剄の充足を感じてもいる。サヴァリスの時もそうだ、リンテンスに挑んだ時もそうだ。ある面で、レイフォンは自らを限界へと突き動かしてはいた。技量の限界、精神の限界。その中で剄は常にその時の限界へと高まっていく。サヴァリスの時は錬金鋼を破壊しない限界領域であり、リンテンスの時はそれを踏み越えた先にある、制御の外れた暴走へ向かう臨界値への挑戦だった。

そしていまは、純粋な剄の高みへの限界だ。

天剣がもたらす束縛からの開放感は、懐かしささえも感じさせる。この手に収まるものはたとえ半欠けの状態とはいえ、五年近い日々を共に戦場で過ごした戦友でもある。レイフォンの剄を受けて高まる躍動感は、主を取り戻した喜びに震える獣の咆哮のように感じられた。

対して、デルクの手に収まるもう片方のヴォルフシュテインもまた、新たな戦友を迎えて猛っている。

足場とした生物弾を踏みつぶして跳ぶ。何度目かさえわからない衝突。散り飛ぶ刃光。勢いのままに絡み合いながら吹っ飛び、その中で繰り広げられる火花散る斬撃の応酬。繰り返し、繰り返し、そして繰り返す。

お互いに消耗はない。疲労はない。戦闘への集中が、他のなにもかもを埒外に置き、高みを目指して鼓動を打つ勁脈が四肢を支配する。もはや思考は必要ない。体は幼い頃より叩き込まれ、無数の戦場の中で錬磨され、才能と試行錯誤の末に編み出された勁技と戦術と刀術をその場に応じて自動的に繰り出していく。

あまりにも自動的であるため、レイフォンは集中へと埋没していく意識の一方で思考する余裕もあった。

そのために周囲の変化も感じ取ることができた。戦いの終着点が近いことも感じられた。その結末まではまだわからないが。

そして、さらに余計なことも考える。

父を乗り越えて、それで、どうするのか？

決まっている。リーリンの元へ行くのだ。この戦場は混乱に向かっている。原因はわからないが、この空気はそうとしか判断できない。これを利用すれば、思った以上に簡単にリーリンに会えるかもしれない。

それで、会ってどうする？

決まっているはずだ。彼女の真意を確かめるのだ。本当にレイフォンがいらないのか、それともレイフォンのことを考えて遠ざけようとしたのか、それを確かめ、そして助けられるのならば助けたい。

そう決めて動いているはずなのに、いまもなお迷っている。

それが正しいのかと、迷っている。

なぜかと自問すれば……答えは簡単に出てきた。

（ああ……）

声にはならない。たとえなったとしても、弾け合う金属の音がそれを打ち消していたことだろう。

（僕はいまだに、失敗が怖いのだ）

この戦いに終わりが近づいている。勝敗の行方はいまだにわからないが、その予感がレイフォンの胸に迫り、圧力がひた隠しにしたはずの気持ちを押し上げる。

どれだけ覚悟を決めて、どれだけ突き進んでも、それが正しい結果へと導いてくれるわけではないことを知ってしまったからだ。どれほどの悪罵誹りにも耐えると誓っていたとしても、それによって心が軋み痛むのは変わらないのだと知っているからだ。

体の痛みには耐えられても心の痛みにはいまだ耐えられないと知ってしまったからだ。

戦いの最中で、父との余人の介入を許さない戦いの中にいるのだとしても、レイフォンはそれによって気持ちが暗い淵へと落ちていくのを否めなかった。

†

シェルターの中で、フェリもまた状況の変化を感じ取っていた。

「奇妙ですね」

思わず呟く。

変わらず、外へは念威が届かない。ニーナたちがグレンダンを囲む怪物を突き抜けたのを確認した後に、彼女に付けていた端子も力を失ってしまった。

レイフォンを追いかけたいが、その戦いのあまりの速度にフェリでさえも捕捉しきれない。なにより、降りしきる生物弾とそれを迎撃する剄の奔流が彼女の端子をかき乱してしまう。

外だけでなく、内でまでも情報収集がままならず、フェリは内心で苛立ちが募る。

場所は、シェルターの出入り口近くだ。奥に行けば、避難した都市民たちの集まる広場があるが、さすがにそこに居続ける度胸はなかった。都市民たちもシェルターを見回る都市警らしき者たちも、フェリの手にした錬金鋼を見れば声をかけてくることはない。ただ、なぜこんな場所で？　という訝しげな目をするだけだ。

なにかされることはないとわかっていても、よそ者という感覚がフェリになるべく人目に触れない場所を選ばせる。

　レイフォンを追えない以上、フェリにできることは全体の状況の把握だけだ。そして、それを行っていれば、いやでも現在の状況のおかしさを理解してしまう。
天剣たちはあいかわらず、フェリの持つ武芸者の常識を覆すような戦いを行っている。こんなことがツェルニで行われれば、おそらく一時間もかからずにツェルニから生者がいなくなるであろう攻撃だが、いまのところ天剣だけでなく、武芸者にも死傷者は出ていない。

　この異常な状況を、異常な攻勢を完璧に凌いでいる防御陣形に、かすかな揺らぎがある。
天剣一人一人の凄まじさは変わらない。だが、どこかで奇妙なずれが発生しているのだ。
原因がこれだとはっきり言えるものではない。だが、現象ははっきりとわかる。任された領域内で自分勝手に戦っているような天剣たちが見せる完璧な攻勢防御に変化はない。
だが、全体で見た時、それぞれの領域が接する部分でその揺らぎが現実の結果として、数字として算出できるものとなっている。

　防御をすり抜ける生物弾の数が、徐々にだが増加しているようなのだ。

　それは、限りなく百パーセントに近い数字が、九十八パーセントになったようなものでしかない。だが、敵が膨大な数である以上、その二パーセントに含まれる数字も、決して侮れるものではない。天剣授受者たちの作る半球の防御陣を第一陣とするなら、討ち漏らしを処分する第二陣の武芸者たちにかかる負担が増えつつある。

そして、その第二陣は、第一陣よりもはっきりと動揺を示している。内部に潜入した生物弾の処理に向かう動きに、的確さがなくなってきているのだ。

それは、天剣たちがいままでとは違う動きを見せたところから変化した。防御陣形を一時的に崩してまで行った一撃の後からゆっくりとだが、はっきりとわかる変化を見せたのだ。

「なにかがあったのでしょうが、これは……」

浮かんだ予測を、フェリは言葉にしないまま飲み込んだ。

本当にそうであれば、どうなるのか、それはこのグレンダンをよく知らないフェリにはなんとも言えない。だが、いまフェリがいるのは都市民が避難しているシェルターなのだ。間違って誰かが聞いてしまった場合、どんなことになるか……フェリは黙って首を振るにとどめた。

しかしそれなら……

「……やっぱり、……だよ」

考え事をしていて、フェリは人が近づいていることに気がつかなかった。情報収集を継続(ぞく)したまま、フェリは背中に刺(さ)さる視線に振り返る。

　そこにいたのは、一人の少年と、二人の少女だ。三人ともフェリよりも年下のようで、二人が同い年、一人がさらに下だろう。

　レイフォンと同じ孤児院(こじいん)で育った兄弟たちだ。彼に助けられ、フェリが誘導(ゆうどう)してこのシェルターに連れてきた。

　広場に行ったはずだけれど。

「……あ」

　フェリに気がつかれたと知って、少年、たしかトビエ、が気まずい顔をした。

「ほら、こんなことしてないで広場に戻(もど)ろう」

　同い年の少女、ラニエッタもまた焦(あせ)った顔でトビエの裾(すそ)を引っ張(ぱ)る。

「えー、気になる」

　最年少のアンリが無邪気(むじゃき)な顔で言うと、腰(こし)の引けた二人を置いてフェリの前に駆(か)けだしてきた。

「…………」

「えへへ」

　フェリはどうしていいのか、無言で少女を見た。

「ねぇ、お姉ちゃんはツェルニの人なんだよね」

「え、ええ」

なにが始まるのかと、フェリは戸惑いつつ答える。だが表情としてはきっと表れていないことだろう。

アンリは幼さ特有の蕩けるような笑顔を向け、そして爆弾を投げ込んできた。

「ねぇ、レイフォン兄のコイビトなの？」

「なっ！」

「だって、トビー兄が、『やべぇ、あんな美人が側にいたんじゃ、リーリン姉、勝ち目なし』って」

「うぉい！　おれのせいにすんなよ！」

「えー、だって、ほんとに言ったもん」

「うっ……言ったけど、言ったけどよ」

「どうなの？」

無邪気に訊ねてくる少女に、フェリは絶句したままだ。

「そうですね……」

「そうなの⁉」

アンリの顔が複雑な感情を秘めて爆発した。期待と不安と艶聞への興味が混ざり合った顔だ。だが、他の二人はこの子ほど三位を一体化させていない。トビエは期待を、ラニエッタは不安の色を強くした。

だが、違う。そうじゃない。いまの『そうですね』は肯定の意味ではないのだ。会話を始めるための、前置きの『そうですね』なのだ。

「ねぇねぇ、レイフォン兄ってどうなの？　コイビトとしてどうなの？　デートとかするの？　もうキスした？」

「あの、いえ……」

誤解を解かなければと思う。思うのだが、アンリの艶聞を期待するまなざしにフェリは二の句が継げない。

「その……」

だからこれは、フェリにとっては救いだった。

（楽しそうなところお邪魔して申し訳ないのですけど）

いきなりの声に全員の視線がそちらに向いた。

そこに浮いているのは、蝶型の端子、フェリにも覚えのあるものだ。

「あ、デルボネ様だ」

アンリが明るい声を上げた。

（お嬢さん、こんにちは）

「こんにちは」

（楽しくしているところをごめんなさいね。ちょっとこのお姉さんをお借りしてもよろしいかしら）

「はい！」

（大変良いお返事です）

デルボネに賞められ、アンリはくすぐったそうに笑うとトビエたちのところに戻る。

（よろしければ、無音会話で行いたいのですけど）

（わかりました）

フェリはすぐに応じた。

念威繰者同士の、音声へと変換しない無音会話によって、頭の中に直接言葉が浮かび上がる。

（あまり時間がありませんので、端的に言わせていただきますが……）

（あなたが戦場から消えたことに関係あるのですか）

（ええそうです）

デルボネの念威から、称賛の微笑が伝わってきた。

(少し失敗をしましてね。おかげで弱っていた体にとどめを刺されてしまいました。保って後、二、三分というところでしょう。心臓はもう止まっています。思考能力もあとどれだけ保てるやら)

死が迫っているのに悠然とした態度は、フェリには想像できるものではない。

(……それで、そんな時になんの用でしょう?)

気持ちを落ち着け、話を先に進める。デルボネに残された時間が少ないのであれば、動揺や疑問に時間を割くべきではない。

(あなたにわたしのやり残したことをやっていただきたいのです。報酬も用意しています。あなたの前にあるその端子、その内部に一つの情報をいれてあります。それをあなたに)

(それは?)

(わたしのいままでの戦場での経験をデータ化したものです。データの移し替えはすぐにできますけれど、読み取り方法はあえて教えないでおきましょう。それができるようになれば、その中身を身につけることに苦労はないでしょうから)

(そんなことが)

(頼まれて、もらえますか?)

（わたし一人で、できると思いますか？）

（才能だけでいえば、あなたはおそらく、このグレンダンにいる全ての念威繰者よりも優れています。ですが、経験が足りません。その経験を補う者は別に……）

　そして、その人物の元にもデルボネの端子は届いていた。

（おばあさま）

　デルボネと同じくシェルター内の病院に移っているフェルマウスは、天井を背に淡く輝く念威端子の存在を自らの念威で探知した。

（考える時間をあげられませんでしたね）

　デルボネから伝わる情報は、ややすまなそうではあった。

（では、やはり……）

　フェルマウスもまた、フェリと同様に独自に端子を放って情報収集を行っていた。戦場で過ごし、傭兵団の情報支援を一手に担ってきたためだろう。荒れた状況でなにもしないということに耐えられなかったのだ。

（天剣そのものの正式な授受は陛下を介さねばなりませんが、剄紋の書き換えはこの場でもできます。わたしの死と同時にあなたに変更するように設定しました。あなたならば、その重晶錬金鋼（バーライトダイト）を使って遠隔起動もできるでしょう？）

（それは……しかし）

（もはやあなたに迷いを与えられる時ではないのです。申し訳ないですが。あなたのその包帯の下の姿。それを新しいあなたとし、三番目の娘婿の家名、フォーアをもって、あなたはグレンダンの念威繰者となり、そして、私の跡を継ぐ天剣授受者となるのです）

　包帯の下で、フェルマウスは顔をしかめた。シェルターに移る前に手術そのものは終わっている。皮膚の移植手術だ。汚染物質に侵されながら生き残ったこの体。その姿は見るも無惨なものとなっている。それらの、死を告げる物質から耐えきった皮膚を除去し、新しい皮膚を移植したのだ。

　かつて、脳と頸脈以外の全てを入れ替えて、脳死するその瞬間まで戦場に立ち続けた天剣授受者も存在する。彼を支え、そこから発展し続けたグレンダンの医療技術から考えれば、フェルマウスに施されたものはそれほど難しいものではない。

　ただ、いまはベッドから出ることはできない。

（……わたしの念威ではおばあさまのようにはできません）

（私のようにする必要はありません。あなたはあなたの能力を知り、その限界を知っている。あなたはあなたのやり方を確立すればいいのです。そしていまの状況に対しては、才能を一つ用意しました。あなたに足りないものを補ってくれるでしょう。そしてあなたは、その娘に足りないものを補ってあげればよいのです）

娘という言い方で、フェルマウスはすぐに一人の少女を思い出した。ツェルニにいた念威繰者。彼女がグレンダンにいることはすでに知っている。

おそらく、フェルマウスの説得と並行して、彼女と話しているのだろう。死を前にしてそんなことができる。その冷静さにフェルマウスは感服した。

（わかりました）

もはや、戻るべき傭兵団は存在しないのだ。

サリンバン教導傭兵団のフェルマウスもまた、その時に死んだのだ。

（ならば、いまここで新たな自分を受け入れるのもいいだろう。

（ならば今日この時より、わたしはエルスマウ・フォーアとして、あなたの跡を継がせていただきます）

（よろしくお願いします。エルスマウ・キュアンティス・フォーア）

デルボネは噛みしめるようにその名を伝えてきた。

そして、フェリもまた頷く。

（わかりました）

（たすかりました。では……）

デルボネの合図で、フェリは念威端子をデルボネの端子と接触させる。データの転送とはどういうものかと思ったが、それは驚くほどあっけなく終わった。

脳の片隅に、なにか小さな違和感のようなものがある。それがおそらく、デルボネのいうデータなのだろう。意識すれば、その存在をすぐに探知できる。そしてこうしている間にも、そのデータに感じた違和感は消えつつあった。

（頼みましたよ）

頭の中を走る言葉に雑音が混じっている。

無音会話によって繋がっているためか、フェリはデルボネの注意が彼女の背後に向けられていることに気付いた。

そこにはいまだあの三人が遠巻きにこちらを見ていた。振り返ったフェリにアンリが手を振ってくる。

（長い間、この都市を見守ってきました。喜び、哀しみ、怒り、楽しみ、迷い、葛藤、歓喜、祝福、幸運、不幸、挫折と再起。どこにでもあるもの、そしてどこにもないもの。この都市も、結局は普通の都市なのですよ。人が生きているという意味では）

アンリのような少女にまで彼女の端子が親しまれるほどに、デルボネは、常にこの都市を念威で見守り続けてきたのか。

(あなたがどう生きようとも、あなたがあなたであることには変わりがない。ですが、あなたがあなたであることに価値を見出せるかは、あなた次第)

(………)

(私は、良い人生でしたよ)

振り返るフェリの前で蝶型の念威端子は光を失い、その手の上へと落ちた。

†

走りながら、怪物をその目で見る。

グレンダンを巨大な腹に収めた多頭の怪物の姿を見る。

周囲に黒い霧を漂わせ、月に吠えるその姿を見る。飾るのは無数の落雷だ。

「半端ないな」

その異様を見て息を呑むシャーニッドになにも言えない。

ニーナもまた、そうだからだ。

だが、ここでじっとしているわけにもいかない。レイフォンとフェリを置いてまで、ツェルニに戻ってきたのだ。その無事を確かめ、そしてツェルニが動けるようになるまで、あの怪物からツェルニを護るために。

しかしいまのところ、怪物がツェルニを襲っている様子はない。

「まずは一安心だが……」

懸念が消えるわけではない。いまだツェルニは、こんな危機に直面しているというのに動いていないという事実がある。

会長のところに確認に行かなければならない。

そのために、ニーナは走っている。視線を怪物から振り切り、会長がいるであろうシェルターを目指す。あるいはこうやって走っていれば、ツェルニの念威繰者か武芸者が、彼女たちを見つけてくれるかもしれない。

その期待は、すぐに現実のものとなった。

(ニーナ！　無事だったか)

その声はヴァンゼのものだ。

「武芸長、いまどこに？」

ニーナの疑問に、代わりにその端子の念威繰者が位置を知らせてくれた。ここから近い。橋を渡り終えれば見えてくるに違いない。

（詳しい話はここで聞く）

「了解した」

　頷き、走ることに集中する。ツェルニの空は変わらず黒雲に覆われ、それでも陽の光がやや届くのか、曇り空の灰色で落ち着いている。

　すぐ側には、先日の老生体との戦いで折れた都市の足がある。自己再生は行われているが、いまだに有機層による再生だけだ。切断面から伸びた蔓のようなものは、まるで人間の血管や神経のようで、痛々しさを醸し出している。

　胸が痛くなる。

　ツェルニがこんな姿だというのに、自分は正体のわからないものの謎を追おうとしていたのだ。

「これ以上、ツェルニを痛い目に合わせるものか」

　呟き、ニーナは走る足に力を込めた。

　ヴァンゼのいる本陣は外縁部からやや後方に設置されていた。

　巨人たちに破壊された建築物の修繕が終わるはずもない。倒壊した建物の残骸を壁としてヴァンゼや他の武芸者たちはいた。

「現状、向こうからなにかをしてきてはいない」

ヴァンゼはニーナの疑問にすぐ答えた。

「内部への念威端子による侵入はなんどか試みたが、全て失敗だ。探査可能範囲内からは侵入経路を見つけることはできなかった。隙間なく覆っているというわけだ」

大柄な彼の口調には、微量の自棄が混入されている。だが、それもしかたがない。先日の巨人の軍隊も常識外だが、今回のことはさらに並外れている。むしろ、彼が指揮を放棄せずに、冷静に防御陣形を作り上げていることを称賛すべきだろう。

そして、逃げ出さずにこの場にいる武芸者たちにも。

「ゴルネオたちはこうなる前に戻ってきたので、詳しいことをわかっている者はいない」

「ゴルネオたちが中へ？」

知らなかった。だが、グレンダンは彼にとっての故郷でもある。なにか、考えがあって潜入していたのかもしれない。

「ああ。二人ともひどく消耗していた。お前たちは中にいたのだろう？　状況はどうなっている？」

ニーナは、グレンダン内部で見聞きしたことを告げた。

最初から、ヴァンゼやこの場にいる武芸者や念威繰者の顔色が良いとは言えない。それが、ニーナの話を聞いてはっきりと悪くなった。

「……もはや付いていけんな」

ヴァンゼが頭痛を堪えるように額を押さえる。

「だが、この状況でなにかをしなければいけない」

「わかっているさ。グレンダン内部でのような状況をこちらでやられれば、為す術などないぞ?」

その通りであり、そしてニーナにも良い策があるわけではない。ニーナにあるのは、たとえ一人でもこのツェルニを護るために戦う意思だけであり、その意思は決して、有効的な作戦を思いつかせてはくれなかった。

「願わくば、グレンダンの連中があの怪物を倒してくれればいいのだがな」

そうでなければツェルニは終わるだろう。そういう、口にしないだけの言葉がこの場に満ちている。

そして、有効な手段を思いつけない以上、ニーナも無責任に精神論を唱えることができなかった。

気持ちで負けるな。

言うのは簡単だ。ほんの少し前までの自分は、その簡単さにしがみついていた。強くなる努力を惜しんだことはないが、その単純な言葉にしがみつき、鍛錬以外の部分でなにかを怠ってきたような気がする。

だが、やることは変わらない。

どんな絶望的な状況であろうと、自分の意思に従って戦うことだけは止めはしない。

どれだけ強くなろうと、やることは結局、あの幼生体の群と戦った時と同じなのだ。レイフォンがいなければ勝ち目がなかったかもしれないあの戦いは、もしかしたら多大な被害の上に勝利を勝ち取れていたかもしれない。しかし、レイフォンがいたからこそ死者を出すことなく勝つことができた。

あの時のレイフォンに、ニーナはなることができるのか？

己に問いかける。廃貴族の力はどこまでこの怪物に通用するのか？

そのレイフォンは、いまどうしているのだろう？

孤児院に向かったところで別れてからは、フェリは彼に関してはなにも伝えてこなかった。レイフォンが簡単に死ぬとは思えないが、しかし彼とて敗れるのだという現実をつい先日に見たばかりでもある。

そしていまは、フェリからの連絡も途絶えている。

ツェルニを護らなければならない。そして、レイフォンもフェリも、無事にツェルニに戻さなければならない。

リーリンは……

情報の交換が終われば、ニーナはすぐに解放された。作戦会議をしようにも、ニーナのもたらした情報は怪物の恐ろしさを痛感させただけに過ぎなかったのだ。

瓦礫の上に腰掛けて、ニーナはグレンダンを見る。この怪物に勝つ、なにか良い方法はないだろうかと考える。だが、考えがまとまるはずも、そのとっかかりがみつかるわけもなく、無為な時間に変化していく。

その中で浮かぶのは、レイフォンとフェリを救わねばという焦りと、そしてリーリンなのだ。

リーリンがもしも望まぬ形でグレンダンにいるというのであれば、救い出さなければならないとも思う。

だが、その役目は自分ではない気もするのだ。彼女は友達だが、レイフォンのためにツェルニにやってきた。だから救い出すのならばレイフォンでなければならない。なにもかもを自分で……というのは不可能だ。ならばニーナは、大前提であるツェルニを護ることを優先するべきだろう。

たとえ、眼前にあるのが世界を賭けた戦いだとしても、自分にできることはそれだけなのだ。

「だが……」

手にある念威端子を握りしめ、ニーナは怪物を見上げる。

（ニーナ・アントーク）

念威端子からの声に、ニーナは我に返った。

声はヴァンゼではない。

「会長？」

声はカリアンのものだ。

「……すいません、フェリは」

（おおよそはヴァンゼから聞いたよ。いまはそのことは良い。悪いが、機関部まで来てくれないかな）

「え？」

フェリのことかと思ったが、彼がこんな時に私事を優先するような人間ではないことを思い出した。

そして、機関部に来いという言葉。

「なにかあったのですか？」

ツェルニに、グレンダンのあの夢と判断の付かない状況の中で初めて声を聞いた電子精霊に、なにかあったのだろうか？

（とにかく、来てくれ）

それだけを言うと、念威端子が離れていく。

この場から離れがたい気持ちもあったが、ニーナは行くしかなかった。シャーニッドは怪我から復帰したダルシェナやナルキとともにいる。声をかけ、ニーナは一人で向かった。

武芸者の足で行けばそれほど時間がかかるものではない。ニーナは機関部へと入ると、そこは修理を行う生徒たちでいつも以上に熱気がこもっていた。

「来たね」

機関部清掃の時に使う更衣室などがある休憩所で、カリアンに出迎えられた。彼の顔にも汗がびっしりと浮かび、妹と同じ銀色の髪が張り付いている。作業する生徒たちと共に、修理を見守っていたのだろう。

汗以上に、その顔色が悪い。

「どうかしたのですか？」

「いや……」

いますぐにでも貧血で倒れてしまいそうな顔だ。この熱気、それにそれほど体力に自信があるようには見えない体だ。普段から忙しそうなのに、緊急事態が連続した。彼の気力と体力が限界となっていたとしてもおかしくはない。

「少し休まれた方が」

「いや、ここを乗り切れば全て終わるはずだ。倒れるわけにはいかないよ」

「しかし……」

「私のことよりも、君のことだ」

呼ばれた理由はまだ聞いていない。だが、ここに呼ばれたことには、なにか普通ではない理由があるように思えた。

「ツェルニに、なにが？」

「私との会話の後、機関部に戻った」

「え？」

ツェルニとの会話？

「なにを……」

「それも含めた話になるだろう。行きたまえ」

カリアンの青ざめた顔色は、あるいは疲れのせいではないのか？

しかし、カリアンがツェルニに、なにを聞いたというのだろうか？

疑問ばかりが募っていく中でニーナは機関部中枢を目指す。以前、メルニスクによってツェルニが暴走した時もそこに行った。ディックによって狼面衆の存在を知ったのはそれよりも前のことだが、あるいはニーナが都市を越えた世界の異変にわずかでも触れるようになったのは、あの時からなのかもしれない。

過酷な運命を選んだ三つの子。

シュナイバルはそう言った。オリジナルを除いた全ての電子精霊の母である彼女が『子』と呼ぶのは、やはり電子精霊だけだろう。

そして、あの場にいた電子精霊はグレンダン、メルニスク、そしてツェルニ。

彼女もまた辛い運命にあるというのだろうか？　学園都市なのに。若者たちを育てる都市であるはずなのに。

いや、そうだ。

ニルフィリア。電子精霊のオリジナル、サヤと同じ姿をした、禍々しくも美しい少女。彼女はツェルニにいたのだ。それと関係しているのかもしれない。

そこまで考えた時、ニーナの足は止まった。目的の場所に着いたのだ。

目の前に、巨大な宝石がある。原石のように端々に岩の欠片が張り付き、さらに巨大な機器とパイプによって繋げられている。

これが、電子精霊の住処、収まるべき場所、自律型移動都市の魂の座。

その、なんともいえない色合いの宝石の中に、ツェルニはいた。

「……どうして？」

その姿を見た時、違和感なくそれを受け入れそうになった。ニーナにとってはその姿の方に馴染みがあるのは確かだし、急な変化への適応ができていなかったことも事実だ。

しかし、そう思ったのは一瞬だ。すぐに気づき、そして変化の理由を考えた。

「ツェルニ……」

宝石の中で微笑む電子精霊の姿は、あの、ファルニールとの接触後に成長したものではなく、それ以前の、ニーナと出会った時からそうだった童女の姿となっていたのだ。

「なぜだ？」

宝石の中で微笑むツェルニは、しかしなにも答えない。いつも通りだ。出会った時から、この電子精霊は言葉を使うことはなかった。だからいま、彼女がなにも言わないままであることに違和感はないはずだ。

だが、ニーナは声を聞いた。槍殻都市でその声を聞いた。

そしてカリアンもまた、ツェルニとなんらかの特殊な接触をしたような雰囲気があった。

それなのに、どうして答えてくれない？

（主よ、ツェルニはいま弱っている。無理を強いるものではない）

答えたのは、ニーナの内にいるメルニスクだ。

「弱っている？」

なぜ？

いや、それはしかたがない。都市の足が折れ、移動もままならぬ状況なのだ。目の前にいる電子精霊と、ニーナは個人的に接触をしすぎて勘違いしている。目の前にあるのは都市の意識なのだ。あくまでも意識であって、肉体ではない。電子精霊の肉体とは都市であり、そして電子精霊とは、人間でいえば魂にあたるものだろう。人間の魂はその実在が疑われるが、都市には魂がある。それが電子精霊なのだ。

肉体を、折れた足を修復するために、自律型移動都市はそのエネルギーを注いでいるに違いない。ならば、ツェルニが弱っていたとしてもおかしくはない。

（それだけではない。主よ）

メルニスクの堅苦しい言葉には否定が込められている。

「どういうことだ？」

（言われたではないか、あの黒い少女に、もはや後には退けぬ、と）

「だから……」

（それはこういうことなのだ。なにを代償にし、なにを踏み越えたのか、それを主は把握

しなければならない。そのために、呼ばれたのだ）

「だから……」

（優しき電子精霊よ。憎悪に狂いし我を受け入れ、危うく自滅の道に進むところだった。汝はまさにそういう存在だ。存在する限り、その自己犠牲の精神を貫くであろう。なんびとであろうとも、迷いし者であれば受け入れ、未来への道筋を求める者を招き寄せ、そして送り出す者よ。学園都市であることは、なによりも汝に相応しい）

メルニスクの言葉に、ツェルニは光を散らすような笑みを浮かべた。

だが、それは賞め言葉なのか？

受け取り方次第ではこうも聞こえるではないか。

他人のためにどこまでも身を尽くす、愚か者と。

「だから、なんなんだ！」

ニーナは叫んだ。

「ツェルニはなぜ弱っているんだ」

それは、いまの都市の状況がさせているのではないのか？

それ以外の理由があるのか？

どうして、ツェルニは童女の姿に戻っているのか？

ツェルニは表情を曇らせるのみでなにも語らない。

(ファルニールから得たエネルギー。あれは戦いの激しさを予測したファルニールが、ツェルニに譲渡したものだ。再生のために使えと)

ツェルニに代わって、メルニスクが声を響かせる。

(だが、ツェルニはそうしなかった。己の道を求めて進む者のために与えたのだ。その者が進むために、その代償として、自らの身が危険になろうとも)

「…………」

絶句して、言葉が出なかった。

己の道を求めて進む者。

代償。

黒い少女。

後には退けない。

ここまで言われてわからないほど、ニーナは鈍感になれなかった。

鈍感であれば良かったと、少しだが思った。それならば罪悪感に胸が潰されてしまいそうな、いまのこの気持ちを味わわなくても良かったのに。

だが、それはニーナが受けねばならない痛みだ。そうでなければ、あの時、ディックとの戦いでニーナは敗れ、記憶を失っていたに違いないのだから。なにもわからないままで、この場所で自分の不甲斐なさに苦しんでいたに違いない。

しかし、不甲斐なさで苦しむというのなら、それはいまでも同じだ。

「わたしのせいなのか？」

腰にある剣帯。そこにある二つの錬金鋼。戦いの時に破壊され、そしてなぜか、再生した時にはニーナの、廃貴族を使った力にも耐えられるようになっていた。

「ツェルニ、お前が……」

ファルニールに譲られた再生のためのエネルギーを使って、錬金鋼を、この双鉄鞭を作ってくれたのか。

ニーナのために。

自らの危険も顧みずに。

「いまの状況を作ったのは、わたしなのか……」

ニーナ一人のためにツェルニはいまだ脱出できず、ここにいる何万人もの生徒が死の危険と隣り合わせになっているのか。

「そんなこと……電子精霊のすることじゃない」

肩が震えるのが止まらない。怒りか、哀しみか。

自分一人のために、電子精霊が何万人もの人間よりも、たった一人の人間の危機を救うことを選ぶなんて、許されることじゃない。

「これを返せば、済むという話ではないんだな？」

(無理だ。物質化したものをエネルギーに還元することはできない)

「後戻りはできないんだな？」

(そう言われただろう？)

「そうか……」

もはや遅いのだ。やり直しはきかない。ツェルニは窮地にある。いまは、怪物の攻勢はグレンダンに集中している。だが、もしもグレンダンが敗北するようなことになれば、その破壊力はツェルニに注がれるだろう。

そんな窮地に追い込んだのが、自分なのだ。

(……ツェルニからの言葉だ)

メルニスクの言葉が怖かった。

見上げれば、宝石の中で微笑み続けるツェルニの姿がある。だが、その姿ははかない。自責の念は重苦しい。死を願う者はいない。あの時の自分は死ぬか生きるかだった。たとえ、記憶を失うだけだったとしても、歩んできた道筋を忘れてしまうということは、いまの自分がいないということだ。それはある意味で死んだということではないのだろうか。記憶を失えば失ったで、そこから進む道もあるかもしれない。しかし、ニーナはあの時、記憶を失いたくなかった。

いまの自分を殺したくはなかった。

(見つかった？　彼女はそう言っている)

『見つかった？』

なにをだ？

いや、違う。そうじゃない。

あの時、グレンダンで見た夢の中で、ニーナは当事者のように扱われながら、その場では決定権をなに一つ与えられなかった。ディックに巻き込まれ、メルニスクに勝手に取り憑かれ、流れるようにあの場所に辿りついた。

それなのに、ニーナにはなんの決定権もなかった。シュナイバルはメルニスクの気持ちばかり考えて、ニーナにはなにも訊ねなかった。

まるで、ニーナを道具かなにかのように扱ったと思っていた。

それに怒りを感じていた。

続くディックとの戦いで、またも自らの意思を無視された。ニーナには理解できない彼の論理で、不条理に記憶を奪われそうになった。

ただただ、怒りだ。

シュナイバルに、そしてディックに、ただ怒り続けていただけに過ぎない。

怒り続け、その中で記憶を失うことを、いまの自分を失うことを拒否してこのまま前に進むことを選んだ。

その怒りのために、ツェルニは危機に陥っているようなものだ。

『見つかった？』

自分の進むべき道は、見つかったのか？

ツェルニはそう問いかけているのだ。

「そんなの……」

わかるわけがない。

グレンダンにいる間は、ずっと心の奥に怒りが潜んでいた。それはいくら塗りつぶしても出てくる黒絵の具のようにニーナの心を摑んで離さなかった。世界に関わる謎に巻き込まれながら、それでいてその中枢には手を届かせない周りの態度に腹を立て、なんとしてでもそこに食らいついてやると思っていた。

だが、レイフォンたちと合流し、諭されてからはその怒りが少しずつ消えていった。完

全になくなったわけではないが、無視できるぐらいになったのは確かだ。

それなのにいままた、あの時の怒りのツケがこんなに巨大だったのだと見せつけられている。

どうすればいいかなんて、わかるはずがない。

「だが……一つだけ、決まっている」

申し訳ない気持ちでいっぱいだ。

知らないうちに背負ってしまった重圧に気付かされて、吐きそうでもある。

それでも、ニーナは前を向かなくてはならない。

背負ってしまったものを捨てて逃げるなんてことは、ニーナにはどうしてもできないからだ。

「お前は、わたしが守る。なにがあっても、どんなことがあっても。どんな戦いだろうと、そして、お前の不安を取り除く」

その答えがツェルニを満足させるものなのかわからない。だが、ニーナはこう決めるしかない。たとえあのままグレンダンに残っていたとしても、この真実を知ればニーナは身動きができなくなっていただろう。そしていまよりも後悔していたに違いない。

生きる目的なんてわからない。世界の謎は遠退くばかりになるだろう。それでも、ニーナは目の前のものを見捨てたりはできない。

たとえ行く先を見失うようなことになったとしても、ニーナにはそれしかできないだろう。

ツェルニは微笑んでいる。

その笑みは肯定なのかどうなのか。ただ、胸の中が少しだけ軽くなったのも事実だ。

ツェルニのために、いま、なにができる？

考え、そして行動する。それが正しいかはわからない。それでも行動する。

（隊長、聞こえていますか？）

フェリの声が聞こえたのは、外縁部に戻った時だった。

†

少し、時間は戻る。

デルボネがフェリと接触する少し前。

天剣たちは混乱の中にあった。

「おい、なにがどうなった？」

「作戦は？　弱点は見つかったのですか？」

「おいおい、刀自、冗談はよしてくれ」

「状況は？　誰か報告をしろ！」

苛立たしげな声が外縁部を席巻する。だが、誰もその声を誰かに届けることはしなかった。彼らの側に控えていた念威端子は沈黙し、力なく地面に落ちている。

念威繰者はいた。彼らの声を拾う者もいた。だが、念威繰者たちは、彼らの上官であるデルボネがまさか死んでいるなどと思っていなかった。いや、彼らにとってデルボネは血の繋がった親であり、祖母であり、そして信仰の対象でもあった。そんな人物が死んだなどという情報は、冷静に受け止め、分析すべき彼らにとってさえ受け入れがたいものであった。なにより、念威繰者を取り仕切る者たちの上位に、老女の血縁が多すぎた。情報のもたらす衝撃は、精神的、能力的支柱を失う驚愕と、敬愛する者を失う哀しみの二重苦となって多くの者に襲いかかった。

情報の断裂は天剣たちにも戸惑いを生む。彼らは担当する領域を自らの実力に対する誇りでもって守りながらも、領域の境界面というやや曖昧な場所からの取りこぼしが増え始めた。この状況で取りこぼしが増えるということは、都市内部を自由に動く敵が増えるということでもある。

彼らは、この世界上で最強の武芸者である。

だが、その本質は兵だ。

与えられた戦場、示された状況での戦い方は心得ている。しかし、全ての兵の動きを把握し、それを的確に、適切に配置し連動させる指揮官の資質はない。

指揮官の役目は、能力的にもデルボネが最適であり、彼女に一任されていた。

その彼女を失い、天剣たちが自らの役目に徹するだけではどうにもならなくなった。

フェリも感じていたように天剣たちの連係を支えていたデルボネの消失により、微妙なずれが起こる。ずれが生物弾の取りこぼしを発生させ、そしてその場所に的確に武芸者を送り込めない。

都市の侵入に成功した生物弾は孤児たちの前でそうしたように、足を出して虫の形態となると、さらに殻でできた上翅も開く。胴の柔らかい部分に生えた卵を吐き出し、その中から骸骨状の生物が現れる。その数は、一体につき、およそ二十〜三十。

つまり、十の生物弾が侵入すれば、最低でも二百の軍隊が生まれることになる。

百ならば、二千に。

千ならば、二万に。

骸骨の一体一体はグレンダンの武芸者からすればたいした敵ではない。だが、天剣たちの討ち漏らしが増え、さらに迎撃が後れるとなれば、彼らに群れる機会を与えてしまう。

巨大な虫に率いられる骸骨の兵たち。それらは武芸者の掃討を免れて徐々に数を増し、やがて千を越す集団がそこかしこに生まれた。

骸骨の兵団と化したそれらは、迎撃にやってくる武芸者たちを無視して目標に向かって直進する。

中枢へ。

グレンダンの王宮を彼らは目指す。

背後でそんなことが起きていることすら、彼ら外縁部にいる天剣たちは知らない。

都市内部から上空の生物弾を迎撃しているバーメリンやティグリスたちだけは、足下で起きていることを見ないわけにもいかなかった。

「こいつは、困ったのう」

ティグリスの顔色は冴えない。足場とした高層建築物の下を、骸骨兵たちは隊伍を組んで進んでいく。各所で合流したのだろうそれは、すでに千を越して万に近い数となっていた。

方々で武芸者が集団戦をしかけているが、万の数となれば分が悪い。まして、骸骨兵たちはそれらの妨害を、同胞が倒れていくのを無視して進んでいくのだ。足を止めさせる方法がなかった。

「一気に王を詰むつもりとはの。大胆な」

もちろん、女王の身など心配してもしかたがない。彼女は死ぬことがないだろう。だが、この怪物を倒すためにしていた集中は削がれることになる。この怪物を刺殺するために必要な、最小範囲最小量の剄でもってそれをなすために集中している。彼女ほどに巨大な剄を持てば、その制御に苦労させられる。それは天剣たちも同じだ。天剣でなければ使い切れないほどの膨大な量の剄が、天剣となるための最低条件である。彼女のそれは、そんな化け物じみた天剣たちを凌駕する。

そんな彼女が勝手気ままに本気を出せば、それだけで都市が致命的なダメージを負う。

「だが、こちらを後手に回しておけば向こうの勝ちでもあるがの」

そう。

天剣授受者、そして女王は確かに強い。その他の都市にいる武芸者たちが持っている常識を嘲笑えるほどに強い。

しかしそれは、彼らが人間であるという事実を否定するものではない。

この都市が破壊され、汚染物質を生身の体で浴び、汚染物質が混入した空気を一定量吸えば、それだけで死ぬのだ。

骸骨兵たちによって女王の集中を削ぎ、彼女が自棄になって暴れれば、それだけで都市も破壊される。防衛線を展開し、膠着状態の維持しかできていない天剣授受者たちには、この怪物を処分するための時間がない。

いや、あるかもしれない。

だがそれは危険な賭でもある。天剣たちが防御を捨てて怪物を、その再生力を超越する破壊力を持って全て殲滅し尽くすという作戦だ。

だが、それを為すまでにどれほどの時間がかかるのか。

そしてその間に、防御を放棄された都市にどれだけの被害が及ぶのか。

殺すか殺されるか。その危険な誘いに乗るには、天剣たちでさえも躊躇するほどに、非戦闘民が多すぎる。

だが、すぐ隣で、我慢の限界を迎えるものが現れた。

「あああああああああああ！」

バーメリンが、吠えた。

「ウザッ、超ウザッ！　死ね、弾け散って死ね！」

「ばかもの、よさんか！」

だが、すでに遅い。バーメリンは機関砲を投げ捨てると、再び天剣スワッティスを構え

直し、光条を放った。

いくつも、いくつも放つ。その度にグレンダンを覆う怪物の体表に穴が開き、外の様子をうかがうことができる。

「ええい！」

彼女が放棄した防御領域を再びティグリスがカバーするために動く。空ではレイフォンの戦いの余波が生物弾を駆逐しているが、それは散発的だ。完全にあてにできるものではない。

外力系衝剄の変化、迷霞・散華。

グレンダンの空を、ティグリスの矢が埋める。

それはバーメリンと二人で行っていた防衛線の維持を一人で成し遂げるという行為だ。ティグリスはそれをやり遂げていた。

少なくとも、数分間。暴走し続けるバーメリンの放つ光条が怪物に無数の穴を開け、埋まり、そしてまた開けるという作業を繰り返す間、維持し続けた。

しかしそれは、ティグリスに瞬間的に二倍の負荷を、しかもその負荷を継続的に与えるということである。現状を維持するだけであればまだまだ保つ自信のあったティグリスだが、二倍の負荷は想定していなかった。

精神が？

いや、肉体が、だ。

あるいはこれは、天剣授受者というものを集団として見た時に初めて現れる、致命的な弱点であったのかもしれない。

デルボネを失った瞬間に統率を欠いたように。

そして、完璧な防御陣を敷き続けるという点で、バーメリンはその攻撃性を押さえ込む精神力に欠け、ティグリスには老いによる限界があった。

「かはっ」

数度目の矢を放った時、それが訪れた。腰に近い辺りの背中、剄脈があるだろう位置で突如として走る激痛。それと連鎖するように内臓に痛みが走り、彼は血を吐いた。

「ジジイ!?」

「止めよ、これ以上バランスを崩すな」

それだけを言うのが精一杯であり、そして、次の瞬間、ティグリスはバーメリンを突き飛ばした。

「っ！」

上空の防衛線が崩壊したのだ。空から降り注ぐ生物弾が二人の頭上に襲いかかる。

そして、ティグリスにはそれをかわす余力はなかった。

「ジジイ！」

バーメリンが叫ぶ。叫びながら、新たな機関砲を復元し、生物弾のこれ以上の侵攻を防ぐ。

「ちっ！」

生物弾の質量と数の前に、周囲の建物は一瞬にして崩壊した。新たな足場を求めつつ、バーメリンは機関砲の掃射範囲で捕捉できない部分を動くことでカバーする。

「ジジイ！」

動きながら、バーメリンが叫ぶ。

どれだけ叫んでも、瓦礫の中からティグリスが這い出てくる様子はなかった。


その変化を、他の天剣たちが見逃すはずもない。

だが、彼らもまた動きようがなかった。自らの防衛の領域を、少し拡大するぐらいしかやれることはなかった。

バーメリンの暴走を責められる者はいない。彼女が自らの攻撃性にあと少しでも耐えていれば、他の、彼女と同じように苛立ちをもてあましている者が動いていたに違いないからだ。

「くそがっ！　これで二人か」

ルイメイが怒鳴る。彼だけでなく、他の者も、事ここに至ってはデルボネが失敗した上で死亡したと判断するしかなかった。

そして、ティグリスもまた死んだ。

自分の体にのしかかる負荷には、まだ耐えられる。この状態でのみならば、数日は保たせられる自信がある。しかし、この状況では討ち漏らしが発生している。それは数を増し、やがて後方の武芸者に対処できない数となるだろう。いや、すでにいまもそうなっている。

「こうなったら、もうやるしかないよ」

「だめだよ」

カウンティアの苛立ちを、リヴァースが押しとどめる。

「そんな危険な賭け、まだする時じゃない」

「でもさ。このままじゃ、結局やられるよ。みんな、死んじゃうよ」

「…………」

恋人の弱気な言葉に、リヴァースはヘルメットの中で歯を噛みしめる。

「耐えろ、耐えるのだ！　いまはそれしかない！　念威繰者！　いつまで呆けている！　デルボネ殿がおらぬのなら、貴様らが動かねばどうする！」

カルヴァーンが大声を張り上げる。

「ああ。まったく……やばいねこいつは」

トロイアットは冷笑的に唇を歪め、天を焦がす陽球の規模を広げる。

「念威繰者！　情報をよこしなさい！」

カナリスの舞いが悲痛の色を演出する。

「…………」

リンテンスは黙々と新しい煙草に火を点ける。

「なるほど、地獄だ」

紫煙を吐き出して呟くと、彼は火を点けたばかりの煙草を握りつぶし、一歩前に出ようとした。

（ああ、うるさいですね。あなたたちは）


その時、淡々と、しかし苛立ちに満ちた声がグレンダンを駆け巡った。

彼らは気付いた。力を失って地面に落ち、そして彼らの放つ技の衝撃でどこかに飛ばされてしまっていた念威端子が、輝きとともに天剣たちの元に戻ったことに。

デルボネの念威端子が、輝きを取り戻したのだ。

しかし、そこから発生した声は、彼らのよく知る老女のものではない。

『誰だ、お前？』

ルイメイが問う。

そしてその問いは、他の天剣授受者たちにも伝わる。念威による情報網が復活したのだ。

彼らが知っている念威繰者の誰にも、その声に該当しそうな者はいないという事実は変わりない。

その声はとても若い。若い者が珍しいわけではないが、しかし自分のものではない念威端子に自らの念威を乗せて使いこなせるほどの実力者であれば、彼らの目にとまっていてもおかしくはない。

(誰であろうと問題ではないでしょう。それよりも、いい年した大人が集まって、なにを無様にやっているんですか。自分の役目ぐらい黙ってこなしていればいいでしょう)

端子からの声は、淡々としていながらいっそ清々しいほどに天剣授受者たちの頰を言葉で打った。

『てめぇ……』

ルイメイが歯を剝いて唸る。

(すいません。失礼をいたしました)

次に聞こえてきた声もやや淡々としていたが、こちらは焦っている様子がはっきりと現れている。さきほどの少女ではない。もっと歳を重ねた女性の声だ。

(私はエルスマウ・フォーア。デルボネ様より天剣キュアンティスを継承した者です。正式な手続きはまだですが、戦時略式ということでこの場は了承していただきます)

慌ててはいたが、その場で必要な情報を過不足なく提示していく。

(現在の状況をまずお知らせします。グレンダン内部に侵入した敵性体は、都市内部で分裂し、その数はおよそ一万五千。これは王宮を目指して移動しています。防衛線はすでに張られていますが、破られるのは時間の問題でしょう。そして、天剣授受者デルボネ様、そしてティグリス様の死亡が確認されました）

二人の天剣授受者の死。

はっきりと言葉にされ、彼らの上に沈黙が舞い降りる。

（作戦を継続します）

沈黙を破ったのは、再び現れた少女の声だ。

（天剣授受者たちは現状を維持、一点が破れたところでそこを基点に外部から弱点を探査します）

『誰が穴を開けるのだ？』

問う声はカルヴァーンだ。

『いまの状況では現状維持が精一杯だ。今度隙を見せれば、またも都市部に増援を呼ぶことになる』

（不甲斐ないあなたたちの代わりは、もういます）

『なんだと？』

（ですから、あなたたちは存分に、あなたたちの役割だけを果たしていてください。子供ではないんですから、ぐずらないで言うことに従ってください）

『てめぇ、調子に乗るのも……』

ルイメイが怒りを爆発させようとする。

それを塗りつぶしたのは、笑い声だ。

『あはははははは！　サイコー。いや、すげぇ、あはははは！　そうだな、たしかにみっともねぇ』

トロイアットだ。

『トロイアット！』

カルヴァーンの叱責が飛ぶが、彼は知らぬ顔で笑い続けた。

『まさしくその通りだろう、旦那方？　いい大人がいつまでもぐずぐずしてるもんじゃないぜ？　子供に諭されるのがみっともないと思うなら、大人らしいところを見せてやろうや』

『む……』

『そうですよ。いまは、この人を信じましょう』

リヴァースの言葉にはトロイアット以上の重みがある。

『ちっ、しかたねぇ』

ルイメイが舌打ち混じりに頷いた。

他の者たちもリヴァースの言葉に従う形を見せる。

『おい、美味しいところかっさらうんじゃねぇよ』

『え？　あ、すいません』

『あんたなんかより、あたしのリヴァースはいい男なの、当たり前！』

カウンティアがうれしげに声を張り上げる。

『……ウザッ』

バーメリンが呟く。

（うるさい大人たち）

声はあくまでも淡々と、天剣たちの言葉を切って捨てた。


シェルターで、彼女は深いため息を吐いた。

フェリだ。

（彼らはグレンダン最高位の武芸者です。もっと敬意を）

（敬意で状況が改善されるならば、いくらでも）

エルスマウの苦言をフェリは冷たく突っぱねた。彼女がデルボネの跡を継いだ念威繰者であり、そして、サリンバン教導傭兵団の念威繰者であったフェルマウスだというのだから、驚きだ。女性であったということもそうだが、そんな偶然があるものかとも思う。

念威繰者としては、彼女の方が経験豊富だ。かつてはハイアに攫われた時、彼女の妨害
念威によってなにもできない状態にさせられた。思い出せば、腹立たしくもなる。

だが、いまはそんな驚きや怒りや悔しさは横に退けなければならない。

いまは、目の前にある難事に集中しなければ。

（しかし、あなたの作戦、うまくいくと思いますか？）

（あの人と同じやり方だけでは、同じ目にあって終わるだけです）

（それはそうですが……）

死の前に、デルボネはフェリとエルスマウが協力して事に当たるように言ってきた。そ
れはつまり、二人揃ってはじめてデルボネと同じこと、あるいはそれに近いことができる
と思われたということでもある。

（それとも、あの人がやろうとしたことを同じ条件下でやり遂げられる自信があります
か？）

エルスマウは沈黙する。

そんな自信はフェリにだってない。

しかし、それでもやらなければならないとなれば、成功の確率を上げるための下準備を

しなければならない。

　エルスマウが気にしているのはフェリが当てにしている者のことだろう。

（あなたたちが探していたモノです。少しは信用したらどうですか？）

（そうですね。それは信じるしかないでしょう）

（とにかく、さきほどの暴走で外に散逸してしまった端子の消息はつかめました。次の時にはあれらを掌握し、観測します）

（あなたの念威からの情報を私も精査します。これならば、穴が閉じた後でも見つけることが可能となるでしょう）

（向こうの弱点というものが動かなければ、の話ですが）

（ええ。どちらにしても時間との勝負です）

　すでに詰めていた作戦を確認し合う。エルスマウが傭兵団の情報支援を一人でこなしてきたように、フェリもまた他の念威繰者と共同で事に当たった経験は少ない。迫る大仕事に緊張は隠せない。

『おい』

　いきなり声をかけられ、フェリは驚きで肩が震えた。短い呼びかけに、無視できない圧力があった。

声は、リンテンスだ。

(なんでしょうか?)

『あの娘を出せ』

エルスマウを無下に追い払う様子に、フェリは気を落ち着けて声を通した。

(はい)

『アレに伝えろ、いつまでそこで遊んでいる、と』

(…………)

フェリは答えられない。もしかしたら、この男はフェリがツェルニの者であることに気付いているのかもしれない。

きっと、そうだろう。

そして、フェリはいまから、リンテンスの言う『アレ』と話をしなければならない。

この作戦の最大の難関のように、フェリには思えてしかたなかった。

†

状況は変化していく。崩壊の空気をたしかに感じた。それは一つのきっかけ……足下を蹂躙する剄弾の大河の乱れから、一気に加速するかと思えた。

「養父さん！」

レイフォンは呼びかける。父の覚悟を前にしては戦うしかないと思っていたレイフォンだが、この状況の急変には背中を押される危機感を覚えた。

「この下にいるのはリーリンだけじゃない！　トビーたちだって、他の兄妹たちだっているんだ！」

「言ったはずだ。欲するならその腕で道を切り開けと」

しかし父の言葉は変わらない。

なんとかしなければならないとレイフォンも感じていた。このままではだめだ、と。

（フォンフォン）

生物弾の狭間で駆け引きを演じていると、それが見えた。蝶型の端子だ。

「フェリ？」

その声に、まさかと思いつつも端子をつかみ取り、戦闘衣のポケットに押し込む。

「フェリ、どうして？　その端子は……？」

（デルボネさんは、亡くなられました）

「え？」

言葉の衝撃に、一瞬だけレイフォンに隙が生まれた。

その隙をデルクは逃さない。瞬時に距離を詰められ、鍔迫り合いとなる。驚きがさらに長引いていれば首が飛んでいたかもしれない。デルクの本気が首筋を冷たくする。

(現在の状況をお伝えします)

しかし、フェリはこの状況でも動じることなく言葉を紡いでいく。抗議をする余裕のないレイフォンは聞くしかなく、そしてデルクもまたフェリの伝える情報を聞くしかなかった。

デルボネの死、そこから始まる防衛線の一時的崩壊、侵入した敵戦力の王宮侵攻。それらを淡々と伝えるフェリの声には迫力があった。

(さて、このような状況下で、あなたたちはなにをしているんですか？　レイフォン、あなたの目的はこのご老人と戦うことですか？　そしてあなた。あなたはご自分の都市がこんな状況だというのに、なにをやっているのですか？)

「…………」

「…………」

鍔迫り合いに込められた力が緩むことはない。

だが、お互いに表情が苦くなることを隠しようもなかった。

(念威で拾ったあなた方の会話からして、あなたはレイフォンの育った孤児院の園長だぞ

うですね）

「…………」

（リーリンさんが自主的にこの都市に戻ったことはわかりました。その目的のためにあなたがレイフォンとリーリンさんが会うことを阻んでいることもわかりました）

「…………」

（しかしあなたは、娘の願いのために、もう一方の息子の気持ちをないがしろにするのですか？）

「…………」

デルクはあくまでも無言を貫く。レイフォンはじっと鍔迫り合いをしながらデルクが言葉を返すのを、あるいはフェリが次の言葉を紡ぐのを待った。

（……わかりました）

突然のフェリの退き様に、レイフォンは驚いた。だが、鍔迫り合いは続いている。デルクが力を抜かない以上、レイフォンもたとえ驚いたとしても力を抜くわけにはいかない。

（次で決めてください。そうしなければ、なにもかも間に合わなくなってみんな死にます。グレンダンだけではなく、ツェルニにいる人たちもです）

その瞬間、足場にしていた生物弾が剄弾に撃ち抜かれて飛散する。自然、鍔迫り合いが解かれて、レイフォンは跳躍した。

「フェリ？」

さきほどの会話。フェリはデルクを説得しているように見えた。それなのに、どうしてこうも簡単に退いたのか。

彼女がデルクを説得できるというのなら、そうしてもらいたかった。

（フォンフォン）

だが、レイフォンがそんな願いを抱いていたことを、フェリは見抜いていた。

（そんなことは無理に決まっています）

はっきりと断じられた。

「え？」

（無理だとわかっていたから、確認のために訊ねたのです）

「え？　え？」

こちらが困惑しているというのに、フェリはそれを教えてくれようとはしない。

（時間がないのはたしかです。時間をかければかけるほど、隊長にかかる負担が増えるということをお忘れなく）

「どういうことです？」

さらに、わからないことを言われた。

意味はわからない。だけど、自分の戦いが、周囲の状況が、自分だけの都合ではいかないようになっていることだけは、はっきりと教えてくれている。

だが……隊長に負担がかかる？

（そして、リンテンスという方からの伝言です。『いつまで遊んでいる』だそうです）

「っ！」

リンテンスの言葉は、レイフォンにさらに深く食い込んでくる。この場の戦いを、リンテンスが察知していないわけがない。

ならば、わかっているのか？

（いいですね。許されるのは後一撃です。これ以上の時間の浪費は許されません。……なにより、あちらの方はもうその気です）

それは、わかっている。

同じように生物弾を跳躍しながら、レイフォンと一定の距離を、そして同じ高さを維持しようとしている。

なにより、デルクの周囲で渦巻く剄の流れが一点に収束しているのがレイフォンにははっきりと見える。

なにをしようとしているのかも、わかってしまう。

望んでいるのは次なる一撃での決着。後のことなど考えていない、最大の剄での衝突。

それで、なにもかもを決しようとしている。

だけど……

（フォンフォン）

念威はレイフォンの表情を読んだのか、フェリの声は水を染みこませるようにゆっくりと紡がれた。

（あの人は、見たいのです）

「…………」

（あなたという息子を見たいのです）

デルクの剄は全ての準備を終えようとしている。その剄の流れは、この場に存在する、存在すると感じていた戦場美を完成へと押し上げる最後の一筆に相応しく、激しく、優美だ。

（あなたがどれだけ成長したのか、あなたの心がどれほどのものなのか）

デルクの体から放たれた剄は、まるで羽ばたく寸前の翼のような優美な線を空中に描きながら、手にある天剣へと収束していく。勁脈から発せられ、肉体を通し、そして武器へと流れ込む。ただそれだけの、武芸者にとってはごく自然な動きが、デルクの強固な意思(いし)力によって、ここまで眩(まばゆ)く、胸を打つほどの美しさを備(そな)える。

(あなたの覚悟(かくご)を、あなた自身を、あの人は見たいのです…………)

フェリの言葉は続く。

レイフォンの目はデルクから離せない。耳でフェリの言葉を聞きながら、デルクと同じように勁を高めながら、それを聞く。

デルクが、動く。

サイハーデン刀争術(とうそうじゅつ)、水鏡渡(みかがみわた)り。

(…………あなたは、そんな人に不誠実(ふせいじつ)なものしか見せられないのですか？)

デルクが、眼前に。

「あああああああああああああああああああああああああああああああああああああああっ!!」

叫(さけ)ぶ。

(そんなあなたは、嫌(きら)いです)

放つ。

同時。

サイハーデン刀争術、焔切り。

ぶつかり合う。

†

都市外戦用の装備を纏い、立つ。

ニーナは外に、ツェルニの外、グレンダンの外、怪物の上に着地した。

たとえ、フェリからの連絡がなくともそうするつもりだった。

無様な話だが、それぐらいしか自分にできることが思いつかなかったのだ。

（隊長に怪物に対して攻撃をしかけてもらいたいのです）

その思いに方向性を与えてくれたことに、ニーナは素直に感謝する。

ただ、詳しい説明はなかった。どうやら時間の限られた接触であったらしい。その後、端子はすぐに力を失って再びニーナの手に落ちた。

これでは、会長やヴァンゼには話が通ってはいないだろう。

だから、ニーナは独断で準備をした。内緒で装備室へと向かい、都市外戦の準備をする。

これは、他の武芸者たちが臨戦態勢にあるため、簡単に済ませることができた。

しかし、ニーナの行動を暴走と受け取り、ヴァンゼが状況の把握に困り、その結果、さらに他の武芸者が先走って攻撃をしかけるようなことにはなってもらいたくない。あの怪物は、いまのところグレンダンを攻めることに集中してツェルニへはなにもしかけてきていないが、こちらから攻撃をしかけてもその態度を通すかどうかはわからない。

だから、シャーニッドにはこのことを話し、ヴァンゼに伝えるよう頼んだ。

自分で伝えないのは、止められ、揉めるようなことになった時に困るからだ。

だから、シャーニッドにも必要なことだけを伝え、ここに来た。

無謀なことをしようとしているのは、わかっている。

天剣授受者が束になって戦い、それで拮抗状態となっているものに、ニーナ一人が加わったぐらいでなにが変わるというのか？

だが、なにもやることが思いつかないまま、なにも行動しないでは、なにも解決しない。

(徹底的に叩いてください。ですが無茶はしないようお願いします。死なれても、ツェルニに被害が及んでも、嫌な気持ちになるのはわたしたちですから)

はっきり言う。以前からそうだったが、最近はさらに容赦がなくなってきたように思う。それだけ打ち解けてきたということなのかもしれない。

エアフィルターに沿うようにしてある怪物の腹には、平らな部分はない。ブーツの爪先を食い込ませるようにして立つ。

手には双鉄鞭。ツェルニに託された、ニーナだけの武器。もはや、これ以上の武器はニーナには存在しないに違いない。

この武器に恥じない戦いを見せなくては。

「メルニスク!」

(我、汝が剣にして炎なり)

廃貴族が応える。

(いついかなる時でも、それはもはや、変わらぬ)

応えを聞きながらニーナは気合いを込め、剄を奔らせ、疾走する。

目指すのは腹の上にある十の頭部。その一つ。

活剄衝剄混合変化、雷迅。

蛇よりも雄々しく禍々しい頭部がこちらを見る。だがその時には、ニーナの世界は高速に没し、衝撃をその根本に叩きつける。

衝撃の突き抜ける手応え。怪物の悲鳴が天を突く。だが、生み出された破砕痕は腹に穴を開けた時よりも小さい。あの時のように体に痛みが走らないので、威力は小さかっただろう。だが、技の安定のなさが理由の全てではない。おそらくこの首は、腹よりも強靭に作られているに違いない。

根本を叩かれた首が怒りの目をこちらに向ける。他の九つの頭部が、それに反応してこちらを見たのは、全身に感じる圧力でわかった。

そのまま、牙で襲いかかってくるか。

違う。

「っ！」

嫌な予感に、ニーナはその場から高く飛び離れた。

轟雷が足下を駆け抜けたのは、跳んですぐだ。首たちが一斉に吠え、それと同時に天を覆う黒雲が雷を叩き落としたのだ。落ちたのは近くではない。だが、太い雷の柱は、獣の腹に落ちるやその表面を拡散して駆け抜けていった。

「雲もあれの一部か」

直撃は避けたというのに、体中に痺れが走る。ニーナは歯を食いしばってそれに耐えると、着地、再びしかける。

雷迅。

再生はすでに始まっていた。だが、その速度を超えてさらに深くえぐり取る。全体から見れば微細な差でしかない。これをニーナに当てはめれば足首に裂傷が入った程度か。

痛いはずだ。

だが、死に至る傷ではない。なにより、尋常ではない再生力の前ではその程度にすらなっていないかもしれない。

「くそっ」

再びの落雷を跳んで避ける。

「きりがない」

根本を叩くのではだめだ。ニーナは思考を切り替えた。

かく乱。おそらく、フェリがニーナに期待しているのはそれだろう。ニーナの攻撃に対して、この頭部がどんな反応を示すか、それを見たいに違いない。

莫大な質量。

強大な再生能力。

これらを前にすれば天剣授受者でさえも防戦一方となるのは、ニーナもその目で確かめている。

ならば確実に殺せる場所を、怪物にとっての急所を……そんなものがあるのならそれを探さなくてはならない。いま、ニーナがやっていることはそういうことのはずだ。

首の一つ、その根本を叩いても怪物は雷を落とすだけでそれ以上のことはしない。それもたしかに強力な攻撃ではあるし、当たれば間違いなく死ぬ。だが、あまりにタイミングが読みやすい上に、ニーナに直撃するわけではない上に近くに落ちるわけでもない。怪物の体表全体に散っているところから、おそらくは当たったとしてもそれほどのことにはならないのではないかとも思う。

「次だ」

またも同じ場所にしかけると見せかけて、ニーナはその長い首を駆け上がる。

頭部に辿(たど)り着くまでに、なんどもはね飛ばされそうになりながら、辿り着く。ニーナよりも巨大な目が間近に、そこに鉄鞭(てつべん)を叩き込む。

予想通り、鱗(うろこ)ほど硬(かた)くはない。全力の衝勁(しょうけい)をそこから放つ。この怪物が普通の生命体であるなら、たとえ頭部が無数にあったとしてもこれは痛打(つうだ)となるはずだ。

だが、そうはならない。怪物の反応はたしかに激しく、ニーナは暴れる首から振(ふ)り落とされたが、空中で体勢を整えている間に再生が開始されようとしている。

ここではない。

この首ではないということか？

「なら、次だ」

目的はニーナがこの怪物を倒(たお)すことではない。倒すことに執着(しゅうちゃく)していてはいつまでも終わらない。

着地し、追い打ちの雷撃（らいげき）を避（よ）けると、次の首を目指（めざ）して走る。

それを見ている者がいた。

「おもしろいことやってんな」

いちはやくツェルニに退避（たいひ）していたディックは、ニーナがやっていることを楽しそうに見守っていた。

「あら、手を貸（か）すの？」

隣（となり）に立つニルフィリアが意外そうに赤髪（せきはつ）の相方（あいかた）を見上げる。

「さっきまで倒そうとしていたのに」

「その気を失（う）せさせたのはお前じゃないか」

「そうだったかしら」

冗談（じょうだん）めかしてはいたが非難（ひなん）する口調のディックに、ニルフィリアは素知（そし）らぬ顔で笑いかける。

細まる眼差（まなざ）しにさえも淫靡（いんび）が宿（やど）っている。ディックは目をそらし、怪物に、それと戦うニーナに視線を戻（もど）した。

「蜂（はち）を追い払うのと同じだな。サイズが違いすぎる」

「あら、蜂によっては毒が怖いわよ」

「その通りだ」

ディックはその手にある、ニーナとはまた違う巨大な鉄鞭を肩に担いだ。

「ほんとに行くの？　こっちでやり合う気はなかったんじゃないかしら？」

「好機をただ待つだけってのは、やはり性に合わんよ。ここまで来てるんだしな」

「ご自由に。あなたが倒れても、わたしは一人で行くから」

「こっちでお前に期待することなんか、もうなんもねぇよ」

事実を叩きつけると、ニルフィリアは顔をしかめた。こちら側よりもあちら側が相応しい少女は時を経るごとに弱り続けている。

願いの叶う場所と、サヤがリーリンに語った場所。この世界を形作る壁の向こう、天上を飾る月がいる場所。

空に開いているだろう穴はいま、厚い雲に覆われてその姿を見ることができない。いや、いまは閉じているのだ。だからこそ、ディックもニルフィリアも、まだこの場所にいる。

「穴が開けば、あなたを置いても行くわよ」

「ご自由に、おれもおれのタイミングで行かせてもらう」

ディックの手から仮面が生まれる。火神と化したシャンテから廃貴族ヴェルゼンハイムを取り返し、宿し直したディックの仮面は青から赤に色彩が変じていた。

狼面衆たち、そしてその上位の存在が作り上げた火神、それに取り込まれ、そしていま火神という力を喰らい貪った廃貴族は、メルニスクに『極炎の餓狼』と呼ばれるに相応しい色を宿し、ディックの手から顔へと移る。

その力がディックを駆け抜け、呪いと復讐という負の二重螺旋を形作り、体内に満ち、体外へと吐き出される。

猛り狂う炎という形で。

首にまわる負の感触を愛おしく思いながら、ディックは飛び出す。その体は、もはや汚染物質を寄せ付けない。猛る炎が大気に混入する汚染物質を取り込み、炎へと変じさせるからだ。

ツェルニのエアフィルターから飛び出すや、その炎がさらに膨張する。

「……こんな空気の薄いところでこれなら、向こうでならばよほどのことになるでしょうね」

その様を眺め、ニルフィリアは唇に指を添えて笑った。

「イグナシス、己の作った炎で燃え死ぬことになるかしら？」

空を見上げる。視線の向こう、厚い雲に遮られた先にある月を想像し、ニルフィリアの笑みは凄惨さを滲み出した。

なにが起こったのかと思った。

三つ目の頭に鉄鞭を叩きつけた後でのことだ。倒すにまではいたれないが、相手が苦しむ箇所はわかってきた。頭に近ければ近いほど良い。目ももちろんそうだが、ここは壊れやすい上にすぐに再生されてしまう。人間にとっての目の機能をきちんと果たしているかどうかも怪しい。それよりも、震動によって打撃を奥深くに届けた方が長く苦しむ。この怪物の生存に関わる重要なものは、ニーナの一撃では届かない奥深い場所にあるに違いない。表面的な破壊よりも、震動による内部破壊を嫌がるのはこのためだろう。

ならば……と考えていたところで、それが起きたのだ。

現れたのは、巨大な炎だ。

ツェルニ側で突如として現れた炎は、その触手を近くにあった怪物の頭に伸ばす。炎に外皮が捲られ、鱗の弾ける連鎖音がここにまで聞こえてくる。

その上で、落雷にも似た激しい音が頭部を貫き、首は仰け反って自らの腹の上に力なく倒れた。

「なにが？」

ヘルメットの中で驚愕の声がくぐもる。感じたものは勁の波動と呼ぶにはあまりにも暴虐すぎた。グレンダンで感じた天剣たちの荒々しさとはまた質が違うように思える。それは勁によく似ていながら、また種類の違う別のものにしか思えない。

周囲の物質を喰らいながら肥大する原生動物のように炎の規模を広げていく様に、ニーナは怖気を感じた。

炎の波に乗り、あるいは中心で暴れ踊る姿を見た時、戦慄が決定的なものとなる。

ディックだ。

だが、それがディックだと、ニーナがほんのわずかに知るディクセリオ・マスケインだとはとても思えなかった。

最初に会った時は、シャーニッドに似た、どこか飄々とした雰囲気のある男だと思った。

次に会った時、つい先日だ。あの時には、これほど身勝手な男が他にいるのかと思った。

そして、いま。

ニーナの前で形のない炎という生き物を引き連れ、あの巨大な鉄鞭を振り回す姿は人のものではないように思えた。天剣授受者たちのような力の常識を食い破った者とはまた違う、人という生物の範疇を食い破っているように思えた。

あの炎はなんなのか？

ニーナにはわからない。シャンテの中にあった異常を知る者は都市警察を中心に錬金(れんきん)科にもいたが、ニーナは知らない。

彼女が火神という、狼面衆(ろうめんしゅう)の兵器であったことを知る者は、ツェルニにはいない。誰(だれ)にも知られぬまま密(ひそ)やかに、ツェルニという都市はこの世界の命運に深く食い込んでいたのだということを、ほとんどの者が知らない。

グレンダンに集(つど)う運命とは違うものがツェルニに結集し、そして形を為(な)したのだと、わかるはずもない。

ニーナはただ、その異形(いぎょう)に気を呑(の)まれ、呆然(ぼうぜん)とするしかない。

そんな彼女に落雷の余波(よは)が襲(おそ)いかかった。怪物の腹を駆(か)け抜ける雷撃(らいげき)が足を捕(と)らえ、ニーナは全身の勝手な動きに翻弄(ほんろう)され、その場に倒れた。円形の腹で転(ころ)げ、支(ささ)える者がないまま、ニーナは滑(すべ)り落ちるしかない。

「くっ」

寸前で鉄鞭を腹に食い込ませ、そこを支点に宙返りをして立て直す。全身を駆け巡(めぐ)った雷撃が、むしろ頭の中をすっきりとしてくれた。

「……かまっていられるか」

断じた。ディックが何者であろうと、いまのこの状況だけを見ればニーナの目的であるかく乱に一役買ってくれていることはたしかだ。

ならばいまは、そのままにしておけばいい。なにもかもを一度に手に入れるのは無理なのだ。この状況で世界の謎を追おうとすれば、ツェルニを見捨てることになりかねないように。

「わたしにできることをやる」

求められているのは、いま為したいのはそれだけだ。

鉄鞭を握り直し、ニーナは再び駆ける。

†

王宮の周辺が戦場となっている。

荒々しい音のぶつかり合いと異形の足音の群は、グレンダンで一番高いこの尖塔にも届いてきて、リーリンの体を揺らした。

胸に手を当て、尖塔の窓から下を覗きたい誘惑を堪える。アルシェイラも、そしてサヤもまるで彫像のようにその場から微動だにしていない。女王は目を閉じ、月夜色の少女は目を開いて立っている。

アルシェイラは来たるべき一撃のために集中している。

そして、サヤがなにをしているのかもリーリンにはわかっている。

グレンダンを守っているのだ。

都市を覆う怪物、ドゥリンダナの質量によって潰されないのは彼女の力があるからだ。危機を察知し、そして自らの定めた領域に何者の侵入も許さない。それがサヤの能力のはずだ。

だが、ドゥリンダナは強力だった。サヤの力を以てしても、その本体の侵攻をとどめるだけしかできず、吐き出される無数の生物弾を拒否することはできなかった。

荒々しくも整然とした足音は、王宮のすぐ側まで近づいてから、その歩調を緩めている。都市内を防衛している武芸者たちが善戦しているからなのだが、決して足を止めているわけではない。それは徐々に、確実に近づいてきている。

ああ……

リーリンはひっそりと胸の内で声を漏らした。

少しずつ、わかってきた。

窮地の気配が肌身に染みこむごとに理解が進んでいくのがわかる。それは生物的な防衛本能が自らの内側に存在する生存の可能性を求めて、なにもかもを暴き立てているからだ。

天剣が十二振り存在する意味。

そしてこの右目。

女王という存在。

全てを繋げることができる。だが、繋げた先になにがあるのかはわからない。推測することはできるが、そこには哀しさしかなかった。

肋骨。天剣は、月であり世界の守護者であり、そしてサヤの愛しい人であるアイレインの肋骨なのだ。人の形を定める骨の一部分、そして尖った危険な骨。それは人体にある秘められた危険性を示している。

女王。それはアイレインの中にあった力。リグザリオによって植え付けられ、そしてこの世界に散布された力の結集。

そして右目。彼が求め、護る者のために作り上げる世界を描く目。眠り姫の眠りを永遠とするための茨の苑を作り上げる魔眼。彼の意志によって生まれた力。

骨、力、意志。

アイレインの肉体は、その中に込められていたものは、その意識を除けば全てここに揃っているということになる。ならばそれらが本来の持ち主の意志に従ってこのグレンダンに集うのは当たり前のことなのだ。

サヤを守るためにこの場に集まることは、至極当然のできごとなのだ。

女王がこの地に生まれたことも。天剣授受者たちがこの地に集うことも。リーリンがいまこの瞬間にこの場にいることも。

だけど……

リーリンは首を振り、浮かんだ考えを振り払った。運命はそこにはない。彼はただ、巻き込まれただけだ。余韻に残った考えも苦々しく、リーリンは噛みつぶす。焼き払うように尖塔の窓を見た。

窓の向こう、空を見る。

バーメリンが暴走した時にはその姿を見せることはなかった。

だが、次、この次ならば、それは姿を現すかもしれない。怪物の腹を割き、雲を追い散らし、リーリンの前に姿を見せるかもしれない。

もう、わかってしまった。

その時こそ、リーリンの力が発揮されるのだ、と。

†

迫り来る骸骨兵。それらに対して、グレンダン武芸者たちは果敢に戦った。彼らが特筆的なのは個人としての技量が高いこともあるが、やはり集団剄技という独自の技を持つことだろう。

数十人の武芸者が一斉に衝剄を放つ。わずかな時間差を置いて放たれた衝剄は、そのわずかな差によって、生み出された破壊の嵐に方向性を持たせ、集団をかき乱していく。骸骨の軍団をあっけなく崩していく。

それでも、それは全体としては微細な被害でしかない。

「なんとしても、王宮への侵入を許すな！」

指揮官格の武芸者が叫ぶ。彼らは王宮を囲む塀や、周囲の建物の屋上に集い、一直線に王宮を目指す骸骨の兵団に攻撃を加えていく。

しかし、骸骨たちの足は止まらない。武芸者たちが与える被害を無視し、進もうとする。後方では天剣たちの討ち漏らしが増援として現れ、与えた被害以上の数が集結している。

骸骨たちの行動からシェルターへの危険はなしと判断して、都市中に散っていた武芸者の全てがこの場に集結している。

それでも、抑えきれない。

焦りは誰の胸の中にも宿っていた。

その中で、彼の声は良く通った。

「……やれやれ、こんな楽しい時にこんな場面しか残されていないとは、がっつけばいいというものではないね、まったく」

嘆息するような声は、王宮の正門前に立っていた。長い髪を後ろで一纏めにし、鍛えられた両腕では手甲が銀色に輝いている。

その拳が瞬時に動き、空を叩いた。

外力系衝剄の変化、剛昇弾。

放たれた剄弾が骸骨の集団を貫き、駆け抜けていく。強引に二つに引き裂いた中に、悠々と足を踏み入れていく姿に、それを見ていた武芸者たちが歓声を上げた。

「サヴァリス様！」

沸き上がる歓声を無視して、サヴァリスは進む。サヴァリスの一撃を前にしても、骸骨たちは気にした様子もなく前に進もうとする。

隊伍の乱れたものは他の武芸者に任せて、サヴァリスはただ前に進む。

その唇に皮肉めいた微笑が浮かんでいる。

首に巻かれた包帯が血で滲んでいた。

レイフォンに切り裂かれた首はリンテンスによって縫い繋げられ、その後病院で処置され、傷は塞がれている。だが、一度切られた動脈はまだ完全に繋がったわけではない。ただ一撃の剛昇弾の衝撃にさえも耐えきれず、傷口が開いた。

「楽しさの代償とはいえ」

傷口を撫でて呟く。

「リンテンスさんのようにもう少し禁欲的にやるべきですかね」

気楽な口調で指先に付いた血を擦り、技を放つ。

外力系衝剄の変化、剛力徹破・突。

首筋の傷が激しく血を噴き出す。

だが、突き出された拳から放たれた浸透打撃は骸骨たちに分散して衝撃を伝え、さながら牌倒しのごとく骸骨兵をなぎ倒す。

「ま、やれるだけやりますか」

自らの血で半身を汚しながら、サヴァリスは群れなす敵の中を進んでいく。

†

吠え声が大気を轟かせる。

剄のぶつかりは両者の咆哮に乗ってさらに遠くまで、都市を越え、怪物の体表を揺らめかせる。

サイハーデン刀争術、焔切り。

なる。

天剣によって放たれた抜き打ちの斬撃は、以前の結果を良しとせず牙を剝き出しにして食い合いを始める。剄の閃光が視界を焼き、目の前にいるはずのデルクさえもわからなくなる。

感じるのは、天剣を通した圧力だけだ。

腕に伝わるその感触に、全てが宿っている。拾われ、育てられ、裏切り、和解し、そしてぶつかり合う。それは戦う者としてこの世に生まれた時からある宿命なのかもしれない。刃を糧とし、汚染物質の荒れ狂う大地で雌雄を決する者たちの、より強き者たちが求められる場所を駆けなければならない者たちの、当然の過程なのかもしれない。

「うああああああああああああああああああっ!!」

頭の中を一瞬駆けた「しょうがない」という考えを全力で嚙み裂く。

たとえこれが強者の宿命だとしても、そんなもので片付けたくはない。

フェリの伝えてきた、リンテンスの『遊ぶな』という言葉が食い込んでくる。

全力を出していなかったわけではない。

ただ、殺したくなかった。だが父にこんな剄力があり、そして天剣を手にしている以上、勝敗の先には死しか見えなかった。そこに辿りつくのが恐ろしくてしかたがなかった。己の過去を本当の意味で断ち切り、台無しにする行為にしか思えなかった。

この戦いがリーリンの意志によって起きていると考えれば、間違っているのは自分ではないのかと不安になってくる。リーリンに会ってその意志を問いただす。そう決め、覚悟し、刃を交えているのだとしても、不安と恐れがなくなるわけではない。

覚悟や決心は、ただ来たるべき痛みに耐えるための準備でしかない。決して、痛みがなくなるわけではない。弟妹たちの憎悪の目を受けた時に、それはわかってしまっていた。ならば退けば良かったではないか？　心のどこかがそう言って嘲笑っている。だが、それもできなかった。確かめもせずにリーリンの意志に従うということを、なぜか、間違ったことだと思ってしまった。同時に、嫌な予感もあったのだ。デルクの言葉に黙って従えば、もうレイフォンにはリーリンやデルクだけでなくトビーたち兄妹も含めた、家族全てとの繋がりが完全に失われてしまうような、そんな気がしたのだ。

手の中をすり抜けていく流水のような感触を、恐れたのだ。

「あああああああああああああっ!!」

叫ぶ。

剄をどこまでも跳ね上げていく。

高まりや極限や限界などという言葉を無視して、どこまでも剄を発し、天剣に叩き込んでいく。両者の放つ剄は天剣を中心に爆発し、食い合った状態のまま、狭い場所を跳ねる硬球のように宙を当て所なく飛び交う。

跳ねる度にバランスを崩した勁の圧力が体を襲う。その痛みに耐え、勁を上昇させることで押し返す。

肉体的な痛みはどれだけでも耐えることができるのに、心の痛みは恐ろしい。それは矛盾していることなのだろうか？　わからない。だが恐ろしいのだ。これならば、なにもかもが断絶したままであればよかった。ツェルニに来る前の状態の方が良かった。

なぜ、取り戻し、そしてまたそれを失うような想いをしなくてはいけないのか。

「うああああああああああああっ!!」

叫ぶ。

目の奥が熱かった。だが、涙が出ていたとしても、それは放たれる勁の衝撃で即座に弾け飛んでしまっている。叫ぶことでしか己の心の有様を見せつけることはできなかった。

デルクに。

養父に。

父に。

家族に。

どうしてこうなってしまっているのかと、叩きつけるしかなかった。

「泣くな、馬鹿者が」

デルクがそう言った気がした。

一瞬、ほんの一瞬だが、閃光で白く塗りつぶされた視界の中でデルクが笑ったような気がした。

全てが気のせいなのかもしれない。頭の中はなにか言い知れぬものでいっぱいになっていた。目は光に焼かれていた。全てが幻想の中のありえない妄想でしかなかったのかもしれない。

白く煙る世界の中に朱が散った。色彩が突然戻ってくる。天剣の向こうでデルクの全身から血が噴き出しているのが見えた。

勁路だ。

瞬間的にレイフォンは理解した。急激に増加した勁に、神経や血管とともに全身に張り巡らされた勁路が、耐えきれなくなったのだ。

勁路が破裂し、噴出したエネルギーが肉体を痛めつけた。

時間が細切れになる。デルクの握る天剣から力が失われた。

待て、止めろ。

自分の体に訴えかける。もういい、勝負は決まった。これ以上動く必要はない。止めろ。

止めろ。止めろ。

だが、もはや自分でもどうにもならなかった。もはやこの状態で刃を動かしているのは肉体ではなかった。筋肉ではなかった。刃に込められた剄が、爆発し指向性を持ったエネルギーが勝手にやっていることだ。それはレイフォンの数瞬前の意志を反映し、突き進んでいる。現在のレイフォンの意志など、顧みることはない。

刃はデルクの握る天剣を押しのけ、レイフォンが考える理想的な軌道を描いて父の肉体に食い込んでいく。左の脇腹から右の肩にかけて駆け上がっていく様が、切っ先が肉に食い込み、音もなく割っていく様が、数瞬先の未来がレイフォンの脳裏に浮かんだ。

「あああああああああああああああああああああああああああああっ!!」

絶望が心に刻みつけられる。

だが、それが決定的になる前に奇跡が起こった。

絡み合う天剣が形を失い、溶け合ったのだ。一瞬にして基礎状態に戻った天剣はレイフォンの手に握られ、そして刃を失った技は余波だけを残して消滅する。

全身から血を噴き出しながら、デルクが落下していく。

「養父さん!」

意識を失っている様子のデルクに生物弾が降り注ぐ。レイフォンは衝剄の反動を利用して急降下。デルクを受け止める。そのままバーメリンの張る剄弾の大河をくぐり抜け、近くにあった建物の屋根に着地した。

「養父さん！」

呼びかける。だが、父からの答えはない。

（出血により気を失っています。生命反応に問題はありません。救護班は三分後に到着する予定です）

フェリの言葉を呆然と聞きながら、レイフォンは父の体を見た。左の脇腹に刻まれた刀傷を見ないわけにはいかない。自分がつけた傷を、あるいは殺したかもしれない傷を見ないわけにはいかない。

（レイフォン、こんな時に言うことではないかもしれませんが、お願いがあります）

「…………」

（天剣授受者たちは防戦の一方です。外では隊長が戦ってくれています。あなたにしかできないのです）

「……なにをすれば、いいんですか？」

（怪物に穴を開けてください。そして穴の維持を）

「わかりました」

父をその場に寝かし、レイフォンは跳んだ。

ここまで、ここまでしなければいけないのか。リーリンに会い、その意志を確かめるためにここまでしなければいけないのか。デルクを切り倒さなければ、そんなことをしなければならないのか。

リーリンに一体、なにが起きているのか？

確認しなければならない。

肉をはぎ取られたような痛みが胸の中に宿っている。どくどくと血が流れている。ここまでしなければ辿り着けないのか。これほどの痛みを負わなければ彼女の前に立てないのか。

リーリンは、それほどの覚悟をしているというのか。

それほどの覚悟が必要なことが、ここで起きているというのか。

都市を覆う異形。

これがそうだというのか？

それもこれも。

「お前が、いるからか！」

勁弾の大河をくぐり抜けながら、レイフォンは天剣を復元した。ヴォルフシュテインは

覚(おぼ)えのある剣の形を眼前に晒(さら)す。

握(にぎ)る天剣の感触(かんしょく)に、憎悪(ぞうお)しか感じられない。

ヴォルフシュテイン(おまえ)が現れたから、戦いがあんな結末になった。

逆手(さかて)に持ち、投擲(とうてき)の構(かま)え。怒(いか)りが剄を疾走(しっそう)させる。奔流(ほんりゅう)し、天剣に注(そそ)がれる。

共に消えてなくなれ。

「おおおおおおおおおおおおおおおおおおおおおおおおおおっ!!」

全身が剄の色に染(そ)まる。一個の光の塊(かたまり)となる。怒りが剄の色を変え、赤く灼熱(しゃくねつ)させる。

外力系衝剄(がいりきけいしょうけい)の変化、轟剣(ごうけん)。

怒りとともに投じる。天剣は赤い光弾(こうだん)となって怪物の表皮(ひょうひ)に食らいつき、爆発した。震動(しんどう)がグレンダン全体を揺(ゆ)さぶる。技(わざ)の余波(よは)が周囲にいた生物弾を消滅(しょうめつ)させる。

煙(けむり)を巻いて、荒々しく穿(うが)たれた穴が姿を現す。

煙の向こうで、巨大な月がレイフォンを覗(のぞ)き込んでいた。

グレンダンを飲み込んだ腹が震(ふる)えている。その震えが収(おさ)まるよりも早く、再生が始まろうとしている。

落下しながら、レイフォンの手は剣帯(けんたい)に伸びる。複合錬金鋼(アダマンダイト)を手に取る。専用の錬金鋼(ダイト)をスリットに差し込み、望んだ変化を起こさせる。

鋼糸。

握りしめる柄の先から数百の鋼糸が放たれ、再生を始めた傷口を削ぎ落とす。剄を流し、焼き付ける。怒りを怒りのままに解き放ち、剄は荒々しく怪物を切り裂き、焼き払い、喰らい尽くしにかかる。

怒りのために剄の制御が甘い。複合錬金鋼の許容量は青石錬金鋼よりも高いが、それでも鋼糸が赤熱化し、空にレイフォンの放った鋼糸の線をはっきりと赤く示した。

危険な予感はすぐに訪れた。レイフォンは最後に全力の剄を叩きつけ、複合錬金鋼の柄を投げつける。

再びの爆発で、穴を埋めようとする怪物の肉を焼き払う。素早く青石錬金鋼を取り出し、復元、鋼糸を放つ。

だが、注げる剄の量はさらに減った。フェリはどれだけの時間を稼げばいいのか言わなかった。いや、それは聞かない方が良かったのかもしれない。一分と言われていれば、残り十秒で気が緩むかもしれない。

それになにかをしていなければ気が狂いそうだった。

しかし、青石錬金鋼で使える剄の量では、怪物の再生力を相殺させるのには限度がある。

穴というよりも裂傷と呼ぶに相応しいそれは、そう簡単に塞がらないほどに巨大なものとなったが、やがてその荒々しさが失われ、丸みを帯び、萌芽するように増えていく肉を押し返せなくなってくる。

こうなったら……

剣帯の残った最後の錬金鋼。簡易型複合錬金鋼に手が伸びる。鋼糸を使って穴を通り抜け、エアフィルター外から切り裂き続ける。その方法を選ぶべきかもしれない。汚染物質に焼かれる恐怖は微塵もなかった。全ての感情を怒りが塗りつぶしていた。

だが、レイフォンの決断よりも早く、変化が訪れる。

†

リーリンは月を見た。

月もリーリンを見た。

来た。

そう思った。視界が再び月の見るものを映し、怪物を俯瞰する。その上で戦うニーナと炎を纏う謎の男の姿を映した。彼女たちが挑む、十の首を見下ろした。

廃貴族を連れたニーナと謎の男の戦いによって怪物は勢いを削がれている。だが、二人の攻撃でもその弱点を晒け出すにはいたっていない。ナノセルロイド、極小単位の活動体を統括する存在は、まだどこかに隠れている。ニーナや謎の男の実力が足りないのではない。相手の規模があまりにも大きすぎるためだ。

やるべきことが、ここにある。

リーリンは意識して月を見た。月の見るものをリーリンは見た。怪物全体を見る。

その視界が狭まろうとしている。

月とリーリンを繋ぐ穴が塞がろうとしているのだ。それはひどくゆっくりではあるが、せき止められた勢いは、なにかの拍子に瞬時に穴を埋めてしまいそうだった。穴の側ではレイフォンがまるで大量の糸につるされたような形で側にいた。レイフォンが穴を開け、それを維持しているのだ。

胸が痛い。レイフォンにこの場にいて欲しくないのに、最後の好機を、彼が作り上げてくれた。

無駄には、決して無駄にはできない。

月を見る。月の見るものを見る。

怪物を映し出し、右目に意識を注ぎ込む。そこにある力を使い、眠り姫を守る茨の苑を作り上げ、邪魔するあらゆるものの上に墓標を打ち立てる。

そのための力が……

†

フェリもまた、俯瞰していた。

レイフォンの開けた穴により念威を拡散、周囲に散逸していたデルボネの端子を繋げ、再起動させる。

最後の大仕事。これを逃せば、本当に逆転の機会は失われるかもしれない。胃が痛くなるのを堪えながら、素早く現状を確認する。

ニーナが戦っている。そして、炎を連れた謎の男が戦っている。正体を確かめることを瞬時に放棄し、二人の織りなす戦いによって起こる、怪物の組織の動きに集中する。

もはや単位をあげることがばかばかしいほどの数が、怪物の表皮の下で蠢いている。それらの動きは、複雑な気流のように難解で、それを分解し、一つ一つを追い、その根源に辿り着くことは困難のように思われた。

（くっ……）

（これは、時間がかかりますね）

エルスマウが絶望的に呻く。

だが、その時間がないのだ。フェリは唇を噛みしめ、膨大な数の流れを詳細に高速に分析していく。思考が熱を帯び、意識が飛んでしまいそうになるのを唇の痛みで堪える。唇が裂け、血の筋があごを伝う。

穴はどんどん狭まっていく。レイフォンにも限界が訪れている。

早くしなければ、早く、早く、早く。

だが、そんなフェリの思いを嘲笑うかのように流れは膨大で、変幻で、徒労だけが虚しく積み上がっていく。焦りが胸に詰まり、息が苦しくなる。立っているのさえ辛くなる。

(なにか……なにか大きな変化が)

エルスマウもまた、溺れるように喘いでいた。

もう一手。たった一手でいいのだ。敵の急所を突かなくてもいい。敵に急所を守らなくてはと強く意識させるような一手があれば……

想像していたのは、天剣たちによる一斉の攻撃だ。いまならばそれは可能かもしれない。次の一撃で決めることを考えれば、それは必要な賭けだと思えた。

一手は、そんなフェリとエルスマウの予想を裏切り、しかし期待に応えた。

空気がざわりと震えた。

刹那、まるで重力が失われたかと思うほどに空気が変質した。その変質には意志が込められていた。悲痛な叫びがその中に込められ、フェリの、エルスマウの、そして怪物の上で戦うニーナの、ディックの、レイフォンの体を強く打ち据えた。


(なにが?)

フェリの呟きはレイフォンを除くそれを感じた者、全ての疑問だった。


「……リーリン?」

レイフォンだけが、空気に込められた叫びに彼女の匂いを感じた。痛みを堪えて空に訴えかけるような痛切な響きが胸の中に染みこんでくる。


変化はレイフォンの開けた穴を中心に起きた。

レイフォンの穿った穴、その縁が沸騰した湯のように泡立ち、そして違うものに形を変えたのだ。それは怪物のどす黒い体表と比べれば、際だつほどに白く、そして吸い込むような黒を抱えていた。

眼球だ。

肉の生々しさを廃し、無機物のように硬くつるりとした球体が穴の縁をびっしりと覆い再生を食い止める様は、怖気を催す。

それが増殖していく。

怪物の細胞を眼球へと変化させていく。

それは穴の外へと続いていき、レイフォンの視界からはそれを見ることができない。

ただ、無数の眼球がレイフォンを見つめている。その一つ一つが、リーリンのように思えた。

なぜか、レイフォンはそう感じた自分の感覚を疑うことも否定することもできなかった。

ニーナもその変化を見た。怪物の頭部の一つに鉄鞭を叩きつけたところでそれを見た。

「なん……だ？」

それは、腹の表面を描き換えるようにして増殖していく。

自らの腹に落下した首の上に立っていると、そのすぐ側にまでそれはやってきた。そこでニーナは怪物を浸蝕しているものの正体が眼球であることに気付いた。

眼球はニーナの打ち倒した頭部へといたる。

Griaaaaaaaaaaaaaaaaaaaaaa!!

突然の咆哮。そして狂奔。暴れ出す頭部からニーナは吹き飛ばされるようにして退避した。ニーナにどれだけ打ち据えられても、ディックの炎に焼かれても、ここまでのたうつ様を見せることはなかったというのに、怪物はいま、群がる肉食魚を追い払うかのように暴れ、落雷を雨のごとく降らせた。

だが、眼球は迸るエネルギーの奔流にも、大質量の払い落としさえも意に介した様子もなく、増殖を続ける。

「くっ」

金剛剄を張り、それでも体に走る痛みから耐える。怪物の暴れ様は常軌を逸し、もはやニーナにはできることがなにもないように思えた。

一時退避。その言葉が頭に浮き、ツェルニへの退路を考える。

Ugiriaaruuuuuuuuuuuuuuuuuuuu!!

怪物が十の頭を天へ向け、吠え猛る。雲は切れ切れとなり、そこから月が覗いていた。時間的には陽の昇っている時間だというのに、事実、雲の切れ間からは陽光が注ぎ込まれているというのに、月はそれらのものを無視して、冴え冴えと存在を誇示している。

その真横に穴が生まれた。なにもない空を穿ち、黒々とした穴が、七色の光彩を散らしながら姿を現した。

十の頭部は、そこからなにかを求めるように、より高く吠える。残っている黒雲が雷を降らせ、怪物を飾る。

なにかが起ころうとしている。いままでとは違うなにかだ。ツェルニの空にも現れたあの黒穴は不吉なものを呼び出すに違いない。

どうにかしなければ。そう考え、ニーナは身構えながらなにも方策を見出せずにいた。

その時だ。

「それを、待っていた！」

叫んだのは、ディックだ。

怪物の周囲で燃え猛っていた炎が、ディックの叫びで動きを変える。空へと、宙に穿たれた穴に向けて、獲物を定めた獣のごとく飛びかかっていった。

穴の向こうからなにかが現れようとしていた。だがそれは、正体を判然とさせる前に炎によって覆い隠された。

ディックが炎の上を走るように、ニーナの頭上を越えていく。仮面を被ったその姿は、本物の獣のように見えた。

そしてその側を、ひっそりとした闇が付き従っている。闇の中に浮かんだ白い顔が、ニーナを見て笑った。

「ニルフィリア……」

ツェルニにいた夜色の少女は、炎の獣と化したディックに跨るようにして付き従い、共に穴へと駆け上がっていく。

炎によって埋め尽くされた穴の中へと飛び込んでいき、そして最後に見えたのは、炎も闇も全てを切り裂いて輝く、雷の牙、彼の鉄鞭だった。

音はなかった。ただ、無形の衝撃がニーナを襲い、求めるように空に伸ばされた怪物の頭部を打ち据え、腹の上へと叩き落とす。

そして、ディックとニルフィリアとともに、その穴は消滅した。

眼球の増殖はとどまることなく、怪物を塗り潰そうとする。

降りしきる落雷が念威端子を焼いた。デルボネの老体を死へと導いた衝撃に、フェリも膝を付く。

だが、見えた。

(見えましたね)

(見えました)

同じく苦しげなエルスマウと確認し合う。

増殖する眼球。そんな異常現象は、怪物内部にある統率機関への偽装をはぎ取った。流れの数は一気に激減し、それははっきりとわかるほどに明確な太さとなって、中心へ向けて流れ込み、そして中心から吐き出される。

流れの中央ははっきりとした。

そこしかない。

エルスマウがそれを女王に伝える。

フェリは、レイフォンとニーナに退避を伝えた。

アルシェイラがそれを知る。

「サヤ、リーリンを守って」

「わかりました」

サヤの返事を聞くか聞かぬか、寸余の時間を空けることなく目を開く。ただそれだけで空気が震え、眼前の壁が崩壊した。

視界の端ではかつてデルボネの端子であった物が映像を展開し、弱点の位置を詳細に知らせる。示す光点は巨大な怪物の内部を複雑に動き回りながら、しかしなんらかの妨害を受けているのか、動きが制限されている様子だ。

映像を視界の端に置いたまま、足を一歩踏み出す。床が、王宮全体が彼女のただそれだけの動作で軋んだ音を立て、都震が来たごとくに揺れる。

揺れは王宮にとどまらず、グレンダン全体に及ぶ。

ただ一歩。

彼女のただ一歩だ。

その気配は王宮正門で戦うサヴァリスだけでなく、都市上空を守るバーメリンだけでなく、外縁部を守る天剣授受者たちにも、穴の維持を放棄して落下するレイフォンにも、エアフィルター外でツェルニへと退避するニーナにも届いた。

誰もがその気配に決定的な動きを予感させた。現状をどちらかへと転がす一打となると確信した。

「グレンダン！」

アルシェイラの声。それによって尖塔の壁は崩壊し、屋根は吹き飛び、彼女の姿を槍殻都市の、戦場の空気に晒す。戦火が赤黒く空気を汚す、自らが統治する都市を眼下に晒す。しかし彼女はそれを見ない。決然と顎を上げ、空を見る。この現状を作り上げた元凶を睨み据える。

(応!)

応え、背後に長毛の四足獣が現れる。眠るサヤに代わってこの都市を動かし、汚染獣との絶えることのない戦いへと導く廃貴族がアルシェイラの背後に立つ。

彼女の手がグレンダンに伸びる。言葉は必要ない。ただそれだけの動作で、グレンダンはこの女性がなにを求めているのかを理解する。

(我が爪牙はお前の物、遣い潰せ)

その手に光が宿る。それは収束し、音もなく衝撃もなく爆発し、一個の塊を生み出した。

廃貴族の力がアルシェイラの手の上で結集し、物質を為す。

二本の先端が絡み合うようにして柄を織りなす、それは二叉の槍となった。

「無論」

アルシェイラも短く応える。吐き出された息さえも熱い。彼女の体内に内包されたエネルギーは、その瞬間まで閉じられたままで錬磨されてきた。いまはそれが解き放たれる寸前となり、彼女の一挙手一投足に反応してわずかに漏れる。それが破壊と熱を生む。周囲の空気は陽炎と揺らぎ、床や壁の残骸が赤く染まり、王宮が震える。サヤに守られていなければ、忘我の中にあるリーリンは全身に火傷を負い、吹き飛ばされ墜死していたかもしれない。

槍を握りしめる。彼女の内に蓄えられた剄がそれに呼応し、槍に注ぎ込まれる。電子精霊が身を削って作った武器には天剣に比する……すくなくとも通常の錬金鋼を扱えない者に満足を与える程度には剄の許容量があることは、ニーナの手にあるそれで実証されている。

女王の手はそれを握り、体を仰け反るように伸ばし、投擲の構えを取った。

注がれた剄によって、二叉の槍は見る者に形をわからなくさせるほどに輝く。

投げる。

白い軌跡を生んだ槍は、グレンダンの上空をやや斜めに走り、ある地点に到達した途端に角度を上げ、ほぼ真上に突き進む。

投擲の動作によって王宮のそこかしこに亀裂が生まれ、崩壊が始まる。床に亀裂が走り、

リーリンとサヤが吸い込まれる。アルシェイラの姿もまた、崩れ落ちる瓦礫の中に消えた。

その中で、槍はひどく静かに戦火の上を過ぎ、エアフィルターを越え、怪物の体表をするりと抜け、その先にあった十の首の一つを串刺しにしつつ、目的のものを貫く。

瞬間の静寂。それは次の瞬間に破られる。

グレンダン内部から見たままであれば、それは排水溝に水が流れ落ちていく様に似ていた。槍の貫いた小さな穴。それが突如として周囲の怪物の組織を巻き込んで渦を形成し、穴を拡大していく。

瞬く間にエアフィルターを覆う怪物の腹部が吸い込まれ、グレンダンの空を蒼く澄み渡らせる。

十の首もなく、黒い雲も姿を消した。

冴え冴えと存在を主張していた月も、澄み切った空の中では蜃気楼のように薄く、溶け込んでいる。

爆発も、轟音もなかった。全ては瞬間の内に崩壊し、消滅し、どこともしれぬ場所に消えていった。

全てが、この瞬間に終わりを告げた。

全てが制止し、あまりに急激な終わりに戸惑う中で、レイフォン一人がそれを見ることはなかった。

エピローグ

頭上を覆っていた瓦礫が取り除かれると、そこには青い空と、雨上がりのような空気があった。埃っぽかったけれど、空気に混じる雰囲気がそうだったのだ。

「…………」

言葉もなく、リーリンは空を見上げた。アルシェイラに手を引かれ、瓦礫から這い出す。こんな状況だというのに、服も体も驚くほどきれいだった。サヤが守ってくれたのだ。

そのサヤは、リーリンが瓦礫から這い出すと無言で手にあるものを差し出してきた。

眼帯だった。

「あ、ありがとう」

外した後でどうしたのか、まるで覚えていなかった。どこかで落としたのだろう。それを拾っていてくれたのか、あるいはまったく新しいものなのか、リーリンには区別が付かなかった。

眼帯。それはリーリンの右目が普通ではない証。

それを着けるということは、もう戻れないということ。

だから……

「もう、無理なんだよ、レイフォン」

瓦礫の向こうに立つレイフォンに、リーリンはそう囁きかけた。

「リーリン！」

王宮が崩れるのを見て、レイフォンはもうなにも見ることなくそこに向けて走った。リーリンの安否を心配し、彼女を助け出すために。彼女の真意を確かめるために。怪物が消え、危機が去ったこともどうでも良かった。ただ、崩れた王宮の上階部分に愕然とし、その残骸の下に彼女がいることを想像して背筋が冷たくなった。

フェリに協力を求めようとしたところで、瓦礫が下からはね除けられ、女王と見知らぬ少女とともに、リーリンが出てきたのだ。

「なんでここに来たの？」

「なんでって……」

リーリンの問いに、レイフォンは絶句するしかなかった。

いや、わかっていた。彼女がレイフォンを拒んでいることを。それがレイフォンを思ってのことなのか、あるいはそうではないのか。デルクの殺意を前にして、それを鏡として、リーリンの気持ちはわかっていた。

それでもレイフォンはここにいるのだ。

なにか言わなければならない。なにか。

そうでなければ、全ての行為が無駄になる。デルクに傷を負わせたことも、辛い思いをしたことも、全てが無駄に終わってしまう。

なにかを、なにか……

もう、この機会しかないかもしれないのに、レイフォンの中から言葉が生まれてこない。

「あなたはもう、ここにいるべきじゃない」

リーリンは冷たく言い切る。レイフォンに言葉を出させまいとする。

「あなたの力がどうこうとかじゃないの。あなたがもう必要ないの。わたしにとっても、この都市にとっても」

「リーリン……」

「うれしかったよ。ここまで来てくれて。でも、本当にここまでにして。どうして、養父さんと会った時に帰ってくれなかったの？」

「僕は！」

積み上げられる言葉の壁を砕くように、レイフォンは叫んだ。そうしなければ、なにも

言えないまま全てが終わってしまうような気がした。

それではだめなのだ、それでは。

怪我をしているのか、右目を眼帯で覆った彼女の顔はなにかが違うように思えた。ひどく落ち着いた様子で、レイフォンの言葉を全てその穏やかな顔で受け流してしまいそうだった。

「僕は、リーリンの気持ちを知りたい。養父さんにではなく、リーリン自身から聞きたい。僕になにかができるのなら……」

ゆっくりと、間合いを計るように前に進んだ。女王がその気になればレイフォンの命など風前の灯火と同じだ。武器を持っていてもいなくても同じだ。手に握ったままだった青石錬金鋼を捨て、両手を広げて近づいていく。

「僕になにかできるなら、リーリンのためにできるのなら、僕は……」

「わたしのため？」

首を傾げるようにして、リーリンも前に出た。

その表情は変わらず穏やかだ。

「わたしのために、グレンダンに残ってくれるの？　わたしのために敵と戦ってくれるの？」

「うん」

「どうして、わたしのために戦ってくれるの？」

「それは……」

「姉弟だから？　同じ孤児院で育った、同じ孤児だから？　でもわたしは、もう自分が誰かを知っている。父母が誰かを知っている。父の名前はヘルダー・ユートノール。母の名前はメイファー・シュタット。もうマーフェスじゃない。わたしはリーリン・ユートノール。グレンダン三王家の一人。そんなわたしでも、守ってくれるの。もう、あなたの家族じゃないのに」

「僕は……」

「ねぇ、あなたにとって、わたしってなんなの？」

　言葉が潰されていく。

　レイフォンの中にある言葉がことごとく彼女の前では意味をなさなくなっていく。なぜ、彼女を守りたいのか、助けたいのか、その意味を問われ、言葉が消え去っていく。

　掘り起こされていく。

　なにもかもをはぎ取られ、剥き出しになったレイフォンの心から、ただ一つの言葉が掘り起こされようとしている。

そこにある言葉を、レイフォンは必死に掴み取ろうとした。それを掴めば、全てが好転するような気がした。とても単純な言葉のような気がした。

それを掴めば、リーリンの、こんなに穏やかなのに、見たこともないぐらいに冷たい顔を見なくても良くなったのかもしれない。彼女の微笑みを見ることができたのかもしれない。デルクやトビーたちとの他愛ない日常が戻ってきたのかもしれない。

だけどそれは、間に合わなかった。

すぐ目の前に、リーリンの顔があった。

「リーリン」

「…………」

彼女はなにも言わなかった。ただ、レイフォンの頬に両手を添えた。彼女の指先の感触が頬を支配した。迫る瞳。視界の半分を占める眼帯。そこに縫い込まれた紋様まではっきりと見える。

唇が重なった。

突然のことに、レイフォンはなにもできなかった。頭の中がまっ白になった。両手の指が震えた。やはり言葉がすぐ側にある。

だけどそれを掴み取ることができない。

胸を衝撃が襲った。

突き飛ばされたと気付いたのは、リーリンを見上げている自分に気付いたからだ。尻餅をつき、呆然と、なにが起こったのかと見上げていた。

リーリンはもう、穏やかな表情さえも浮かべていなかった。左目だけでレイフォンに怒りと軽侮の視線を突きつけていた。

硬く引き結ばれた唇が、吐き捨てるように言葉を紡ぐ。

「抱きしめてもくれない男なんて」

彼女が背を見せる。女王たちのところに戻ろうとする。レイフォンはよろよろと立ち上がり、リーリンの背中に手を伸ばそうとした。だけれど、彼女との間に女王が立ちふさがり、その道はあっさりと途絶えた。

そして、背後から。

「陛下、ご無事ですか!?」

カナリスの声だ。そして多くの武芸者たちの足音。王宮を守っていた武芸者の一部が救助活動のためにやってきたのだろう。

そして彼らがレイフォンを見た。

「レイフォン・アルセイフ！」

叫んだのは誰か。誰でもなかった。カナリスではない。武芸者の中の一人だ。

「こんなところでなにをしているか！」

なんのために怒っているのかわからなかった。リーリンは去っていく。夜色の少女が彼女の背後に従い、その後に女王が続く。カナリスがその背を追いかける。

レイフォンは、この場から動けない。

誰かが肩を摑んだ。無数の腕がレイフォンを摑んだ。女王になにかをしようとしているように思われたのか、膝裏を蹴られ、その場で跪かされる、腕を押さえられる。頭を押さえつけられる。レイフォンは抵抗することなく、されるがままになる。

なぜ解放されたのか、わからなかった。周囲に衝撃と悲鳴が溢れ、レイフォンは自由になった。腕が引かれ、されるがままに立ち上がり、跳ぶがままに従った。

「なにをしているんですか？　あなたほどの人が」

呆れた口調がクラリーベルのものであることに気付いたのは、瓦解した王宮がかなり遠くなってからだった。

ああ。

遠くなるほどに、はっきりしなかった、摑めなかった言葉が、鮮明に姿を現す。

「どうして、いまさら」

いまさら気付いても遅いのに。

レイフォンは、自分がリーリンを好きでいたことに、ようやく気付いた。

†

「クラリーベル？」

首を傾げるようなアルシェイラの言葉を耳にして、リーリンは立ち止まった。

全ての喧噪が遠くなっていく。

立ち止まった時、突然、彼女の胸の前で光が集まり、それは形を為した。

それは基礎状態の錬金鋼だった。

ヴォルフシュテイン。

レイフォンに天剣授受者の名を与え、そして先ほどまで彼の手にあった錬金鋼だ。

穴を開けるために投擲された天剣は、自らの意志でこの場へと戻ってきた。

「…………」

リーリンは黙ってそれを胸に抱く。

胸の奥が引き裂かれたように痛い。血が噴き出ればどれほど楽だろう。それで死んでしまえるのに。

だけど死にたいわけではない。

こんな苦しい想いをしたのは、逃げ出したいからではない。

「ねぇ」

アルシェイラが染みるように声をかけてきた。

「泣くほど辛いなら、側に置いておけば良かったんじゃないの？　戦わせなくっても、あなたを癒してくれるなら」

泣いている？

わたしが？

左目から頬を伝うものがあることに気付かなかった。

「なに言ってるんですか、陛下」

戦わないなんて、こんな状況で、レイフォンが選べるわけないではないか。

「違いますよ、これは。ばかなわたしを笑ってるんです。弟離れできてなかった姉を笑ってるんです。笑いすぎて涙が止まらないんです。文句ありますか？」

リーリンの言葉に、アルシェイラはなにも言わなかった。

それからすぐに、ツェルニは移動を再開した。折れた足の再生は終わっていなかった。

引きずるように進むその姿がまるでレイフォンのように思えて、リーリンはしばらくその方角を見ることを止(や)めた。

あとがき

【挨拶】

正解はシャーニッド。雨木シュウスケです。

さあ、いきなりの大増量。

前回、前々回が三頁だったのに、いきなり十一頁です。びっくり増量。

しかししかし、実を言うと三パターン言われてたりもするのです。

広告を入れない場合、十一頁。

広告を一つ入れる場合、九頁。

広告を二つ入れる場合、七頁。

つまり、最低でも七頁いけばオーケーということです。それでも前回の二倍以上の労力。

どうなるどうする、雨木シュウスケ！

…………ここまで書いて、なんかすごい疲れた。

ああ、うん、もういいんじゃないかな、広告入ってても。むしろその方が他の本の宣伝になったりするからいいんじゃないかしらん。うん、きっとそうだ。そうに違いない。なんの宣伝が入るかまるでしらないけど、それでいいと思うんだ。

『広告が入ったら負けだと思う』

むむうん！
なんだかしらないが、いきなりそんな言葉が頭に、あれだ、最近、○ートの四コマと小説を読んだからだと思う。
というわけでやれるだけやってみようと思います。

【本編のこと】
一応、あとがき先行の方は読まれないようにお願いします。

いいですね？

ええと、第二部完です。

これで？　と思う方がもしかしたらいるのかしらん？　どうだろう？　雨木的には良い感じにイベント消化及び次への問題提示みたいな感じでできたと思うのですが。あとはもうなんか、とりあえずこれまでの総決算的バトルをドガガンとやれたというすっきり感があります。

とにもかくにもグレンダンを取り巻く問題はこれで一旦休止。次巻からは再びツェルニ舞台でやっていきたいと思います。

ええ、学園物です。なにしろ『鋼殻のレギオス』は学園バトルファンタジーですから。

……いや、さすがにドラマガ短編並みのテンションではやれないというか、それはいくらなんでも無理だと思うというか、空気読めって感じだと思うので、まじめな学園物ですよ。むしろ雨木にとっては、レイフォンにようやく学園という場所の必要性が生まれたとさえ感じています。

だってねぇ、この間、深遊さんに会って短編の話になったとき、

「壊れたのかと思った」

とか言われたわけですが。ええと、壊れてないですよ？　ケンコウデスヨ？

というわけで、次巻までわりと間が空いてしまうのですが次を楽しみにしていただける

と嬉しいです。

【趣味のこと】

今年に入ってからなんですが……

なんか突然、カードゲームにはまった。

といっても人間同士でやるのではなくて、あれです、メダルゲームとかがたくさんあるところにある筐体でやるカードゲームです。一応対戦もできるみたいだけど、やったことないです。

ドラゴンクエスト・モンスターバトルロードIIなんですけどね。

メダルゲームのところだけでなくて子供用玩具売り場にもあったりしますね、バトリオとか遊戯王とかガンバライドとかと一緒に。

なんでいきなりはまったかというと、ドラクエ好きというのももちろんあるんですけど

……うーん、なんか唐突に？

いや、はまるのなんてそんな感じでなっちゃうものだと思うのですが、ほんとに、ちょっとやってみようかと百円入れてみたらあれよあれよという感じです。

いやートレカ系ははまるとほんとに金食い虫になっちゃうから、はまらないように気を

つけようとは思ってたのですが、うーん。

基本が小中学生くらいの人たち向けとして出ているゲームなので……やってて気がつくと小学生に囲まれていたりする！

でもぶっちゃけ、ゲームそのものはそんなにできてないのです、とくに第四章に入った七月くらいからはほんと数える程度。ただでさえ引きこもり気味なのに忙しくて外に出る暇がねー！　と叫んでみたくなるぐらいやってません。

でも第四章のカードは全部持ってます。

あれー？

あれー？

それって変じゃね？　ゲームしないとカード買えないシステムなのに揃ってるって変じゃね？

うん、ヤ○オクって便利だよね。

始めたときは第三章だったのに、なぜか第一章からのカードもコンプしてたりするしね。

それでも、あれです、大学時代になんか背伸びして買ったワーウィックのベースよりは安く済んでるんですよ。比較としてさらにわかりやすくて価の近い物品とか挙げられたりするけど、それをやるのもあれなので内緒ですが。

モンスターのカードをニマニマ眺(なが)めてるだけでも、なんかいろいろ脳が刺激されてあれやこれやと妄想が動くので楽しいですよ。

あー大魔王戦とかやりてーなー！（でも叫ぶ）

【お台場のこと】

七月末日、東京某所でアニメ・鋼殻のレギオスの打ち上げパーティがありました。

さすがに制作に関係した人全員集合というわけにはいかなかったですが、和気藹々(わきあいあい)とした楽しいパーティでした。

なぜかパーティ終わった後、ドラクエⅨのすれ違い通信とかしてましたけど。おかげで噂(うわさ)のまさゆきの地図もゲットしました。

そんな翌日。知り合いの作家さんとお台場のガンダム見てきました。

「これからは、十八メートル級の人型は、みんながリアルな感覚で認識できてしまう」とか作家的な話をしながら見てたものの。

「うおーすげー」

「やばい、やっぱカッコイイ」

「なんで、なんでおれたちはケイタイのカメラしか持ってきてない⁉」

とか、まぁノリノリではしゃいでました。

【怪談】

だんだん苦しくなってきた！

しかしまだ、おれにはこれがある。読者の皆さんがおれにくれた力、怪談がある。

あとがきで戦うおれは、一人じゃないんだー！

と叫んで怪談にいきたいと思います。

でも、その前に二つほど。

以前の怪談投稿での景品のショートですが、すでに完成しています。現在は発表媒体をどうするかで編集さんと相談してますが、なるべく早くどこかで発表したいと考えています。もうしわけありませんが、もうしばらくお待ちください。

そしてもう一つ。

雨木自身は金縛りぐらいしか体験してなくて、しかも金縛り中に霊の姿を見たというわけでもなく、純粋に寝てて体が動かなくなっただけなので、ぶっちゃけると霊の存在には懐疑的です。人が死ねばどこへ行くのか、というのは生きている人間としてはわりと気になるところではありますよね。自分を自分として意識しているこの、心と呼ばれているものは死んだらどうなるのか？　肉体そのものはあと百年もしたら、無くなっても再生できたりするような医療技術ができちゃったりしてるかもしれませんが、死後の世界というのは解明されていない気がします。霊の存在を百パーセント測定できるものが存在しないからそう思うわけです。

霊能者という方々がいます。それに限らず、霊感がある人、霊が見えてしまう人もいます。その方々にとって霊というのは見えてしまうもの、触れてしまうもの、現実に存在するものなのかもしれませんが、大半の人にとってはそうでありません。そこにはどんな意味があるのか？　肉体的には健常であっても百メートル走のタイムには千差万別が存在するのと同じような意味しかないのか、あるいはそれ以外の意味があるのか。作家的にはそれを想像し、仮定し、物語を構築するのは楽しい作業ではありますが、現実問題に小説を当てはめた場合には、ただの仮定にしかなりません。そういうことがあるかもしれないという程度にしかなりません。

人の心、魂はどうなるのか？　死を恐れるとともに、死後なるであろう自分を、畏れつつ、しかし好奇心を抱きつつ覗いてしまう。それが怪談なのだろうと、雨木は思っています。

『鍵』mixi投稿（※投稿文を元に編集、改稿しています）

夜眠ろうとした時の話です。

布団の中に入って目を閉じて直ぐに、何処からともなく……というか、直接、頭の中に、男か女か解らない声で、「鍵……」と聞こえてきたのです。

「えっ?」と思うと同時に、

カチャン。

と耳元で音がしました。

思わず起き上がって音のした方を見てみると、枕元に、いつも机の上に置いている、自宅の鍵などを付けていたキーホルダーがありました。

ここまでなら、単に机から落ちただけでは? と思われるでしょうが、それはありえないんです。

なぜなら、机は位置的に自分の足元にあるので、枕元に落ちるはずがないんです。

ゾオっとして、しばらく身震いしていたのですが、その後はなにも起こらず、いつの間にか眠ってしまいました。

いまだになんだったのかわかりませんが、その現象が起こった前日に、自宅の鍵を忘れて、家に入れなかったことがありました。

もしかすると、守護霊かなにかわかりませんが、もう鍵を忘れるなよという意味を込めた暗示だったのかな？　と思っています。

あるいは、霊とは、この世に当たり前に存在しているもので、しかし生きている人は知る必要がなく、霊という別の存在にシフトして、生きている人との関係を続けていくのかもしれません。

【次回予告　三月発売予定】

というわけで次は第三部開始です。もしかしたら先に短編集とかやっちゃうかもしれませんが、とにかく予告を。

どれだけの傷を負おうとも時間は流れる。連戦の傷を癒したツェルニ都市内では次期生徒会選挙の準備が始まろうとしていた。去る時が訪れるカリアンの想い。近づいてくる変化を様々な思いで受け止めるニーナたち。

そして、レイフォンは……

次回、鋼殻のレギオス15　ネクスト・ブルーム。

お楽しみに。

アニメ制作後半にご逝去された小磯哲也さんに最大の感謝の念を、そしてご冥福をお祈りします。

雨木シュウスケ

富士見ファンタジア文庫

こうかく
鋼殻のレギオス14

スカーレット・オラトリオ

平成21年9月25日　初版発行

あまぎしゅうすけ
著者——雨木シュウスケ

発行者——山下直久

発行所——富士見書房
〒102-8144
東京都千代田区富士見1-12-14
http://www.fujimishobo.co.jp
電話　営業　03(3238)8702
　　　編集　03(3238)8585

印刷所——旭印刷

製本所——本間製本

ISBN978-4-8291-3439-9 C0193